消失在恶的尽头

刚雪印 著

湖南文艺出版社
·长沙·

© 中南博集天卷文化传媒有限公司。本书版权受法律保护。未经权利人许可，任何人不得以任何方式使用本书包括正文、插图、封面、版式等任何部分内容。违者将受到法律制裁。

图书在版编目（CIP）数据

消失在恶的尽头 / 刚雪印著. -- 长沙：湖南文艺出版社, 2025.4. -- ISBN 978-7-5726-2282-3

I. I247.5

中国国家版本馆 CIP 数据核字第 20257WU840 号

上架建议：文学·悬疑推理

XIAOSHI ZAI E DE JINTOU

消失在恶的尽头

著　　者：刚雪印
出 版 人：陈新文
责任编辑：张　璐
监　　制：于向勇
策划编辑：鞠　素
特约编辑：张　雪
营销编辑：木七七_
装帧设计：梁秋晨
出　　版：湖南文艺出版社
　　　　　（长沙市雨花区东二环一段 508 号　邮编：410014）
网　　址：www.hnwy.net
印　　刷：三河市鑫金马印装有限公司
经　　销：新华书店
开　　本：680 mm × 955 mm　1/16
字　　数：246 千字
印　　张：16
版　　次：2025 年 4 月第 1 版
印　　次：2025 年 4 月第 1 次印刷
书　　号：ISBN 978-7-5726-2282-3
定　　价：52.00 元

若有质量问题，请致电质量监督电话：010-59096394
团购电话：010-59320018

大部分人在二三十岁上就死去了，因为过了这个年龄，他们只是自己的影子，此后余生则是在模仿自己中度过，日复一日，更机械，更装腔作势地重复他们在有生之年的所作所为，所思所想，所爱所恨。

——罗曼·罗兰

目 录
Contents

楔子一 _001

楔子二 _003

第一章　第三个死者 _005

第二章　800 公里 _016

第三章　连环凶案 _040

第四章　20 年 _051

第五章　结盟作案 _065

第六章　兄弟 _080

第七章　第四个死者 _096

第八章　暗恋 _116

第九章　无名食指 _139

第十章　母亲 _160

第十一章　地理画像 _188

第十二章　真相 _211

尾声 _246

后记 _248

楔 子

一

村里的孩子上学,父母最殷切的期望,是孩子能够摆脱祖祖辈辈身上农民的标签。能够读高中,考上大学,当然最好,比较实际的是到城里读个中专、职高或者技校,家里人也都欢天喜地。起码户口簿从农业变成非农业,以后毕业了,除了找对象,其余的国家都包分配。

姜茵比较幸运,中考那年有个师范特招班,5年制,发大专文凭,毕业后分配到市里小学当老师。女孩子,到城里当老师,前途一片光明。姜茵铆足劲复习,中考时超常发挥,最终如愿以偿踏入师专的校门,这也让她成为家里人的骄傲。

村子属于城市近郊,从村里到市中心仅仅30多公里的路程。进市里可以乘坐城郊专线长途客车或者私营小巴车,但这些线路的终点站都只设在市区边缘,如果要到市中心地带,还是坐火车比较方便。

姜茵每次返校,父亲都会骑着摩托车送她到镇上坐火车。印象中,那辆"嘉陵70"摩托车,父亲骑了好多年,墨绿色的,车身总是擦得干干净净的。姜茵坐在后座上,除了颠簸,耳朵里也一直嗡嗡作响,父亲说是摩托车的排气筒坏了,等找时间换个新的。话是这么说,但很长时间了,也没见父亲真的换,姜茵知道父亲是舍不得花那份钱。

父亲是地地道道的农民,性子朴实,少言寡语。每次都会帮姜茵把车票买好,塞到她手里,然后默默陪着她等火车进站。许多次,姜茵都想跟父亲说自己已经长大了,很多事情都能处理好,不需要他担心,但话到嘴边,却又不忍开口。

父女俩站在月台上都不说话,气氛稍微有些尴尬。姜茵望了望远处黑压压的天，又抬腕看看手上的表，还有5分钟，火车便会进站。"爸，你回去吧，这天看着越来越阴了，估计雨很快就要下了，你也没穿雨衣，别淋感冒了。"

"嗯。"父亲微微应了声，但双脚并没有动，"你妈把伞放你包里了？"

"放了。"姜茵知道父亲的脾气，不再催促他离开，没话找话地说，"你让我哥别乱跑，告诉他表现好的话，下周末回来我给他带'磨叽（红豆馅的凉糕）'吃。"

父亲点点头，两人又陷入无话境地，好在没多大会儿，火车进站了。由于是区间站，火车停靠的时间很短，姜茵麻利地上了车，回头冲父亲挥挥手，父亲脸上露出一丝微笑回应。车门随即关闭，火车缓缓启动，逐步加速，渐渐从父亲的视线中远去，直至彻底消失。父女俩的缘分，也在那一刻戛然而止，没有任何预兆。

那是1996年10月里的一天。

楔 子
二

叮咚，叮咚……一阵门铃声响起。

"磊磊，你爸接你来了。"侬偎在沙发躺椅上的女人，手里摆弄着遥控器，一边切换电视频道，一边不太甘愿地喊了一嗓子。不多时，从一个房间里走出一个背着双肩包的大男孩，男孩低头经过沙发旁，从嗓子眼里轻声挤出四个字："妈妈再见。"随即，男孩走到门边，从鞋柜里取出一双运动鞋穿好，打开门，走了出去。

叮咚，叮咚……七八分钟之后，门铃声再度响起。

女人闻声，懒懒地从沙发躺椅上站起来，嘴里嘟哝着，走到门边。"又忘记带啥了？这孩子总是丢三落四的，不会自己拿钥匙开，非得让我起来？"很显然，女人以为按门铃的，是她刚刚走出家门不久的儿子，但事实上并不是。女人打开门，看到一张陌生的男人面孔。男人个子很高，头戴长舌帽，帽檐压得很低。女人还没来得及仔细打量，突然间觉得浑身上下一阵酥麻，身子瞬间抖动两下，随即晕厥倒地，不省人事。

门外的男人迅速闪进门里，随手带上房门。他从裤兜里摸出一次性手套和鞋套，麻利地穿戴好，眼睛盯着躺在地上的女人，嘴角不自觉地泛起一丝狞笑，显然对眼前的猎物非常满意。他抬眼四下粗略打量一番，他并不担心屋子里会有其他人，因为他对这一家人的生活轨迹一清二楚。他拽起女人的一只手臂，将女人缓缓拖至客厅中央。女人后脑着地，头发摩擦在地板上发出沙沙的声响，听着让人直起鸡皮疙瘩。

_003

消失在恶的尽头

　　男人用手拍了拍茶几旁边的沙发躺椅，似乎突然有了灵感，随即托起女人的身子，慢慢将女人挪到躺椅上。女人身材圆润，挪动起来很费气力，把男人累够呛。他大口大口喘着气，随手将电击棒放进挎包里，然后从包里摸索出一个带花纹的包装纸袋。他轻轻撕开封口，从里面拽出一张乳白色的"美容面膜"，小心翼翼敷到女人的脸上。他用手指在女人脸上来回按压，确认面膜贴得服服帖帖了，把注意力又转移到女人胖胖的双手上。他将女人的两只手，规规矩矩搭在沙发两侧的扶手上，如此一来便多了些生活气息，躺在沙发上的女人仿佛正在睡着一个美容觉。

　　"造型"结束，似乎在面对着一件雕塑作品，男人开始进行下一步的雕琢。他伸手从挎包里掏出一把折刀，拔出刀刃，放在眼前晃了晃。随即，握紧折刀，绕到沙发躺椅背后，用一只手揽着女人的脑袋，然后把自己的脸贴了过去。他贪婪地吮吸着女人身上的气味，身子随之瑟瑟发抖，一种期待已久的快感已经令他有些迫不及待，只见他振臂一挥，一道寒光从女人白皙的脖颈前无声划过……

　　猝然间，血花飞溅，鲜血由女人的喉头喷涌而出……

第一章
第三个死者

滨海市，2012年，7月15日，周日。

冯欢接到队里电话时，手里端着一杯咖啡正往嘴边送。咖啡馆里非常安静，背景音乐轻缓柔和，冷不丁一阵手机铃声哗然而至，听起来分外突兀，引来其他客人纷纷侧目，冯欢歉意地冲坐在对面的中年男人笑了笑。客观地说，这一次相亲对象的条件还是非常优秀的。年龄比她稍大，相貌端正，工作体面，是一家大型民营企业的财务总监，还是她爸一个老工友的亲侄子，算是知根知底，唯一有些减分的是，这人离过婚。

冯欢今年34岁，是甘江区公安分局刑警大队的副大队长。1米70的个头，身材匀称，大眼睛，高鼻梁，留着利落的短发，平时妆容浅淡，不苟言笑，气质落落大方，又很有威严感。其实，她原本是一个乐观开朗的女孩，只是做了领导之后需要一定的人设，要不然她一个女孩子，年龄也不算大，要管理好一个大队，不拿出点气场来，怎么能镇得住手下那帮大老爷们儿？

话说回来，冯欢知道爸妈为她找对象的事着急上火，但怎么也没想到，爸妈竟然会给她介绍一个二婚的，还逼着她必须得见一面，不然就闹个没完。不过，这些都不重要，问题在于冯欢很享受自己目前的生活状态——干着自己喜欢的事业，工资不算高但也够花，时间和行动可以自由支配，不用刻意迁就谁，也不用惦记谁，一个人吃饱全家不饿，心无旁骛干好工作，日子简单，却舒心快活。当然，冯欢也不是没有过男朋友，30岁之前她也谈过一场轰轰烈烈的恋爱，甚至差点都结婚了，只不过因为一些无法逾越的现实问题，最终还是功亏一篑，没能修成正果。从那之后，冯欢对谈恋爱这种事情，就提不起啥兴趣了。其实很多人都这样，谈恋爱甚至结婚是需要一点点冲动的，过了那股劲好像也就无所谓了，单着就单着呗，习惯了反而觉得还是单着舒服。冯欢带着这样的心境，可想而知，相亲的场面会有多别扭，关键她还故意穿了身警服去，把气氛搞得相当严肃，让人家相亲对象那边特别拘谨，说话总是赔着小心，好在一个出警电话及时终止了这场闹剧。

滨海市，三面环海，属北半球暖温带地区，冬无严寒，夏无酷暑。相对来说，夏天温度比较高的时间段，主要集中在7月中旬到8月中旬之间，也就是眼下的时节。这几天没什么风，空气中湿度特别大，人们不管待在室外还是室内，身上总觉得湿腻腻的。北方人不怕冷，不怕热，最怕潮，所以这几天对滨海本地老百姓来说，体感特别不舒服。

天气湿热，也挡不住老百姓爱看热闹的毛病。案子发生在绿洲小区的一栋居民楼里，周围已经拉起蓝白相间的警戒线，线外聚集了一些围观的群众，相互之间交头接耳、议论纷纷，后面的人一个个都踮着脚伸长脖子使劲往前排看。

冯欢停好车，从车上下来，看到眼前人头攒动的场面，无奈地晃晃脑袋。围观群众见她穿着一身警服，自觉地闪出一条通道让她过去，负责维持秩序的派出所民警也很有眼力见，赶紧抬起警戒线将她放进来。进到居民楼里，冯欢一口气登到五楼，才终于看到队里兄弟们的身影。

穿好得力助手黄猛递过来的鞋套，冯欢走进室内，一股浓重的血腥味扑鼻而来，她下意识用手指堵了下鼻孔。这是一个两室一厅的房子，进门便是客厅，也是案发中心现场。客厅看着面积不大，家具摆放得很满，使客厅显得有些局促。贴着东面墙壁摆着一张长沙发，沙发前有一个木色茶几，茶几对面的电视机仍然亮着，屏幕上布满喷溅状的血渍。茶几旁边的地板上留着一大摊血，血是从一张皮质懒人沙发躺椅上流下来的。死者仰躺在上面，从身形上判断是一名女性，烫着波浪鬈发，面部被一张乳白色

第一章 第三个死者

的面膜完全罩住,无法辨清具体样貌和年龄。她穿着一套休闲真丝睡衣,胸前殷红惹眼,颈部有一道很深的伤口,脑袋微微歪斜靠在沙发背上,双手则分别僵硬地搭在沙发躺椅左右两侧的扶手上,这便让冯欢很容易注意到她右手的食指被连根切断,切割部位血肉模糊,看着让人心惊肉跳。

眼前的场景似曾相识,冯欢不自觉地皱紧双眉。

"不用琢磨了,估计跟前面两起案子一样,是同一个人干的。"说话的是法医金秀梅,和冯欢同一年分配到分局,随后一个进了刑警队,一个进了法医鉴定中心。两人脾气相投,关系很好,不同的是,金秀梅现如今已经是两个孩子的妈了。

说着话,金秀梅微微撩起死者睡衣的下摆,露出腹部上一个椭圆形的灼伤痕迹。

"电流斑?又是先把人电晕了,然后割喉?"冯欢瞪大眼睛说。

"对,血流得很多,皮肤苍白,口唇青紫,指甲和眼球结膜均泛白,应该是创伤后失血性休克死亡。"金秀梅指向死者搭在扶手上的右手,"食指切口部位没有生活反应,属于死后切割,手指目前在现场还没有搜索到,估计又是被凶手带走了。"

"死亡时间呢?"

"从肛温上判断,死亡大概接近40小时,也就是前天——周五晚上七八点钟。"

"应该差不多就是那个时间。"黄猛在一旁插话说,"报案人是死者的前夫,据他说,两人离婚一年多了,儿子平时跟随死者生活,周五他会把孩子接到他那里去,然后周日再给送回来。前天,他因为有点事情耽搁了,大概是晚上7点20左右才把孩子接走。至于死者,叫周琼,现年39岁,在一家酒店的人力资源部工作,是一个小主管。她儿子今年13岁,是第七十中学初二(5)班的学生。学校离家不远,步行大概需要20分钟。"

"外围什么情况?"冯欢问。

"旁边的邻居说没听到异常动静,也没看到过可疑人员。"黄猛吐槽说,"这小区太老了,楼道连个防盗门都没有,就更别提什么安防监控了。"

"前夫在哪里？"冯欢问。

黄猛指指北边一间房，说："和孩子待在那房间里，我让辛然陪着他们。"黄猛口中的辛然，全名叫宁辛然，也是一名女刑警，小姑娘看着挺有灵气，也很勤奋，来队里时间不长，冯欢很喜欢，特意把她交给黄猛来带。

冯欢没言语，径直走过去，推开门。

"这是我们冯队。"看见冯欢，倚靠在墙边的宁辛然立马站直身子，指着坐在床边的一中一少两个男人，介绍说，"这是死者的前夫刘晓光先生，还有他的儿子刘磊磊，刘先生也是报案人。"

冯欢顺着宁辛然的手指默默打量，刘晓光抬头冲她微微点头示意，坐在他旁边的一个大男孩，怯怯地看了冯欢一眼，随即低下头默默搓着手指。冯欢把视线从孩子身上拉回到刘晓光脸上："刘先生是做哪行的？"

"我在区里水利局上班。"刘晓光道。

"周五晚上，接完孩子，你都去哪儿了？"冯欢继续问。

"我跟周琼离婚后和父母一起住，周五晚上把孩子接回家，孩子和爷爷奶奶聊天，我陪着看了会儿电视，大概10点上床睡了。"刘晓光微微提高音量问，"你们不会怀疑周琼是我杀的吧？"

"不，不可能是爸爸，一定是羊汤馆服务员干的！"还未等冯欢回应，死者的儿子刘磊磊，突然情绪激动地插话说。

"羊汤馆服务员？哪个羊汤馆？他为什么要杀你妈妈？"冯欢问了一连串问题。

"是市场附近的那个羊汤馆。"刘磊磊急赤白脸地说，"周五晚上放学，妈妈去接我，说爸爸要晚一点才能带我到爷爷奶奶家去，她又懒得做晚饭，于是带我去喝羊汤。羊汤馆里人很多，我们好容易等到一个座位，妈妈先是嫌弃服务员收拾桌子不利索，然后吃到一半时她想再添点汤，又嫌服务员过来得太慢，就和人家吵起来。他们越吵越凶，妈妈气急，顺手拿起桌上剩下的半碗汤，直接泼到了人家服务员身上。那服务员立马跑到后厨拿出把菜刀说要杀了妈妈，样子非常吓人，幸好被一些吃饭的人给拦住了，我和妈妈才趁机逃走。"

第一章　第三个死者

"哦，那家羊汤馆叫'张福记羊汤馆'，位置在绿洲农贸大市场的对面，他家的羊汤很出名，生意一直很火爆。"刘晓光插话解释道。

"除了这档子事情，你妈妈最近还有没有和别人发生过冲突或者结仇什么的？"冯欢冲向刘磊磊问。

刘磊磊转了转眼球，随后轻轻摇了下头。

冯欢又把视线盯向刘晓光，后者明白她的用意，脸上露出一丝苦笑说："周琼这个人性子急，在单位又是做人事工作的，比较容易得罪人，我听她唠叨过几次，说是和同事吵架什么的，但具体原因我没细问，你们可以到她单位了解一下。至于其他人，我是真想不出谁会这么恨她，竟然到了非要杀死她的地步。"

"家里有什么贵重物品吗？"冯欢问，"丢没丢东西？"

"暂时看没有，我第一反应也觉得有可能是抢劫，报警之后翻了家里放钱和存折的地方，包括手机都还在。"刘晓光道。

"嗯。"冯欢凝下神，冲宁辛然吩咐说："我和黄猛去羊汤馆走一趟，你把这二位带回队里做个正式的笔录。还有，把指纹也录一下，然后交到技术科备查。"

"是，冯队。"宁辛然一板一眼地立正道。

绿洲小区是在20世纪90年代中期建成的，农贸大市场位于社区中心的繁华地带，周边还有小吃街、餐馆、超市、服装店、洗衣店、照相馆、二手房中介等等各种门店。张福记羊汤馆位置很好找，与农贸大市场正门只隔着一条大马路，在一个公交车站点的旁边。

羊汤馆没有正经招牌，只有个破破烂烂的灯箱立在门口。馆子里面也没好多少，只有三四十平方米见方的大厅，摆了十余张四人餐桌，周围墙面和地面都是黑乎乎、油腻腻的，可就是这么个四处都乱糟糟的，空间又逼仄，看着也不卫生的苍蝇馆子，生意偏偏火爆得不行。

正赶上中午饭点时间，馆子里几乎没有落脚的地方，每张餐桌边都坐得满满当当的，进进出出的食客络绎不绝。只有两个服务员，一男一女，两人穿梭在餐桌之间，不住地点单、上菜、撤盘、翻台，倒也没显得手忙脚乱，显然早已习惯了忙碌的场面。男服务员看着40多岁的模样，身材臃肿，块头很大，想必就是拿刀要砍死周琼的人。

馆子里面太吵，说话得靠喊。冯欢等在外面，黄猛径直走到正在给客人点单的男服务员身前，亮出警官证，又指指门口，示意服务员跟他出去说话。男服务员喊了一嗓子，把客人交给女服务员，然后顺从地跟随黄猛走到馆子外面。

"不是，那娘儿们还真报警了？警察同志我跟你们说，报警的应该是我才对，是她先拿羊汤泼我的，幸亏我块头大给挡住了，不然泼到别的客人身上，我还不得赔钱给人家？"未等两人问话，男服务员急不可耐地吐槽道。

"她没有报警，她被人杀了。"冯欢直视着男服务员说。

"啊，被人杀了?!"男服务员吓了一跳，嘴巴差点咧到耳朵根后面，"那……那你们找我，是觉得人是我杀的？"

"当天吵完架之后，你都干吗了？"黄猛问。

"什么也没干，一直在店里忙活到11点多打烊。"男服务员强调说，"店里的女服务员是我小妹，吧台里收钱的是我媳妇，后厨做饭的是我妹夫，他们都能给我做证。"顿了下，男服务员又满脸不屑地："那娘儿们太虎了，得罪的人肯定老多了，我听说她男人都受不了她，跟她离婚了。"

"听说？听谁说的？"

"那天她用羊汤泼我，我拿把刀吓唬她，有几个吃饭的客人在旁边劝架，结果她把人家也好一顿臭骂。后来，那娘儿们带着孩子走了，其中一个大哥跟我说别跟那娘儿们一般见识，说那娘儿们是他们楼里有名的泼妇，家里天天吵得鸡飞狗跳，最后搞得她男人宁可啥家产也不要，也要跟她离婚。"

"那客人又是怎么知道的？"冯欢问。

"他和那娘儿们住一个楼里，而且就住在那娘儿们家楼下。"男服务员紧鼻皱眉说，"那大哥还说，她男人把房子和家里储蓄都留给她，唯一的条件就是周末可以和孩子见面,结果离完婚那娘儿们很快变卦了,死活不让她男人看孩子。"

"行了,既然案子跟你无关,就别瞎白话了,你回去忙吧。"黄猛甩甩手道。

"好,好,不说了。"男服务员赔着笑,转身走回馆子里。

"他这也不算瞎白话,这说明周琼和她前夫离婚之后,两人仍然有冲突,还是有必要好好查查她的前夫。"冯欢盯着男服务员的背影道,然后冲四周望了望,"你找时间去趟附近派出所,查查这周边的安防监控,找找形迹可疑的人。"

"明白。"黄猛使劲吸下鼻子,试着问,"咱是不是应该找那劝架的住户聊聊?"

"先吃饭吧,你这肚子里的馋虫都爬到脑门上了,还装啥装?"冯欢笑着说。

"呵呵,老大,还是你懂我。"黄猛搓搓手,殷勤地说,"等着老大,我去找位置。"

说来也巧,正好有一桌客人吃好了在结账,黄猛赶紧占上位置,招呼冯欢过去坐。坐定之后,冯欢给自己点了碗羊汤,黄猛是血气方刚的大小伙子,长得又高又壮,吃得自然也多,冯欢便给他点了碗加厚的(多加肉的)汤,外加四个长条火烧。

吃饱喝足,两人很快又返回案发现场所在的居民楼,死者周琼住在501室,这次两人去的是她家楼下的401室。

黄猛负责敲门,没多大会儿,有人开门探出脑袋,是一个头发花白的老大爷。黄猛亮明身份,大爷先是一愣,随即好像突然反应过来什么似的,神秘兮兮抬手冲楼上指了指,然后把两人请进屋里。

这楼下和楼上的户型都是一样的,但是大爷的这间房被他糟蹋得不轻。木头本色的地板上有很多来来回回的黑色大脚印,估计很长时间没有擦洗过。茶壶、茶杯、盛满烟头的烟灰缸、方便面桶、报纸、电视遥控、痒痒挠，似乎一切大爷能用得上的物件，都被他乱七八糟地堆在客厅茶几上。茶几后面的长条沙发上也一样，裤子、衬衫、袜子等各种衣物撇了一大堆。本来刚进门时，冯欢和黄猛还合计要不要脱鞋，但一看眼前这幅光景，便觉得没啥必要了。

"哎呀，老婆子在闺女家伺候月子，我一个人乐得清静，也懒得收拾，你们别太见笑。"大爷潇洒地把沙发上的衣物胡乱拧成一团，塞到茶几下面，腾出地方邀请两人落座，接着主动问道，"你们是为了楼上那女人的事情来的吧？"

"您听说什么了？"冯欢问。

"就是她被人杀了呗。"大爷拿起茶几上的香烟盒，冲向黄猛，"小伙子来不来根烟？"

"谢了，我不抽烟。"黄猛摆手谢绝道，"大爷，怎么称呼您？"

"我姓何。"大爷道。

"何大爷，楼上那家的女主人周琼，平时您接触得多吗？"黄猛问。

"很少，没什么太深的交情，偶尔碰到会打个招呼。"大爷说。

"前天晚上，您楼上有没有什么异常的声音？"黄猛继续问。

"恰恰相反……"大爷一脸疑惑道，"我们这楼里隔音很差，早前楼上那女的数落她男人，呵斥孩子写作业，打电话，拖鞋走路的沙沙声，多多少少都能听到一些，但前天晚上偏偏一点动静都没有，出奇地安静，可能是我回来的时候，她已经出事了。"

"您几点回来的？"冯欢问。

"8点多。"大爷稍微想了下说，"老婆子不在家，我懒得做饭，前天傍晚溜达到市场那边喝了碗羊汤，之后在小广场看了会儿跳舞，然后又慢慢溜达回来了。进家打开电视，中央一套的黄金剧场刚开始演，应该也就是8点10分左右吧。"

死者前夫7点20将孩子接走，大爷8点10分回家，综合法医给出的死亡时间，也就是说在这中间短短四五十分钟的时间差里，凶手完成了杀人、布置尸体和清理现场这一系列动作，显然对这一套作案的路数已经驾轻就熟，关键是凶手怎么可能把时间点踩得这么准？他怎么会知道死者前夫每个周五会把孩子接走，留下死者一个人在家？又怎么会知道这个周五，死者前夫把时间延迟到7点20分才把孩子接走？是经过长时间的跟踪、蹲点、观察，还是只是运气好而已？

冯欢稍微思索一阵，问道："大爷，我们知道前天您去过羊汤馆，还帮忙劝架了。据说当时，还有别人也在帮忙劝架，而且你们都挨了骂，那除了您，其他劝架的人是什么反应？有没有特别激动的？有没有跟着周琼离开羊汤馆的？"

"没太留意。"大爷斩钉截铁地摇头，"当时场面太乱了，根本顾不上。"

"那您回家的时候，在楼道里有遇到什么可疑的人吗？"冯欢又问。

"也没有。"大爷再摇头道。

结束上面的问题，冯欢和黄猛告辞离开大爷的住所。走出楼道口，黄猛问："老大，你是不是觉得周琼和服务员吵架的时候，凶手也在羊汤馆里？"

冯欢耸耸肩膀，道："谁知道呢？咱们现在对于凶手为什么要杀人，为什么偏偏选中周琼，他又是从什么时候开始注意周琼的，通通都搞不清楚，只能说任何可能都有吧。"

"那这老头呢？"黄猛说的是何大爷，"他也挨了骂，会不会想报复？而且他也没有案发当时不在现场的人证，是不？"

"就他？不可能。"冯欢嗤之以鼻道，"他把自己家都造得这么脏乱，他有能力把案发现场清理得那么干净？"

"这倒也是。"黄猛接着问，"咱现在去周琼单位吗？"

"今天是周日，估计行政部门的人都休息，去了也白去。"冯欢拉开车门吩咐道，"你留在这里，我让派出所派几个民警过来，你带着他们深入走访一圈，重点问问前天晚上七八点钟的时候，有没有人见到陌生面孔或者形迹可疑的人在附近出没。"

"明白，那什么……"黄猛讪笑一下，摸着后脑门，不自然地说，"能不能把辛然也派过来？"

"喊，你添毛病了？没有女徒弟，干不了活了？"

"男女搭配，干活不累，嘿嘿。"

"行了，知道了。"

冯欢白了黄猛一眼，坐进车里，随即发动起引擎，一脚油门，扬长而去。

回到队里，冯欢靠在椅背上闭目稍微养会儿神，然后起身给自己泡了杯茶，中午的羊汤虽然味道很好，但对她来说还是过于油腻。等茶水泡好的工夫，她打电话让宁辛然到办公室来一趟。

"冯队，做笔录时又了解到一个新线索。"宁辛然进门抢先开口道，"据周琼儿子刘磊磊说，那天他妈妈在羊汤馆里吵架时，邻桌有位男客人曾经试图劝架，但被他妈妈言辞激烈地怼了回去，后来那人就不敢吭声了。至于那位客人的长相，刘磊磊表示没留意看，只大概有点印象，那是个年轻人，身上穿了件白色T恤，头上戴了顶米色的帽子。还有，我提到陈莉和李明珠，刘晓光表示不认识二人，也未听周琼提起过这两个人的名字，他儿子刘磊磊也是如此表示。"

"行，我知道了。"冯欢吩咐说，"这边没事了，你现在去绿洲小区跟黄猛会合，具体任务他会跟你讲。哦，还有，你们俩记着再去趟羊汤馆，针对你刚刚提到那个劝架的年轻男子，询问下服务员是否有印象。"

"好，那我现在过去。"

宁辛然领命，迅速离开。冯欢端起茶杯，放在嘴边轻呷，顺便把案情以及目前掌握的线索，在大脑里简单梳理一遍，随后给大队长打电话汇报。大队长马文涛上个礼拜深夜开完会，在回家的半路上遭遇一场车祸。主要是他的责任，他这段时间忙案子太累了，开着车竟然打起瞌睡，结果跟一辆出租车发生追尾。车辆损伤不太严重，但把他左腿小腿部位的胫腓骨给撞劈了，这会儿正住院打石膏，估计得两三个月才能下地，队里的工作便全权交给冯欢打理。马文涛既是冯欢的上级，也是她的师父，师徒俩合作很多年，冯欢的人品和能力他绝对信得过，若是换成别人他不会这么放心放权的。而冯欢也能摆正自己的位置，无论案子有什么进展，都会第一时间向马文涛汇报。

在电话里跟马队汇报完案子，接着她又去找局领导汇报，等从局长办公室出来时，已经下午4点多了，冯欢估摸着尸检应该有结果了，法医金秀梅这时恰好打来电话，二人之间总是有种说不出的默契。金秀梅在电话里表示尸体解剖已经结束，让她直接到法医科看结果。

尸检结果基本印证了金秀梅在现场的初检判断：被害人周琼系遭锐器割断颈部大动脉，引发大量出血，导致死亡。检验其胃内容物，发现已经呈食糜状，判断其末次进餐大约在死亡两小时之前，这符合遇害当晚她的活动轨迹。当天，周琼在5点10分左右去学校接到孩子，接着在回家途中去了张福记羊汤馆吃晚餐，之后步行回到家里。再之后，她前夫大约在7点20分将孩子从其家中接走，随后她在7点20分至8点遇害。这个时间点，也跟金秀梅先前的判断基本一致。

另外，抽取周琼的尿液和血液进行毒化检测，发现成瘾性药品检测项目呈阳性，进一步检测发现其尿液中含有吗啡和可待因成分，也就是说周琼可能有吸食毒品的习惯。

第二章
800公里

从北京自驾回故乡，路途800多公里。

黑色吉普车带着满身泥泞驶入永城镇地界时，大概是早晨7点钟。车窗外下着蒙蒙细雨，黑云遮蔽了整个天幕，一股阴郁的气息在空气中无边蔓延着。远处，村口的石雕牌坊在雨雾中若隐若现、渐行渐近，直至石牌中间大匾额上"永平村"三个烫金大字清清楚楚映入眼帘时，陆远心里依然有些飘忽不定，充斥着一种不真实感，恍若在梦中一般。

曾几何时，陆远时常梦回故乡。梦见母亲站在自家的小院前，用期盼的眼神默然冲他招手，他奔过去想要扑进母亲怀中，却总是有一堵透明的幕墙横隔在中间，任凭他如何冲撞也无法逾越，他着急得欲哭无泪，结果便从梦中惊醒。梦里素素姐也时常会出现，笑容依旧明媚，仿若春暖花开。还有拜把子的几个好兄弟，聚在一起扯着公鸭嗓子，高声唱着"Beyond"乐队的《光辉岁月》和《不再犹豫》……梦里陆远又哭又笑，梦醒总是怅然若失。然而，随着时光的流逝，那些人的面庞开始变得模糊，甚至逐渐地，陆远已经记不清他们本来的模样。他起初会有些彷徨，但慢慢地，习惯了，反而有种说不出的解脱，就好像他们和故乡的一切并未真实存在过。

陆远把车停在村口，仰头望着石牌坊，静静地抽了支烟，恍惚的心绪终于安定一些，回到故乡的感觉渐变真切。少顷，他把烟屁股按灭在车载烟灰缸中，关上车窗玻璃，重新启动车子。但他没有把车开进村里，而是沿着镇上的大马路一路向西行驶，因为此行他的第一个目的地是殡仪馆，他要去参加

第二章 800公里

自己初中时期的班主任秦旭宏老师的葬礼。

陆远在首都公安大学当老师,几日前学校进入暑期放假时间,他先前早有计划想利用这段时间沿着G318川藏南线自驾旅游一遭,他采购好装备,整理妥当行囊,把攻略也研究得明明白白,谁知启程前的一晚,他意外收到的一封电子邮件,将他的计划完全打乱。准确地说,他收到的是一封追悼会的邀请函——"陆弟,家父于今日凌晨2时许,因病医治无效在市中心医院去世。兹定于7月19日早上8点,于将军山殡仪馆举行悼念仪式,望届时能来参加"。落款是秦素素。

简单的几段文字,模式化的用词,却犹一枚重磅炸弹射进大海里,在陆远心里激起一阵滔天巨浪。秦素素这个陌生而又熟悉的名字,真的许久未在陆远的脑海中出现过。他也从未想过,秦素素会以这种猝不及防的方式,再度闯入他的生活,也瞬间唤醒他尘封多年的那些记忆。原来,母亲、梦中情人、好兄弟,乃至故乡的一切,都是真实存在的,并不仅仅只是梦境而已。陆远不禁为自己的虚伪、为自己的忘却感到羞愧,于是就在这一刻,他仿佛受到某种牵引,想要回到故乡的渴望,在心底开始不住地呐喊,并愈加炽热。

当天夜里,陆远躺在床上,辗转反侧,一夜无眠。次日,他没有按计划开启自驾游,一整个白天他都在浑浑噩噩中度过。到了晚上,他发觉自己什么都做不了,视线总是不由自主地瞥向墙上的钟表。最晚10点钟必须出发,否则便无法赶上秦老师的追悼会,陆远很清楚这一点,但在这一刻他还在犹豫,似乎只有等到最后时限的到来,他才有勇气做出决定。而当墙上钟表的指针真的指向10点钟的瞬间,陆远从沙发上一跃而起,拎起早已收拾好的行李箱,迅速踏出家门,快步下楼,钻进车里,迫不及待发动起引擎。如果终将无法逃避掉过去,那就让现在的自己和过去的自己明明白白做个了断,或许当下的时机正合适!

一路思绪纷飞,在车载导航的指引下,再凭着少时些许的印象,半个多小时后陆远顺利地把车驶进殡仪馆大院。殡仪馆临山而建,陆远记忆中

消失在恶的尽头

　　曾经来过两次，一次是奶奶去世，另一次是参加父母的追悼会，不过相比较早些年，这里显然已经重新修缮和扩建过。新的等候大厅，采用传统的中式建筑风格，外表巍然气派，内里明亮宽敞，也更加人性化，一走进大厅，便可以从挂在墙上的大屏幕上看到逝者火化的进程文字提醒。陆远迅速把视线投射到大屏幕上搜寻，很快便看到那个熟悉的名字——秦旭宏，66岁，男，3号告别厅，告别仪式进行中。

　　还来得及送老师一程。遵循指示牌的指引，陆远快步走至告别大厅门口，听到由门内传出一阵哀乐声，显然追悼会才刚刚开始。陆远悄悄拉开门，闪身走进大厅里，轻手轻脚走到追悼人群最后一排的队伍里。他不想引起太多人的关注，事实上所有人都沉浸在悲痛的默哀氛围中，并没有人注意到他的到来。

　　秦老师身着中山装躺在一片白色花海中，神色安详平和。他唯一的女儿秦素素，穿着粗麻孝衣守在一旁，虽然已人近中年，但岁月的刻刀并没有让她的面庞失去光彩，反而将她雕琢得更加优雅有韵味，她满眼泪花，神情疲惫且憔悴的模样，让人看着心疼。挨着秦素素站着的，是一个10多岁的小女孩，眉眼与秦素素有几分相像，想必是她的女儿。小女孩旁边是一个高个子的男人，身材清瘦，面庞有几分沧桑，陆远觉得眼熟，但一时之间想不起他到底是谁。不过，从他的站姿来看，他和小女孩很亲近，应该是小女孩的爸爸，也就是秦素素的丈夫。

　　哀乐过后，默哀仪式结束，接着进入致悼词的环节。一个挺着将军肚的秃头老人站到话筒前，拿出一篇稿纸，磕磕巴巴地念着。陆远认出他是陈副校长，他那口吃的毛病好像比以前还明显。想起这陈副校长的故事，陆远不由得在心中偷笑。反正谁也不知道他是怎么混进永城镇中学的，最初是教数学的，据说讲课水平还行，不过由于口吃的毛病，后来被调配到后勤工作。适逢20世纪80年代中期，在改革开放的大背景下，学校搞了个校办工厂，他毛遂自荐去当了厂长，结果没想到凭着胆子大、路子野的劲头，竟把厂子办得有声有色。厂子办得好，教职员工们的福利待遇自然上了好几个台阶，于是所有人都把他当财神爷供着，生怕他跑出去单干。后来，领导向上级推举，给了他一个副校长的名头拴住他，主要职责就是抓学校的纪律，当年陆远那几个调皮捣蛋的小哥们没少挨他的揍。

一晃神的工夫，陈副校长已经致完悼词，随即哀悼人群在司仪的指挥下向遗体三鞠躬，再之后，便是向遗体告别环节，所有前来悼念的来宾，排着队围绕在秦老师的遗体前绕转一圈。陆远跟在长长队伍的最后，绕着秦老师的遗体，心里五味杂陈。他很清楚，在他人生最黑暗的那段时间，是眼前这位老人收留了他，并一直开解他、鼓励他，给予他无私的帮助和关怀，才使得他没有堕入更黑暗的境地。

秦素素终于注意到陆远，她瞪大眼睛，怔怔地望着他，似乎不敢相信真的是他来了。陆远迎着她的目光，微微点下头，然后主动走到她身前，轻轻握着她的手，道了声"节哀"。听到熟悉的口吻，秦素素瞬间有些绷不住，使劲抿着双唇，眼泪在眼窝中直打转。陆远明白当下的场合不是说话的好时机，脚下未多做停留，紧接着又与高个男人礼节性地握了握手，便随着前面的人群步出告别厅。

他前脚刚一踏出大厅门，突然间不知道从什么地方冒出三名大汉蛮横地挡在身前。紧接着，其中一个身着警察制服的，拽着他的衣领，一把将他拽到墙边。陆远猛然一惊，转瞬便笑了，眼前这三人并不是外人，他们是陆远儿时的玩伴，也是他拜了把子的好兄弟。三人当中，赵康身材最高，面色黝黑，挺着一个将军肚。赵康是兄弟中的老大，天生有一点点斜视，看人的眼神总是充满挑衅意味，谁看都觉得这哥们儿不是善茬，因此还招惹过不少误会，连累哥几个打过好多次架。穿警察制服的是老二，叫韩梁，性格善良憨厚，长着一张国字脸，气质跟他身上穿着的制服一样，正气刚强。跟在韩梁身后的是老三，叫张海林，他迫不及待给了陆远一个狠狠的拥抱。张海林是兄弟里性格最外放的，长着一双细长的眯缝眼，不笑不说话，亲和力十足，女人缘特别好。当然，也跟他家庭条件优越有关，打小穿着打扮就比别的孩子强，从幼儿园到中学，一直深受周围女孩子的追捧，他也无比享受周旋于花丛中的感觉。

兄弟久别重逢，心情自然无比激动，但毕竟身处殡仪馆，不宜太过张扬。稍微寒暄之后，兄弟几个坐在等候大厅里，东一句西一句简单拉扯着。不多时，秦老师的遗体火化完成，秦素素带着孩子捧着骨灰盒过来跟他们会合。

接着，是去墓园给骨灰下葬。大部分参加追悼会的乡亲，都被事先雇好的大客车拉回镇上饭店，按农村的礼数中午要管顿饭作为答谢。剩下的去参加下葬的，都是至亲好友。一行人，分坐几辆车，打头阵的是老大赵康的商旅车，里面坐着秦素素和孩子，接着是老三张海林的豪华SUV，中间还有几辆车，车里的人陆远一个不认识，可能都是秦老师教过的学生，陆远开车跟在车队的最后，由二哥韩梁陪着。

雨还没停，只是稍微小了点。灰色的天空，一长串送葬的车，气息默然苍凉。经过岔路和桥梁，一堆堆纸钱从前车中散出，按农村迷信的说法这叫买路钱，希望逝者能够在另一个世界走得安安稳稳。这也预示着秦老师即将真真正正地走完人世间最后一程路，陆远内心无比空荡，陷入一种熟悉的焦灼感——明知不可挽回，但又想拼命挣扎，这种感觉很痛，就如母亲"走"的那天一样。

安静了好一会儿，陆远打破沉默问："秦老师怎么过世的？"

"突发脑出血，在医院昏迷了三四天，最终也没抢救过来。"兄弟刚见面，韩梁不想话题太沉重，故意从头到脚打量陆远一番，岔开话题说，"看你小子这模样，混得应该不赖。"

陆远浅笑回应："你也不差，小时候成天嚷嚷想当警察，现在也算梦想成真了。"

"在派出所当个小刑警，不值一提。"韩梁打着哈哈说，随即正色问，"你怎么样，做哪行的？"

陆远指指韩梁身上的制服："咱们算是同行，但我主要从事教研工作，我在公安大学当老师。"

"哦，你从省城考到北京了？你小子厉害，现在混到大教授级别了吧？"韩梁由衷赞叹道。

陆远抿抿嘴，未置可否，实质上不久之前他刚刚晋升为犯罪学学院副教授。陆远不想过多谈论自己，反问道："大哥和三哥现在都干啥？"

"老三还能干啥，继承家业呗。你来的时候，路过镇中心那条大马路，注没注意到马路两边一水的都是二层楼、三层楼高的商铺？其中绝大部分都是老三家的，他平时就是搞搞物业，收个房租，一年下来轻轻松松两三百万，日子滋润着呢！至于老大，你肯定想不出他能干啥……"韩梁煞有介事停顿了下，然后才说道，"老大现在是咱永平村村委会的副主任，牛吧？"

"啊……老大是副主任？"张海林他爸最初就是包工头子，然后又搞建筑开发，老三能成为"包租公"陆远倒不觉得意外，只是老大赵康的逆袭，着实让他大跌眼镜，"我记得老大当时考到市里的工业中专了吧，怎么又能回村里当干部？"

"顺应时代洪流，也算是阴差阳错吧。"韩梁将车窗敞开一条缝，点上一支烟，感慨道，"咱们小时候那会儿，特羡慕能考学到城里当工人的，等轮到咱们这拨人，很不幸赶上下岗潮，很多考到中专、职高、技校的同学，包括咱老大，都是一分配到工厂，就让买断工龄下岗了，所以我算是很幸运，当时选择继续读高中，然后才有机会上警校。老大刚下岗那会儿，还在城里折腾一阵子，跟人家学做生意，结果赔得精光，最后只能回来跟着他爸干。他爸当时在村里开了个小机械厂，专门给冷冻机厂加工零部件，效益还算不错。老大起初进厂是很不情愿的，没承想很快就上道了，还越干越起劲，后来厂子在他们爷俩的操持下干得风生水起的，到如今在咱们镇上也算是明星民营企业。大前年，老主任退休，副的顶上去，副主任的位置便空下来。镇里在村里物色一圈，觉得老大年轻有为，背后还有不错的人脉资源，在村里风评也挺好，就把他纳入接替候选人当中，结果他不负众望被选上了，现在主管村里的基建和对外招商项目啥的。"

"那四哥呢？他怎么样？他没来吗，怎么没看到他？"陆远问。

"老四……"韩梁犹豫了一下，使劲抽口烟，吞吞吐吐地说，"可能有别的事情吧……"

提到四哥，韩梁明显一愣，语气也含糊起来。陆远心中不禁升起一丝疑惑，他皱了皱眉，正要继续追问下去，韩梁却抢着话头问道："弟妹和孩子怎么样？怎么不跟你一起回来玩玩？"

"我还是一个人。"陆远淡然笑笑，顺着话题问，"你们呢？老婆和孩子都好吧？"

"都好，都好。"韩梁连连点头，卖着关子说，"你猜咱们兄弟中谁是最先结婚的？"

陆远摇摇头。韩梁调侃道："是老三，没想到吧？花花肠子最多，最先被收服了，他老婆是咱们读初中时，三班那个学习委员钟金玲。"

"好像有点印象，脸长得特别白净，说话轻声轻气的，不算漂亮，但人很稳重。"陆远搜索着记忆道。

"老三不糊涂，知道什么样的人适合娶回家做老婆。"韩梁继续把持话题道，"刚刚素素姐旁边站着的那个男人，你是不是觉得很眼熟？是陈副校长的儿子陈锋，当年为了素素姐和你争风吃醋，还打了你一耳光，然后哥几个去把他狠揍一顿，你还记得不？"

"哦，是他。"陆远恍然大悟，"但他原来不是个小胖子吗，现在怎么那么瘦？他是素素姐的丈夫？"

"已经是前夫了。"韩梁满口不屑道，"这小子又赌又嫖，在外面欠了一屁股债，一开始他爸帮着还，后来他爸不管了，债主就登门找素素姐要，三番五次的，素素姐实在受不了，只能和他离婚。今天他来，只是装装样子，屁用都没有，要不然也不至于让咱哥几个帮着忙前忙后。不过，你不用担心素素姐，她现在过得很好，镇上最大的宾馆就是她开的。"

…………

陆远和韩梁一路有一搭无一搭地聊着，直到车队进入墓地园区才作罢。由于赵康和墓园方非常熟络，事先打好招呼，墓园方提供了很多便利，差不多接近中午的时候，整个葬礼顺利结束。

第二章 800公里

从墓园返回，秦素素在自家宾馆给陆远开了间套房。连着开了八九个小时的夜车，陆远着实又困又乏，进房之后连衣服都懒得脱，一头栽倒在大床上便沉沉睡去。

一觉醒来，窗外天色已经完全暗下来，放在枕边的手机正好响起。接听之后，里面传出秦素素的声音，告诉他兄弟几个都到齐了，让他赶紧到餐厅来。由于中午秦素素还要应酬那些前来参加追悼会的乡亲，而且赵康和韩梁都有公务在身不方便喝酒，所以兄弟几个把陆远的接风宴放到晚上，地点就选在秦素素开的宾馆餐厅里。

挂掉电话，陆远翻身下床，简单洗漱一番，便出了房间。先前韩梁给他介绍过，秦素素开的宾馆叫"望海楼"。永城镇靠海边近，夏季会迎来很多天南海北的游客，把宾馆名字和大海联系起来，会让宾馆显得有特色，也会让游客有一种亲近的感觉，所以开业以来生意一直很不错。宾馆总共有五层，一楼是洗浴，二楼是餐厅，三楼到五楼是客房。陆远坐着电梯下到二楼，电梯门一打开，便有女招待迎上前来，主动将他引到一间大包房里，显然秦素素已经做过交代。

包间里很宽敞，装修得富丽堂皇，有独立卫生间和卡拉OK音响设备，看着很上档次。那哥仨早已就位，老大赵康坐在中间，老二韩梁和老三张海林分坐两边。秦素素这会儿已经换上一身裙装，妆容也比先前精致，温婉中带有些妩媚，令陆远眼前一亮。秦素素以主人的身份，把陆远拉到自己身边坐下。陆远注意到四哥吴伟仍然没有现身，而且所有人对四哥只字不提，莫非他们之间出了什么矛盾？为避免破坏气氛，陆远只能暂时把疑惑放在心里。

陆远身体对酒精的代谢能力较差，少喝一点没关系，喝多了身上会起皮疹。早年间兄弟几个都见识过，所以从不强行劝酒，喝多喝少让他自己拿捏，但是今天肯定不行，兄弟分别这么多年，好不容易再相聚，必须得喝个痛快。酒局伊始，赵康拿出当大哥的派头，提议为欢迎陆远回家，大家共同举起酒杯干一杯。陆远进来之前已经做好来者不拒的准备，便跟着大家干了一杯白酒。他很少喝酒，再加上本来也不那么擅长，一杯酒下肚后，脸很快红了。后面还有韩梁、张海林的敬酒，他硬着头皮，奉陪到底。三杯白酒下肚，他感觉椅子都快坐不稳了，幸好张海林再往他酒杯里添酒时，被秦素素拦下，嚷嚷着让大家赶紧吃菜，说今天的海鲜都是刚从海里捞上来的，特别鲜灵。随后，她把陆远的酒换成茶水，其余人看在眼里，心里都有数，便不再往陆远杯子里倒酒。

陆远喝了几杯热茶，胃里翻腾的劲缓和不少，头也不像刚才那样涨疼了，便陪着大家说笑。推杯换盏，回忆往昔时光，兄弟几个都很感慨。张海林借着酒劲说要唱首歌，秦素素赶忙去打开卡拉OK音响，张海林表示不需要，用手拍在桌子上打着节奏，便带头唱起了《真的爱你》。熟悉的旋律，令其余人很快加入歌声中，一时之间满屋子敲桌子的声响，几个大老爷们伸着脖子，扯着嗓子，忘情地吼着。这一刻，陆远恍惚回到初中毕业离校前的最后一天，班里所有同学拍着课桌，对着班主任秦老师大声合唱《真的爱你》，感谢秦老师三年的教诲和陪伴，这是送给兄弟的歌曲，更是送给秦老师的。秦素素知道这首歌的意义，不禁泪眼婆娑。

欢乐的时光总是过得很快，不知不觉已近午夜。除了陆远，其余人都已醉意甚浓，秦素素表示来日方长，提议酒局今天到此为止。张海林抢着要结账。醉眼蒙眬的赵康，一脸不乐意，拍着桌子嚷着必须由他来结。他让秦素素拿支笔给他，随手在桌边捡了一张餐巾纸，在上面签上自己大名，潇洒地递给秦素素。秦素素接过来，放到桌上，并不觉得大惊小怪，显然习以为常。陆远看在眼里，不禁皱起眉头。

散席之后，陆远回到房间。冲了个热水澡，脑子清亮许多，正准备看会儿书，听到门外传来一阵敲门声，便裹上睡袍，打开门，看到是秦素素站在门口。

秦素素脸上红扑扑的，看着更加有韵味，她客气地说："不打扰你休息吧？"

"没事，进来吧，下午睡得多，这会儿还不困。"陆远指着放在套房外间茶几上的书，表示自己并不是在说客套话。

秦素素笑盈盈走到沙发前，随手翻了下茶几上的书，边坐下边打趣道："不愧是文化人，走到哪儿都不忘记学习。对了，你那三个兄弟我找人送回去了，放心，保证安安全全送到家。"

"他们都还住在村里？"

"韩梁和海林在市区买了房子，不过他俩倒是经常回村里住。"

陆远微笑点下头，转瞬正色道："素素姐，我问你个事情，你要老实回答我。"

秦素素愣了下，说："干吗？突然这么严肃？"

"大哥给你写的那张餐巾纸，是不是报销凭证？你拿着它就可以到村里会计那里领钱了对吧？他是不是经常这样在你这里滥用公款吃喝？"

"怎……怎么了？"

陆远见秦素素吞吞吐吐态度含糊，心里明白自己说中了，推心置腹地说："素素姐，算我求你，你找个机会跟大哥透透话，让他别太张扬，收敛收敛自己，我知道他不缺那点钱，他要的是面子，享受那种场面，但现在上头的反腐形势异常严峻，估计很快就会传导到基层，我不想看到他出事。"

"行了，我知道了。"秦素素有点缓过劲来，调侃道，"你们兄弟不比我更亲近，你自己怎么不跟他说啊？"

陆远不自然地笑笑，实话实说道："我和大家很多年没见了，冷不丁一回来就颐指气使，嫌东嫌西，还教大哥做人，搞得我好像瞧不起大家似的，效果反而不好。"

"好啦，我答应帮你，但你也得帮我个忙。"秦素素把放在脚边的一个旅行袋提到茶几上，语气郑重地道，"小远，姐真的有个很重要的事情，想要拜托你帮忙。"

"说说看，能帮到的，我一定帮。"

其实，刚刚让秦素素进门时，陆远便注意到她手里有一个深蓝色的旅行包，旅行包表面是帆布的，磨损得很厉害，看着年代感十足。时间再往前推，当陆远收到那封葬礼邀请函时，心里隐约有种直觉，秦素素突然邀他回来的目的可能没那么简单，现在看来正如他所料。

秦素素拉开旅行包，拿出一个纸袋子，将装在里面的一沓照片倒在茶几上，然后冲陆远仰下头，示意他自己看。陆远随即将照片拢到自己身前，一张张仔细打量起来……

所有照片上，记录的都是同一个女孩。女孩长着一张鹅蛋脸，肤白如雪，眉眼清澈，腮上有两个浅浅的小酒窝，脑袋后面扎着一个俏皮的马尾辫，整个人看着乖巧甜美，活泼可人。对于她，陆远其实并不陌生，很容易认出女孩是他的初中同学，也是当时班级里两大美人之中的一位——姜茵。

陆远把照片放回桌上，身子向沙发背上靠了靠，表情异常凝重，显然照片带给他极大的震动。从水印上看，照片的时间点集中在1996年5月到9月之间，地点有的在室内，有的在城里公园、风景区，有的在海边，有的在酒店房间中，照片中姜茵摆着各种活泼可爱的姿势，看上去极为开心。问题在于有几张照片中，还出现了秦老师的身影，两个人依偎在一起，姿态非常亲密。

"爸爸住院抢救期间，一位相熟的医生跟我说人可能不行了，让我尽早着手准备后事，这个装满照片的旅行包，就是我在整理爸爸的遗物时，在他卧室的床底下发现的。"秦素素使劲咬了下嘴唇，一脸困惑，"我从来不知道这些照片的存在，爸爸也从未跟我提过他和姜茵的事情，我想象不到姜茵会和爸爸如此亲密。"

"你怀疑他们两个在那段时期有感情交往？"

"不然呢？从这些照片中，你难道看不出他们在搞暧昧吗？是不是特别荒谬？那时期我还在外地上大学，只有过年和寒暑假才会回来，他们俩肯定是趁我不在家的时候偷偷幽会。关键那年暑假期间，姜茵还经常来我家串门，我竟然丝毫没看出来两人有问题。"

"老师和自己教过的学生交往，虽然年龄悬殊点，但现实中这样的事情也不少，不至于让你这样大动肝火吧？"

"我的困惑不仅如此，重点是姜茵从1996年10月到现在，整个人杳无音信、踪影全无，仿佛人间蒸发了一样。"

"啊？你是说……姜茵失踪了？"陆远张大嘴巴，双目圆瞪，惊讶到了极点，"你怀疑她的失踪跟秦老师有关？"

"这还不明显吗？他们两个交往的时间点，距离姜茵失踪如此之近。"

听了秦素素的话，陆远再次从桌上把照片拿起，仔细查看照片上的水印时间，时间点最末的一张是在1996年9月27日。陆远看向秦素素问："姜茵具体失踪时间是哪天？"

"我最近特意打听了一下，是1996年10月20号。"

时间点确实很近，陆远放下照片，沉默一阵，然后问："你想让我做什么？"

"找出真相！"

"那你应该找韩梁，跟派出所联系一下，让他们去查啊。"

"我很想知道爸爸和姜茵之间到底发生了什么，很想知道姜茵的失踪到底跟爸爸有没有关系，不过在查明真相之前，我不想对外声张。老师和学生交往，已经够荒谬了，再牵扯上犯罪，要是让公安局查，肯定会闹得满城风雨，外人怎么议论爸爸，用什么眼光看待我，是不难想象的，恐怕届时我这生意也没法做了。不过这些都不打紧，问题在于能查明真相还好，就怕折腾一大圈事情没调查明白，结论仍然不清不楚，就算不是我爸干的，在外人眼里也会是我爸干的。我不想让爸爸，不想让我自己，甚至我的女儿，一辈子稀里糊涂背上这样的骂名。我知道你也是警察，还是抓罪犯的专家，而且你一定能够帮我保守秘密，所以没有比你再合适的人选了。"

"你……你怎么会知道我的情况？"

秦素素微微翘起嘴角，调整下情绪，抬眼望向陆远，语气放轻松道："其实你变化不大，还是像初中时那样斯斯文文的，书生气十足，只不过个子长高了，脸上的痘痘没了，看着成熟了不少。不过你身上总有一种少年感，恐怕不论多大年纪，你的这种气质都不会变。"

"你到底是怎么找到我的？"关于这一点，陆远实在很疑惑。

"你上过电视自己都不记得了?"秦素素笑着说,"还是卫视频道,全国人民都能看到,我当然也能看到。"

秦素素这么一说,陆远想起自己曾经上过一档法制栏目。本来人家是想采访他的导师,著名犯罪心理学家王教授,但王教授临时有个出差任务,便向栏目组推荐了他。陆远也只是顶替王教授上过那么一期节目,所以自己没太当回事。

秦素素接着解释道:"我在电视上看到你,是一个法制节目,讲凶杀案件的,邀请一位犯罪专家做解读。当专家出场时,屏幕下方有两行小字介绍他的身份——陆远,首都公安大学犯罪学院副教授,犯罪心理学应用与测试研究小组副组长。我当时不敢相信自己的眼睛,直到第二天看了节目重播,才完全确认那位专家就是你。然后,我试着上网搜索你的信息,在你们学校官网上,看到你的邮箱地址——'LY19750628@xxx.com',而这个地址中的数字和你的生日吻合,于是我更加确认你就是那位专家。"

原来如此,陆远终于搞明白自己为什么会出现在这里,心情不免有些复杂,如果没有桌上这些照片,恐怕自己和秦素素很难会再有交集。

"说实话,起初我并没有想过要打扰你,只想默默祝福你,毕竟你现在和我们这些小地方的老百姓,身份太悬殊了,但我实在找不到人能够帮我,只好硬着头皮,试着把你请回来。"

陆远轻轻"嗯"了一声,思索片刻,道:"好吧,我可以试试,但只有我一个人查不现实。我需要帮手,而且得通过警方拿些资料,不可能把警方完全置于调查之外。"

见陆远终于松口,秦素素高兴万分,担心他又变卦,赶忙说:"帮手找韩梁吧?你们俩我都信得过,不过尽可能不要把圈子再扩大,包括你其余那几个兄弟,最好都不要说。"

"嗯,我心里有数。"陆远深吸口气,又想了下,道,"秦老师当年非常喜欢摄影,你尽可能把他留下的所有照片都找出来,我在其中捋捋线索。"

"应该都在这个旅行包里了。"秦素素唏嘘道,"原先家里还有好多爸爸

第二章 800公里

的摄影作品，包括几部照相机，以及各种相关书籍，后来要么让爸爸送人了，要么当破烂卖了。他也是在那个时期突然变得少言寡语，似乎对任何东西都提不起兴趣，相比原来那个热爱生活充满情趣的他，犹如变了一个人。我那时还以为他是更年期，现在想想一定跟姜茵的失踪有关，你说是不是？"

陆远不想先入为主，岔开话题道："对了，四哥的情况你了解吗？他为什么一直没出现，是不是和兄弟们处得不太好？"

"你说吴伟啊，我许久未见过他了。"秦素素耸了耸肩膀，语气中带些不屑道，"说实话，你们兄弟五个人性格特点都很鲜明：老大强悍仗义；老二正直善良；老三哪儿哪儿都好，就是改不了风流的毛病；你，内向斯文；吴伟，鬼心眼子最多，小矬个，还最爱惹事，我心里一直不太喜欢他，他的事我也懒得打听。"

陆远笑说："四哥确实爱惹事，自己又不能平事，现在想想，当年很多架都是为他打的。"

"对了，你知道他老婆是谁吗？陈艳丽，就是你们班最漂亮那个女生，也不知道怎么让吴伟搞到手的，白瞎了一个大美女。"秦素素吐槽道。

"'长颈鹿'竟然真的嫁给了四哥？"陆远不算太意外，吴伟喜欢陈艳丽，兄弟几个都知道。至于陈艳丽，陆远印象还是挺深的，瘦高个，腰身紧致，爱打扮，穿衣服总是花花绿绿的，脖子特别白，也特别长，所以同学们给她起了个外号叫"长颈鹿"。

"对，不过她好像也失踪了……"秦素素凝着神说，"也不算失踪，据传她是跟情人私奔了，反正也是好长时间没啥消息。"

"怎么会这样，班级里两个最漂亮的女生竟然都失踪了？"这个晚上秦素素带给陆远太多震撼，也成功勾起他的好奇心，不过未免是秦素素胡思乱想，他只能在心里暗自揣测，"有没有可能两起失踪事件彼此之间是有关联的？犹记得当年陈艳丽和秦老师关系也很好，难不成她们的失踪都跟秦老师有关？"

次日一整个白天，陆远都窝在宾馆房间里研究旅行包中的照片。秦素素明白事理，除了送饭，其余时间都避免打扰他。到了晚上，兄弟几个再次聚到一起，再接着喝。不过，韩梁说晚上所里临时安排了巡逻任务，只能以茶代酒。陆远见韩梁一副愁眉不展的样子，问是不是遇到了什么难办的案子。韩梁大倒苦水说正经手一个连环盗窃案，大约一个礼拜的时间，有三家小商店在夜间遭到洗劫，目前还未找到特别有价值的线索，所长严令他尽快破案，搞得他压力很大。陆远本想让他再深入讲讲案情，却被赵康和张海林打断，两人对破案不感兴趣，嚷嚷着让说点好玩的话题，陆远只能作罢。

酒局又是持续到大半夜，除了韩梁有任务在中途离开，赵康和张海林毫无意外又喝得酩酊大醉，最后也还是秦素素差人将两人送走。陆远心里惦记着旅行包，陪着将两人送到宾馆门口，便立马返回房间。

就如秦素素先前说的那样，在陆远的记忆里，秦老师是个乐观而又积极的人，对生活总是充满热忱，乐于接受新鲜事物，和每个同学都能处成朋友，从来不摆老师架子，甚至班里的同学挨欺负了，他都能带着一队男生去找高年级学生干架。还有，秦老师手风琴拉得特别棒，学校里每次举行文艺会演，都能看到他潇洒演奏的身影。而秦老师最爱的是摄影，经常到处采风，很喜欢把他的摄影作品跟学生们分享。偶尔在休假的时候，他还会召集一些同学到山野或者海边游玩照相，而且他自己会冲印照片，然后免费发给大家。

陆远仔细回忆了一下，那时候班里确实有几位女生格外受秦老师的青睐，频频成为秦老师摄影作品中的模特，包括姜茵、陈艳丽，还有其他两三个女生……陆远之所以让秦素素把秦老师的摄影作品收集完整，目的是想观察除了姜茵，秦老师是否还染指过别的女生。有些照片，从表面上可能看不出端倪，但是作为犯罪学专家的陆远，则能通过对眼神、手势、站姿、体态等等微表情的分析，看出背后的深意。

就是带着这样的思路，陆远打开了那个装满照片的旅行包。里面估计得有个几百张照片，什么风景照、家居照、人物照、动物照，乱七八糟地

第二章 800公里

混杂在一起，唯独姜茵的照片，被归整在一个大的档案纸袋中，足以显示出她在秦老师心中的独特地位。陆远首先要做的，是将这些照片分门别类归整好，重点是人物肖像照，而这也不意味着别的照片可以忽略。往深入了想，如果姜茵是被秦老师杀害了呢？她的尸体至今没人发现，是不是被掩埋掉了？那掩埋尸体的方位，会不会与某个秦老师偏爱的风景照重叠呢？

虽说案件调查需要客观、理性，但并不妨碍大胆假设，尤其是案件主要当事人一个去世一个失踪，调查方向必然要建立在种种假设上。然而，陆远花费了差不多一天一夜的时间，将所有照片按照他的想法整理好，并反复筛查多遍，暂时并未发现可疑之处，也未发现秦老师与更多女生有染的迹象。

也就是说调查进行的第一步，通过物证照片检视线索，并没有取得任何收获，那么接下来的第二步，陆远必须要走出宾馆，进行实质性的取证和走访。问题在于这一部分的工作，陆远一个人很难展开，必须得有个帮手，而且最好是警方的内应，显然秦素素推荐的韩梁是个不错的人选。不过，韩梁为人做事一板一眼，听到消息后会是一个什么态度，陆远心里也拿不准，所以决定先帮韩梁个小忙，让他欠自己一个人情，届时就好张口了。

陆远凌晨三四点才睡，一觉醒来已接近上午10点。翻身下床，拉开窗帘，阳光正耀得刺眼，窗外大街上有一辆闪着警灯的警车经过，陆远若有所思目送警车离开视线，转身走进洗浴间。他很快冲完一个澡，穿戴停当，然后打开行李箱，在里面翻找出一个小文具盒，揣进裤兜里，随后出门。在一楼大堂，遇见正在接待客户的秦素素，秦素素问他中午想吃点啥，陆远说不必管他了，他自己到街上转悠转悠，随便吃一口。

陆远出生在永平村，隶属于永城镇，这里位于滨海市甘江区G202国道沿线。永城镇距离市区不远，是远近闻名的蔬菜基地，同时又拥有丰富的海洋资源，所以算是一个相当富裕的小镇。镇政府门前有条宽敞的大马路叫永城西路，全长约 2 公里，属于镇子的中心地带，现如今道路两边商铺林立，高楼大厦比比皆是，繁华现代程度不比城里差多少。秦素素开的望海楼宾馆，挨着百货大楼，距火车站也很近，斜对面大概不到 200 米远，便是派出所。

陆远出了宾馆的大门，径直奔向派出所大楼。大楼是模式化的蓝白相间色，总共有四层，

由于永城镇在甘江区郊外片区中是最大的乡镇，所以派出所相对来说也大一些。陆远站在门口掏出手机给韩梁打了个电话，不大一会儿，韩梁带着满面倦容从所里走出来。

"干啥老五，怎么跑所里来了，有事？"

"想听你讲讲手头上那个连环盗窃案，不违反规定吧？"

"没事，咱是一个系统的怕啥？正好你是大教授，给我们案子指点指点呗。"

"我们是理论，你们是实践，应该说我是来学习的才对。"

"咱俩就别说这些文绉绉的客套话了，走，跟我来。"

韩梁急不可耐将陆远拉进派出所，然后两人顺着接待大厅正中间的楼梯上到二楼，在走廊右手边第三个办公室门前，韩梁停住脚步。门一推开，一股浓浓的烟臭味猛地窜出来，陆远紧着鼻子，看到里面的长条会议桌上堆满文件资料和照片，方便面桶里塞满了烟头，角落里还戳着一张白板，上面用磁铁钉着一张地图。韩梁介绍说，这是所里的会议室，现在是连环盗窃案的专案室。

韩梁拉开一把椅子，让陆远坐下。陆远也没客气，顺势翻看起桌上的案件资料。韩梁跟在身边坐下，道："行，你一边看着，我一边给你讲讲案子。"

韩梁稍微整理下思绪，继续道："三起盗窃案分别发生在本年 7 月 9 号、7 月 11 号、7 月 17 号夜间，地点分布在镇子的郭家村、东磨村、金龙村，被盗现场都是村民利用自家院前门房开的小卖部。这种门房的门窗都是木制的，很容易撬开，有的带着铁栅栏，但也被掰弯了。丢失的物品主

要是现金、香烟、白酒,还有一些火腿肠和榨菜等方便食品。现场除了采集到几枚相同纹路的旅游鞋印迹外,并未发现其他线索。还有一个共同的特征是,三个小卖部都在马路边上。"

"流窜作案的特征比较明显,目的很明确,经验也够丰富,盗窃物品都是价值相对高的,并且容易携带,存放也不惹眼。"陆远凝神总结说。

"我们也认为是个老手,所以把案情信息传送到分局。分局反馈消息说,今年5月中下旬,在市区锦华街道辖区内也连续发生过两起类似案件,案件现场也采集到了相同纹路的鞋印。"韩梁在桌上翻找几下,拿起一个资料夹,从里面取出一张照片递给陆远,"这是分局传过来的,是在其中一个案发现场附近,监控摄像头拍到的疑似犯罪嫌疑人的身影。"

"这也太模糊了,啥都看不清啊!"陆远打量着照片说。

"是啊,只能大概看出穿着,然后身上背着一个运动包,骑着自行车,反正现在监控就这水平。"韩梁摊摊手说。

"那镇上的呢?"陆远问,"案发当晚监控啥也没拍到吗?"

"咱滨海市天网工程建设时间不过两三年,全市总共才安装了10万个监控摄像头,用于安防监控的也就3000多个,镇上目前来说安装点很少,主要集中在镇中心区域。"韩梁介绍道。

"狗呢,受害人家都没养狗?"陆远问这番话的潜台词是,如果三个案发现场都没有养狗,说明犯罪嫌疑人有可能事先踩过点。

"没呢,不过也不稀奇。"韩梁解释说,"相较以前,现在农村的治安良好,养狗的人家不像咱小时候那么多。主要是狗闹腾不说,还得天天盯着喂食,个别有养的,也跟城里人差不多,都是那种宠物狗。"韩梁停住话头,顿了顿,咧嘴苦笑说,"对了,案子中有两家女主人晒在晾衣绳上的内裤和丝袜都不见了,估计这哥们儿不但是个贼,还是个变态。"

陆远略微沉吟一下,随即抬头看向白板上的地图,问:"有标记犯罪方位的地图吗?"

"有。"韩梁应声把堆在桌上的资料划拉到一边,从最下面抽出一张折得方方正正的地图,展开来铺到陆远身前,手指着地图上几个红点说,

"喏，三个案发现场所处的位置，都标记好了。"

陆远端详着地图，试着用一只手在地图上丈量比画着。片刻之后，他从裤兜里掏出一个文具盒，接着又从里面取出一把直尺和一支圆规，然后伏案开始在地图上画起来。大约5分钟之后，他停下手，韩梁便在地图上看到这样一幅图。

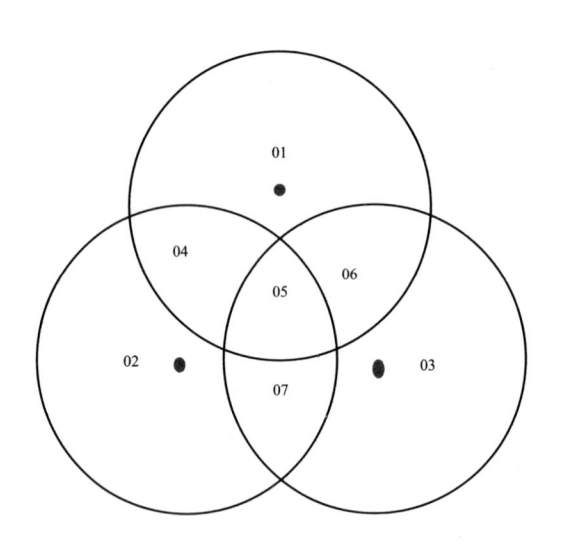

陆远对照地图解析道："序号01、02、03为三个案发现场所处的位置，04、06、07为案件两两相交的区域，05则为三个案发现场共同交会的区域，也是这幅图的重点。从'犯罪地理画像'的专业角度分析，序号05标示的这片区域很可能涵盖了犯罪嫌疑人的'归属点'，也就是说他可能居住在这片区域中。总之，综合流窜作案的特征，犯罪嫌疑人至少在这片区域有个临时落脚点或者曾经待过一段时间。"

"啥叫犯罪地理画像？"韩梁一脸狐疑，盯着陆远问，"这玩意儿靠谱吗？"

"是一种辅助侦查技术手段，通过评估系列犯罪案件中的地点分布特征，进而划定出犯罪嫌疑人最有可能居住的区域范围。"陆远详细解释道，"除了对犯罪地理的分析，还有一种是针对犯罪嫌疑人行为特征的分析，叫作'犯罪心理画像'，是根据犯罪嫌疑人的行为特征推断出他的心理状态，从而分析出他的性格、生活环境、职业、成长背景等信息。这两门学科在我们犯罪学院有专门的课题研究小组，实践效果还是很明显的，你要相信我的话，一定会对你的破案有帮助。"

"画这么个图真能破案？"韩梁将信将疑道，"那还有啥解决不了的案子。"

"当然不能一概而论，运用什么方法，还是要看具体的案件，总的来说这个盗窃案不复杂，所以我运用的是犯罪地理学中的'中心图解法'，加上空间平均值特定的算法，得出这样的结论。"陆远自信满满地说，"放心吧二哥，我还能害你咋的？"

韩梁谨慎地点点头，凑近地图仔细观察一番，双眉逐渐舒展开来，说话口吻也没有先前那般抗拒，道："如果是地图05号这片区域的话，那应该在镇里地区医院附近，周边确实住着不少外来户，流动人口比较多，也有一些出租房待租，倒是很适合流窜犯落脚。"

"他应该心智很成熟，估计年龄至少在25岁之上，不仅单身，而且生活圈子长期缺乏女性，所以养成一些不良乃至变态的嗜好。"陆远简单总结了一些犯罪嫌疑人的特征。

"不过，那片区域最近很太平，如果犯罪嫌疑人真的在那里待过一段时间的话，应该至少会发生一起类似盗窃案件吧？"韩梁很笃定地说，"根据我的经验，很多盗窃犯最先下手的目标，都是在自己熟悉的区域。"

陆远点下头，进一步分析说："是有这样的说法，但是你别忘了咱们面对的犯罪嫌疑人作案经验十分丰富，他在来咱们镇上之前已经做过多起案件，我相信他已经形成了自己的一套'就近作案'原则。"

韩梁疑惑道："这不跟我说的意思差不多？"

"不，我说的就近作案原则，和你理解的不是一个意思。"陆远看出韩梁的疑惑，便决定就这个问题展开讲讲，同时借着这个话题，把前面那幅思维图再深入解释一下，"我说的'就近原则'，也可以被称为'最小付出原则'，而这个'就近'，或者'最小'，是建立在犯罪嫌疑人作案的'心理安全区'之外的。通常犯罪嫌疑人每次作案，都会设定好一定的距离作为缓冲地带，以保证案发后警方不会很快找到他的落脚点。至于这个缓冲地带，不管它是在潜意识中形成的，还是刻意为之的，'距离'往往都大差不差，几乎是相同的。犯罪嫌疑人每次作案，必然要先越过这个距离，然后再去找最近的目标下手，所谓'就近'或者'最小'，实质上指的是犯罪现场和缓冲地带之间的距离。"陆远顿了几秒钟，又指向地图道："你现在看到我画在地图上的这幅思维图，它其实就是根据这个理论对空间进行平均分配，三起案件交会的区域，也是平均到三个案发现场最短的距离。"

"噢，原来是这么个说法，听起来好像有点靠谱。"韩梁想了想，提议道，"要不咱们实地走一趟，去地区医院附近转转？"

陆远长舒口气，迫不及待附和道："对啊，走着。"

随后，两人下楼出了派出所，开着巡警车前往地区医院方向。地区医院大楼，坐北朝南，临近路边，位置几乎就在永城西路的最西头。韩梁刚刚提到的，外来人口的群居地，在医院的东侧。这片区域，有三四十户人家，原来是铁路职工的宿舍区，都是面积大致相同的三间瓦房，带着一个小院。大概从20世纪90年代中后期开始，铁路职工带着家属陆陆续续返城搬走了，空下来的房子，大都出租给外来人口。一直到现在，成片成片的房子，年久失修，破败不堪，加之一些人家后来又盖了不少的临建房，把整片区域的巷道弄得又窄又乱、曲里拐弯的，身处在镇中心繁华地带，这地界就好像有点大城市里的城中村的意味。镇里面很早之前想过把这片区域的房子拆迁重新规划，但由于产权归属问题，一直没有实质性的推进。

从地区医院大楼东边，拐进一条岔路，韩梁把警车停在路边，简单讲了讲这片地界的历史。其实陆远多少也知道些这里的情况，但他很多年前便离开了，之后发生的事情，他自然不清楚。两人下车，韩梁提议先对临街的一些服务场所进行走访，比如小卖部、理发店、饭馆、游戏室之类的地方。这些场所进进出出的大多是附近住户，老板或者服务员对附近人群

第二章 800公里

应该有一定了解，或许能够提供出有价值的线索。这个思路肯定没问题，但陆远觉得需要把周边的情况都观察清楚，或许能够发现比居民区更有价值的切入点。

陆远站在街边，环顾四周，目光很快被不远处一个建筑工地吸引住。那建筑工地面积不算太大，位于地区医院的后身，挨着下一个路口，工地旁边有一排天蓝色的活动板房，应该是工人的临时住所。工地里面，能看到有七八个建筑工人正在热火朝天地忙碌着，搬砖的、运水泥的、扛着钢筋条的、抹墙砌砖的……

"建筑施工队也属于流动性频繁的工种，莫非……"陆远盯着建筑工人看，脑袋里冒出一个念头，一把拽住走在身前的韩梁问，"那块工地在盖什么？"

韩梁回身顺着陆远手指的方向望了眼，不以为意地回应道："噢，是镇里的新幼儿园。"

"开工多久了？"陆远问。

"地基打完了，那不刚开始盖第一层吗？好像有个十来天了。"韩梁瞄着工地说，蓦然间他神色怔了下，好像也想到了什么，语气稍显激动道，"时间点？对，施工队来了之后，才出现的连环盗窃案，而且施工队里都是大老爷们，没有女人，这不都能对上吗？"

"走，过去探探。"陆远招呼韩梁，两人随即过街，一前一后走向建筑工地。由于韩梁穿着警服很扎眼，所以两人一走进工地，便惹来工人们关注的目光。一个年岁比较大的工人，穿着黄马甲工作服，看着像是个管事的，放下手中的活，凑上前来客气地问："警察同志，有啥事吗？"

"都忙着呢？没事，随便转转。"韩梁装出很随意的口吻，"上一个活在哪儿干的？"

"在市里啊！"老工人不假思索道。

"市里哪儿？"韩梁追问。

"那地方好像叫……锦华路还是啥的。"老工人想了下，模棱两可地说。

韩梁问话间，陆远站在一旁察言观色。事实上，打从两人甫一走进工地时，陆远就注意到一个穿着脏兮兮的牛仔裤，裤腿挽得高高的小个子工人，突然推起一个运沙子的小推车，低着头从对面冲两人走来，似乎是要到工地门口的沙堆中装沙子。小个子工人推车从陆远身边擦过，一脸镇定，但脚下不知被什么东西绊了一下，猛然间一个趔趄，差点摔了个跟头。小个子工人弯着腰，用力稳住身子，就在这一瞬间，腰间露出一部分内裤，是红色的，丁字裤！陆远一眼瞥到——大男人穿红色丁字裤？会不会就是那个变态？

韩梁这边，刚刚听到老工人的回应，脸上不禁浮起一抹浅笑。施工队在锦华街道干过，接着又来到永城镇，结果两个地区都出现连环盗窃案，说明犯罪嫌疑人就在施工队里，没跑了。韩梁正暗自窃喜，突然听到陆远在身后喊了一嗓子："是他，站住，别跑！"韩梁猛回头，眼见陆远已经撒丫子追着一小个子工人飞奔出工地。韩梁不知道发生了什么事情，但也不敢怠慢，赶紧拔腿跟着追了出去。

小个子工人在前面狂奔，陆远一边喊话，一边紧追不舍，韩梁紧随其后，一场犹如电影大片中的"警匪追逐战"，在人来人往、车流穿梭不息的大马路上，现实上演开来。跑出近百米，小个子工人突然变道，身子一拐，冲过马路，窜进对面的居民区里。跑在后面的陆远下意识想要跟着冲向对面街，但却没留意到一辆高速行驶的货车正要经过，幸好司机反应灵敏，几乎在车头贴到陆远的身体时将车刹住。虚惊一场，但也让陆远落后小个子工人更多身位，好在韩梁已经追上去，及时补了他的位置。

小个子工人窜进居民区里，似乎是觉得里面巷道曲折，更容易摆脱追踪。未曾想，韩梁对里面的地形比他熟悉得多，任他如何七拐八扭、东逃西窜，都始终无法拉开与韩梁的距离。更可笑的是，小个子工人并不清楚，由于这片居民区里有很多无序的违建房，有的巷道竟然被堵成了死胡同，结果硬生生把自己逼到死角，被韩梁堵了个正着。小个子工人显然不甘愿轻易就范，眼见地上有一个碎酒瓶，他赶忙拾起，将锋刃一面冲向韩梁疯狂挥舞。韩梁轻蔑笑笑，丝毫未退让，反而迎着小个子工人冲过去。韩梁瞅准时机一把握住小个子工人挥出的手臂，顺势转身来了个背摔，紧接着用膝盖顶在小个子工人身上,将他双臂强行扭到背后,牢牢将人锁住,整套动作干净利落,一气呵成。

　　姗姗来迟的陆远,目睹到最后一幕,双手按在膝盖上,一边弯腰大口大口喘着粗气,一边冲韩梁伸出一个大拇指。

第三章
连环凶案

夜幕之下，刑侦大队会议室，依旧灯火通明。案子调查至今，推进速度异常缓慢，案件侦破遇到了极大的瓶颈，冯欢把队里几名骨干警员召集在一起，共同复盘整个案件的脉络，希望大家能够集思广益，提出有价值的建议，以此寻找突破口。

案件一：发生在 2011 年 9 月 19 日上午 10 时许，地点在滨海市甘江区周山街道李家桥居民小区 11 号楼 1 单元 201 室。被害人叫陈莉，女，41 岁，离异，独自带儿子生活，系原国营友谊百货公司后勤职工，1999 年买断工龄下岗，后专职炒股。

其致死原因，为颈部动脉和静脉被锐器割断，引发内外大出血，形成血肿，压迫气管而窒息。被害人遇害时身着一套棉麻睡衣，未发现性侵迹象，尸体被摆放在客厅中的长条沙发上，身子靠在右侧扶手旁，一只手搭在沙发扶手上，另一只手自然垂在沙发垫上，下半身的右腿交叉搭在左腿上，做出跷着二郎腿的姿态，脸上还敷有一张乳白色的面膜，乍一看就好像是家里女主人下班后，一边舒舒服服地做美容，一边坐在沙发上看着电视打发时间一样。另外，其右手食指被连根切断，经法医鉴证，为死后切割。

勘验现场发现，房间门窗完好，没有撬压痕迹，示意凶手并非暴力闯入。凶手作案后对现场进行了极为细致的清理工作，以至于未留下任何可追查的线索。被害人遭切断的手指，搜遍整个现场，乃至小区周边的垃圾箱，均没有找到，推断是被凶手带走了。还有，通过面膜上印有的品牌标志能够看出，该面膜是一款名为"欧姿雅"牌的中高档面膜。询问

第三章 连环凶案

被害人正上高中二年级的儿子王庆宇，也是该案的报案人（当日晚7时许，王庆宇放学回家，发现母亲被杀害，遂打电话报警），他表示母亲平时确有敷面膜保养皮肤的习惯，但该品牌的面膜从未在家中看到过，随后勘查人员也并未在现场搜索到同类品牌的面膜以及包装，综合判断应该是凶手带到现场来的。

案件二：发生在2012年4月20日中午12时许，地点在滨海市甘江区泉水街道泉水新城D5区6号楼1单元402室。被害人叫李明珠，女，57岁，丧偶，银行退休职工，与儿子和儿媳妇共同居住。案发时其独自在家，尸体是其儿子和儿媳下班回家之后发现的。

李明珠也是被割喉致死的，死后右手食指遭切割，断指也被凶手带离现场。其尸体同样遭到摆弄，这次是一个身穿睡裙平躺在客厅中长条沙发上的姿态，双手搭在腹部，姿态安详，像在睡觉，脸上同样也敷着一张"欧姿雅"面膜。现场仍旧被清理，未留下任何痕迹。

案件三：发生在2012年7月13日晚8时许，地点在滨海市甘江区三道沟街道绿洲小区8号楼1单元501室。被害人叫周琼，39岁，女，离异，在本市鸿源大酒店人力资源部任主管。

周琼同样遭锐器割喉致死，死后右手食指被切割，断指随后被凶手带离现场。尸体也仍旧遭到摆弄，只不过换成一个脸上敷着面膜在躺椅上睡觉的姿态。面膜品牌同样是"欧姿雅"……

综上所述，三起案件中，均未出现性侵情节，也未发现有财物丢失状况，并且在杀人手法、被害人类型的选择、杀人后的虐尸行径，以及物证线索等几个方面，存在太多的相似之处，显然是同一个凶手所为。鉴于此，队里正式决定，对该三起案件进行并案调查，并为案件命名了一个代号——"9·19"大案。

在首起案件中，曾经出现两名重要的嫌疑人，一个是被害人陈莉的前夫王明发，一个是她的情人任辉。王明发在外地工作，常年和陈莉两地分居，感情逐渐疏远，最终走向离婚的结局。当时，王明发还算大度，把房子和家里的存款都留给陈莉。但后来他偶然得知，和他离婚后，陈莉很快交往了一个年龄比她小很多的男朋友，甚至用他留下的钱倒贴小男友。王明发恼羞成怒，胁迫陈莉要么还钱和还房子，要么交出孩子的抚养权，否则他就把陈莉包养小白脸的丑事抖搂出来。不过，陈莉表示自己并不在乎，拒不还钱和房子，更表示绝不可能放弃孩子的抚养权。两个人为此发生过很多次争执，而就在他们发生最后一次争执的一周后，陈莉便遇害了。至于陈莉的小男友任辉，是她在证券营业厅炒股时认识的。而这个任辉是有老婆的，他那会儿看陈莉离婚了，也跟着离了婚，然后想跟陈莉重新组成家庭，结果遭到陈莉拒绝。陈莉是一个以孩子为重的女人，她怕孩子和后爸相处不好，担心孩子受委屈，所以压根没有过再婚的打算。但站在任辉的角度，觉得自己被玩弄了，一度跟陈莉的关系闹得特别僵，甚至扬言要报复。

然而，通过多方调查，案发时王明发和任辉两人均有明确的不在场证明，并且也未发现他们有雇凶杀人的苗头，两人的作案嫌疑因此被排除。除此二人，在随后的调查中，办案人员对陈莉的社会关系进行了广泛的走访，遗憾的是，未再发现其他具有作案动机的嫌疑人。事实上，除了与前夫和情人之间的感情纠葛，陈莉平时的为人处世都十分得体，尤其是把儿子教育得非常成功。儿子叫王庆宇，在重点高中上学，品学兼优，成绩在班级里始终名列前茅。

"陈莉案"的调查持续了数月，进展未有预想般顺利，办案人员起初并没觉得这个案子有多难办，直到案情类似的"李明珠案"的出现，办案人员才真正意识到案子的复杂性。被害人李明珠，是一名退休人员，早年丧偶，此后一直独身，社会关系简单明了，生活习惯比较规律，她跟儿子和儿媳共同生活，除了买菜、做饭、操持家务，就是偶尔跳跳广场舞，日常活动几乎千篇一律，都是围绕家庭展开，因此办案人员很快排除其与社会人士结怨的可能性。唯一值得关注的是，李明珠性格强势，喜欢在家庭中占主导地位，儿子胡凯是个"妈宝男"，对其言听计从，这便让儿媳程爽受了很多的气，加之程爽始终无法怀孕，李明珠对此怨念颇深，婆媳俩关系异常紧张，办案人员一度怀疑这是一起因家庭矛盾激化引发的案件，便将程爽

第三章 连环凶案

列为该案的嫌疑人员。

胡凯和程爽在同一所学校当老师,案发时二人均在上班,中间也没有离开过单位,他们的很多同事都能够证明。嫌疑在于程爽有一个弟弟,叫程为,曾因打架斗殴被收监过,先前有几次因为和李明珠吵架,程爽负气跑回娘家,都是这个弟弟帮她出的头。但经过调查,发现案发当时程为并不在本市,遂排除其作案的可能。

距离眼前最近的案子是"周琼案",也就是"9·19"系列大案的第三起案件。出完现场的第二天,冯欢和黄猛去了被害人周琼的工作单位。据与她同科室的工作人员反映:近段时间周琼曾和单位里两名男员工闹过不愉快。其中一位是因为贷款买房子,要求单位帮忙开具收入证明,但被周琼拒绝,理由是收入证明上要求的金额,远超职工的真实工资,因此两人在办公室里吵起来,后被其他同事拉开。另外一位,则是因为工资扣罚的问题,同样在办公室里与周琼争吵起来。而案发时,贷款买房子的那位男员工正在单位值夜班,另一位则表示自己当晚一直待在家中没出过门。但他系单独居住,并没有人能够证明他所说的话,暂时还不能完全排除作案嫌疑,有待进一步观察。

至于周琼的前夫刘晓光,冯欢再次找他问话时,他坦然承认在周琼遇害之前,他和周琼有过一次激烈争执,但仅限于言语上的。原因是他试着和周琼商量,想让儿子跟他和爷爷奶奶生活一段时间。这其实是孩子的想法,只不过自己不敢和妈妈提,所以央求爸爸去说。究其原因,是因为周琼对孩子管束过于严厉,无论在生活还是学习上,她都把孩子管得死死的,让孩子感觉透不过气来。总之,刘晓光的请求被周琼严词拒绝了,而且她还警告刘晓光,胆敢再蛊惑孩子,胆敢再提同样的要求,她就一辈子不让刘晓光见孩子。鉴于此,刘晓光只能作罢。

另外,法医尸检报告显示,周琼的成瘾性尿检呈阳性,并在尿液中检测出吗啡和可待因成分,怀疑其有吸毒的习惯。但法医并未在其躯干部位和口唇鼻腔部位,发现用于注射毒品的针眼以及吸毒造成的黏膜损伤。并且,无论是直系亲属还是周围朋友以及单位同事,都表示没见过她有类似行为，在她家中也未搜索到类似药品和毒品，遂怀疑其有可能是误服，或者被人下毒。只是，这下毒的行径到底和其遇害有无关联，一时还不好判断……

开了大半夜的会，一屋子"老烟枪"不停地吞云吐雾，搞得会议室里乌烟瘴气的，而且案情最终也没研究出个头绪来，这把冯欢熏得头昏脑涨不说，心情也郁闷到极点。

散会之后，已是深夜，冯欢脑子里乱糟糟的，毫无睡意，便打算出去运动一下。她开着车从城北到城南，穿越20多公里，来到一座跨海大桥边。停好车后，她从后备厢里取出运动装和跑鞋换上，随后上桥，开始沿着人行栈道慢跑。

冯欢经常夜跑，尤其是在深夜空旷的跨海大桥上，四周除了海浪声，听不到一点城市的喧嚣，在清静的世界里感受着海风凉爽丝滑的气息，汗水带着压力一点一点从身体里流淌出去，整个人的思维也变得开阔起来，甚至更加敏锐，所以她很喜欢带着些思考去夜跑。

用了一个小时，跑完一个来回，出了一身汗，整个人果然舒服了许多。冯欢打开后备厢，取出一瓶矿泉水，畅快地喝下半瓶水，不经意间瞄了眼路肩下的大海，蓦然看到一个黑色的身影正在向海水深处蹒跚前行。她大脑中的神经立刻又紧绷起来，这么晚了闯进海水里，是要寻短见吗？冯欢一边想着一边冲到路肩下，连汽车后备厢都没顾得上关。

通往跨海大桥的路肩地势都比较高，路边石阶下有一个海边观景台，再往下才是大海。此时正逢海水退潮期，观景台下裸露出大片海滩，冯欢见过有人在这个时候下海赶海的，但她一眼扫到观景台边躺着几个酒瓶和一些私人物品，鞋子、手机、手表，尤其是那手表，金灿灿的，发着夜光，瞅着就不便宜。这可不是赶海者的装备，冯欢的心一下子提到嗓子眼，迅速将视线投向远处的海面，只见那黑色身影晃动一下，突然消失了。冯欢不敢再犹豫，赶紧跳下观景台，冲着黑影消失的方向飞奔过去。

越往前，海水越深，直至海水没过了冯欢的脑袋，她奋力地游了一阵，

第三章 连环凶案

然后踩着水浮在海面上向四周巡睃。海面上漆黑一片，一波波海浪翻涌着向海中间退去，根本看不到人影。冯欢焦急万分，凭着直觉向前方又游了五六米远，突然间看到右侧不远处，随着浪花的起伏似乎有一个人的脑袋若隐若现。冯欢快速游过去，发现是一名男子，此时男子已趋于昏迷状态，她赶紧拖住男子的肩膀，用尽全力向岸边方向游拽。

好在随着海水的退潮，男子溺水的方位，距离浅滩并不太远，没多大会儿冯欢便将男子从深水区顺利拖拽出来。她不敢浪费一分一秒的时间，立马坐在男子身上开始为其进行心肺复苏，不知道按了多久，男子终于有了反应，他身子动了动，突然发出一阵剧烈的咳嗽，接着开始大口大口地往外吐水，逐渐恢复了自主呼吸。

冯欢长出一口气，累得瘫坐到海滩上。男子意识已然清醒，在浅滩上又躺了一小会儿，然后缓缓坐起身来。总在湿地里坐着也不是那么回事，冯欢强撑着身子站起来，走过去扶起男子，然后两人互相搀扶着走到岸边，又顺着台阶走到观景台上。

两个人都很累，直接席地而坐，冯欢这时才终于有机会仔细打量男子。原来是个长相蛮英俊的年轻人，留着清爽的短发，浓眉大眼，鼻梁挺阔，身材瘦瘦高高的，个头至少得有1米80。冯欢心说，这不长得挺阳光的吗，怎么会想要寻短见？

男子也在打量冯欢，似乎读懂冯欢的心思，主动解释道："你别误会，我不是自杀，只是最近遇到些不开心的事情，一个人来海边喝闷酒，看着海水退潮了，想下去走走，晕晕乎乎地越走越远，然后被一股浪花卷进深海里。"

冯欢微微一笑，没继续追究下去，关切地问："怎么样，你需不需要去医院仔细检查一下，我车在上面，载你去一趟？"

男子挥挥手："不必了，我没事，你走吧，我这身上都湿透了，别把你车弄脏了，我一会儿自己打个车回去。"

"行，医院不去就不去，你住在哪里，我顺路送你一程，这个时间点这里怎么可能打得到车？"冯欢不容争辩道，"别磨叽，赶紧，跟我走。"

消失在恶的尽头

男子闻言,也不再拒绝,乖乖地穿好鞋,跟在冯欢身后,来到车边,坐进车里。"对了,我姓闻,就是用鼻子闻那个闻,叫闻采,你呢,怎么称呼?"

"冯欢。"冯欢启动车子,忍不住调侃道,"闻财?你这名字取得挺财迷啊,有钱人家的孩子吧?"

"想什么呢,不是财产的财,是风采的那个采。"闻采晃晃自己的手机道,"你给我留个手机号吧?毕竟你救了我一命,我应该好好感谢你才对。"

冯欢心说,留个屁,手机在裤兜里没来得及掏出来,被海水泡得都开不了机了,不过嘴上轻描淡写道:"不必了,小事一桩,不用放心上。"

闻采没强求,道:"行,你不愿意就算了,你把我送到中山街放下吧。"

"怎么着,还要继续喝?"冯欢知道那里有著名的酒吧一条街。

闻采含糊地说:"不是,有个朋友住在那附近,我过去对付一宿。"

冯欢不想过多打探旁人隐私,没有继续深问,闷头专心开车,差不多一刻钟之后,她把闻采送到目的地放下。眼看着闻采走远,冯欢突然觉得他的背影有种说不出的落寞,她想追上去给他一张名片,但想想,又算了。

一个晚上,又是跑步,又是救人,可把冯欢折腾惨了,回到家里简单冲个澡便睡了。第二天早上醒来,感觉肩膀和后背特别紧,有种剧烈的酸胀感。这种感觉,让她联想起昨夜从海里救出的男子闻采,她把身子靠在床头,稍微发了会儿呆。

当了这么多年的警察,冯欢经历过不少自杀案件,其中有大部分当事人都会在自杀前将身上的重物完全卸下,比如鞋子、手表、手机、钱包、皮带、眼镜等等,代表着他们想挣脱一切束缚,彻彻底底地获得解脱,所以尽管闻采一再表示他是误入深海,但以冯欢的经验判断,他或许真的是去寻死。

说起来,从穿戴打扮和外表、气质、修养上看,闻采应该家境很不错,而且又那么年轻,时光大好,能有什么过不去的坎?估计就是年轻人中情情爱爱那点事情,受到点挫折,在酒精的催化作用下,一时想不开去闹自

第三章　连环凶案

杀，冷静过来应该就没事了。这么想，冯欢觉得这个事情可以翻篇了，毕竟还有一堆头疼的案子等着她解决。

吃完早饭，从家里出来，冯欢跟队里打声招呼，说要晚去一会儿，她得先去把手机修好。结果到了维修店，折腾一个多小时，维修师傅表示手机被海水腐蚀得太严重了，没法修，不过手机卡还可以继续使用，冯欢一咬牙到隔壁商场里买了部新手机。回到队里，已接近中午，在大院里她遇到刚外出回来的黄猛和宁辛然，两个人看着心情大好，一脸喜滋滋的模样，冯欢估摸着这两人一定是查到新线索了。

果然，宁辛然小跑着凑到冯欢身前，手里举着一枚U盘，道："冯队，我们可能找到凶手了。"

"没那么夸张。"从后面赶上来的黄猛稳重地说，"只是一个可疑人物，而且看不清全貌。"

冯欢道："边走边说。"

"是这样的……"黄猛跟在冯欢身边说，"按照你的指示，我们去了羊汤馆，随后又去派出所查监控，都没有找到有关劝架的那个年轻男子的线索。之后，我和辛然试着重走一遍周琼母子俩当日离开羊汤馆步行回家的路线，结果走了五六百米远，发现一家临街开的花店的门口，冲着大马路方向安装了一个摄像头，据说是因为花店的窗玻璃被人砸过。"

听完黄猛的解释，冯欢瞄了眼宁辛然手上的U盘，加快脚步走进办公楼里。三人来到大办公间，聚在黄猛工位前等着观看监控视频回放。宁辛然把U盘插进电脑主机上，滑动鼠标，点开一个视频，将播放进度条直接拉到第25分钟38秒。视频画面中，周琼母子俩正从花店门前的步行道上经过，由于视频像素较低，看不清周琼面部的具体表情，但能感觉到她很生气，不时回头数落儿子。在两人走出画面之后，陆陆续续有一些行人从花店门口经过，当进度条显示在第27分20秒时，也就是距离周琼母子俩从花店门口走过近两分钟之后，一个身穿白色T恤衫，头戴米色运动帽的高个男子，从画面中匆匆走过。

黄猛指着电脑屏幕说："白衣服，米色帽子，看到了吗？这肯定就是那个劝架的年轻人。"

宁辛然附和说："他肯定在偷偷跟踪周琼母子俩。"

冯欢微微点下头，用手指在屏幕上比画两下，示意把视频倒回来再看一遍。宁辛然照做，随后慢放，在白衣服男子出现的瞬间定格画面。冯欢盯着屏幕，略显遗憾地说："只能看到侧脸，还有帽子遮挡，画面也很模糊，找技术科的人帮帮忙，尽可能把画面搞清楚些。"

"好，"宁辛然咂了下嘴，微微晃头说，"不过我感觉提升空间不大，这个监控摄像头本身像素太低了。"

冯欢道："试试看吧。"

黄猛试着说："那咱们现在可不可以合理怀疑，视频中的白衣男子就是凶手？"

宁辛然进一步说："他从羊汤馆一路跟踪周琼母子俩回家，然后蹲守观察，恰巧看到周琼前夫把孩子接走，于是找借口登门杀了周琼？"

"动机呢？难道仅仅是因为他劝架反被怼了？"冯欢单手托腮，思索着说，"感觉有些头重脚轻，这么简单的报复动机，配不上那么复杂的案件情节吧？"

"我觉得都很有可能啊！"宁辛然坚持己见说，"这人分明就是个变态，对他人来说多么不可思议的杀人动机，都是合理的。"

"那说明凶手选择目标是具有随机性的。"冯欢总结道，"当然，有的案子他可能选好目标后，会经过一段时间的跟踪和筹划，从而寻找最合适的时机下手。"

黄猛顺着她的话道："遵从这种模式往前推，是不是意味着陈莉和李明珠，也是在公共场所被选中的？她们或许同样做过比较惹人注意的事情，或者对凶手造成了某种伤害？"

"算是一个合理的推理逻辑。"冯欢抬手看眼表，道，"行了，到午饭点了，咱们去食堂边吃边具体聊聊。"

"我们吃过了。"黄猛嬉皮笑脸地说，"在'张福记'喝的羊汤，味道真不错，我上次喝完心里一直惦记，今天正好顺道过去解解馋。"

第三章 连环凶案

冯欢皱着鼻子说:"怪不得我闻你俩身上怎么有股羊膻味。"

宁辛然笑着说:"大黄这回真没介绍错,那里的羊汤确实挺好喝的,怪不得那么多人都喝上瘾了。"

"小丫头片子,没大没小的,跟你说过多少次了,叫黄哥知道吗?"黄猛不自在地说,"大黄,大黄,听着跟叫只狗似的。"

宁辛然比画着黄猛的脸,说:"说真的,你瞅你这大脸盘子,眼睛又那么大,还一脸嘟嘟肉,你不觉得自己长得像迪士尼动画片里的那个'布鲁托'吗?"

黄猛愣了下,立马反应过来,气笑了说:"那不就是只狗吗?"

"你们俩别闹了。"冯欢突然板起脸,沉声说,"走,一块儿跟我去趟法医科。"

冯欢突然的情绪变化,把黄猛和宁辛然搞得有点发蒙,但眼见冯欢一脸严肃,二人也不敢多问,只好乖乖地跟在她身后。到了在隔壁楼里的法医科办公室,金秀梅正拿着饭盒准备去食堂打饭,冯欢拦下她,指着黄猛和宁辛然,让金秀梅给两人做个尿检。

金秀梅一脸纳闷:"他俩做啥尿检?"

"'五合一',做完你就明白了。"冯欢说的"五合一",是指五合一毒品检测,包括冰毒、吗啡、K粉、摇头丸、大麻等五种毒品,在一份试剂盒里便能完成检测。

金秀梅对冯欢从来都是无比信任的,知道冯欢这么做一定有她的道理,便从工具箱里拿出两个尿检盒交给黄猛和宁辛然。不多时,两人带着尿液样本回来,将其交到金秀梅手上。金秀梅此时已经准备好试剂和试纸,随即便开始检测。一刻钟之后结果出炉,两人吗啡检测项均呈阳性。这可把黄猛和宁辛然吓坏了,脸色瞬间变得惨白,警察体内检测出毒品成分,那可不是闹着玩的,搞不好身上的"蓝皮"都得给扒了。

"不用慌,我测也是这个结果。"冯欢早有预料,说,"咱们三个加上被害人周琼,体内应该都能检测出毒品成分,估计是因为我们都喝了'张福记'的羊汤。"

金秀梅闻言，一巴掌拍到桌上："我懂了，先前在周琼体内检测出吗啡和可待因，它们都是罂粟中所包含的成分，估计是黑心老板往羊肉汤里加罂粟壳了。据说这玩意儿放汤里不仅让人上瘾，而且还特别提鲜。"

冯欢冲宁辛然笑笑说："得给辛然再记一功，你先前无意中也提到'上瘾'两个字，让我茅塞顿开。"

宁辛然欲哭无泪，心有余悸地说："那您早跟我们说明白不行啊，都吓死我了！"

黄猛用胖胖的大手揉着胸口，吐槽说："领导，你这是非要把人吓出个好歹来。不过这样也好，咱们不用再浪费精力调查吸毒情节了。"

"不能就这么算了吧？"金秀梅不甘心道，"那羊汤馆的人不抓吗？"

"必须抓啊！"冯欢斩钉截铁道，顿了下，冲金秀梅交代说，"你先准备下，我去找局领导汇报，然后派人过来跟你会合，再叫上市场监管局的同志，一道去羊汤馆现场取证，如果证据确凿，当场封店抓人。"

金秀梅愤恨地说："行，我等你的人来。"

第四章
20 年

1992 年，暑假快要结束的时候，陆远离开故乡。再回来，是 2012 年，时间过去整整 20 年。

离开村子那天，他走得悄无声息，因为他不想在分别时装出悲伤的样子。17 岁之前的人生，他经历的痛苦要远远大于喜悦，所以离开让他感到莫大的庆幸。他甚至以为自己永远不会再回来。实质上，此时此刻，虽然他人已经回到故乡，但他依旧没有勇气面对自己的过去，尤其是他的母亲……

陆远回来这么多天，一直还没进过永平村，其实去村里也没什么意义，他的家早就不复存在了，除了调查姜茵失踪事件的谜团，他想不出什么别的理由要去村里。陆远选在天完全黑了以后，开车进了村。在陆远的记忆里，从村口通往村子中心地带的这段路上，原本两边全是一眼望不到边的菜田，而现在已经被各式各样的房屋建筑占满。有一排排住家洋房，有崭新的小学校大楼，有大型工厂、商铺、饭馆、超市等等，与 20 年前相比，完全是翻天覆地的变化，也让陆远心中的疏离感更甚。

汽车大约行驶了 1 公里，经过一座水泥桥，才算真正进入村子腹地。陆远记得这座水泥桥叫永平桥，车子开过桥，在一个十字路口的中央，陆远看到一张熟悉的面庞——姜勇。这人是个天生智障，据说是父母近亲结婚造成的，想来他应该也 40 多岁了，但容貌几乎一点未变，还是陆远少年时记忆中的那副面孔。

姜勇，村里人都叫他大勇，算是村子里具有代表性的人物。打从上学起，陆远就看到他成天在永平桥下这块地界来回游荡。当时的小学校，也在永

消失在恶的尽头

平桥下，现在已经变成一个休闲广场。大勇逢人都是笑嘻嘻的模样，喜欢跟人打招呼，很和气，也很善良，陆远那时经常看他给流浪狗和流浪猫喂食。村里的原住民几乎都认识他，有外来人欺负他，会有人站出来给他撑腰。有时候，看他中午没回家吃饭，路边做买卖的有的给他一口饼吃，有的给他一口水喝，反正饿不着他。

陆远没想到，过了这么多年，大勇依然活跃在"他的地盘"。昏黄的路灯下，大勇穿着一身保安制服站在十字路口，像交警似的做着各种手势，对周围来往车辆进行指挥，当然他只是一通乱指，路过的车子该怎么开还是怎么开。陆远看到大勇，感觉很亲切，他把车停到街边，从后备厢中取出一瓶矿泉水，穿过马路走到大勇身前，把水递给他。"你……你是小远。"大勇竟能认出了他，还能叫出他的名字。"小远，你知道我妹妹去哪儿了吗？"

对了，陆远想起，大勇是姜茵的亲哥哥。

辞别大勇，陆远驾车继续向村西行驶。永平村在永城镇中属于大村，大概有800户原住户，从区域上划分为8个村民小组。从村口通往永平桥的马路两边，住的是7组和8组的村民；村子中心地带——村委会大楼附近，主要住着2组和3组的村民；1组的村民住在村子的东北方向；4组住在村北；5组和6组的村民，集中住在村西以及西北方向。村里有条泄水渠，老百姓土话叫"河套"，大约有5公里长，从村东头贯穿村子腹地，一直蜿蜒到村西海边盐场区域。这条河套也是村民5组和村民6组的分隔线，中间有一座青石桥连接，桥东为5组，桥西为6组。陆远结拜兄弟中的老四吴伟，住在桥东村民5组，而且距离河套边很近。

陆远这趟进村，主要为探访吴伟而来。来之前陆远问过秦素素，秦素素表示吴伟至今仍住在家里老房子那边，但房子里面重新装修过，他与陈艳丽结婚后先是和爸妈一起过，几年前他爸去世了，他妈便搬出去跟他妹一起住。陆远对吴伟他爸记忆还是蛮深的，老人家叫吴立民，是村里的"赤脚医生"，文化水平相对来说算是比较高的，为人很开通，心灵手巧，会很多本事，特别能折腾。他种过菜、种过花、种过草，养过猪，养过鸟，

第四章　20 年

养过鱼，甚至养过蛇，陆远生平第一次吃蛇肉，就是在吴伟家。他还会瓦匠活，家里院子、房子修修补补的活，从来都是亲自上手。吴伟家本来是四间大平房，后来因为漏雨，改成起基房，那梁上的瓦就是他爸带着兄弟五个一手铺就的。当时可把兄弟五个累惨了，叫苦连天，现在回忆起来，还是很有意思的。

记忆中吴伟家住在临近大马路的第二排房子里，挨着河套数第三家。陆远将车拐进那条大马路时，差点以为走错了，原本那一片的房子有几十户，现在只剩下吴伟家和挨着河套边的那两家。显然，这块地界眼下正在搞拆迁，剩下没拆的三家，可能就是所谓"钉子户"。陆远好像有些明白了，为什么吴伟不再和兄弟几个那么亲近，估计是和赵康在拆迁问题上产生纠纷了。

陆远把车缓缓停在吴伟家门前。灰色的院墙，高高的门垛，两扇红油漆的大铁门紧紧闭合着，看不到院子里是什么情形。陆远试着轻推下门，门竟然"吱呀"一声开了。院子里很规整，中间是一段水泥路，西侧挨着院门有一个偏房，再就是厕所，然后还有一个柴火房。农村现如今跟城里一样，一般情形下做饭都用液化气罐，很少动用大土锅，不过冬天取暖还是要烧柴火和煤，所以家家户户都有一个柴火房。院子东侧，绿油油一片，有一棵枣树，其余的空地都种上了菜。

借着门灯的余光，陆远稍微打量一番院子，然后便与吴伟打了个照面。吴伟坐在房檐下的水泥台上，身前放着小木桌，手里正端着一杯茶往嘴边送。吴伟也看到了他，四目相对，两个人都愣住了。随即，两人又都笑了，气氛淡然，反倒让陆远很自在。

陆远主动走到吴伟对面的木凳前坐下，肉眼可见，吴伟清瘦了许多。陆远记得小时候他是张圆脸盘，现在两边脸颊明显凹陷进去，加之唇边和下巴散落着稀稀拉拉的胡楂，流露出些许的沧桑，整张脸看上去有一种深深的疲惫感。

吴伟从茶盘里取出一只杯子，放到陆远身前，拿起茶壶，一边给陆远斟茶，一边问道："啥时候回来的？"

陆远本想说是"秦老师葬礼那天",话到嘴边担心吴伟尴尬,便改口说:"几天前。"

吴伟放下茶壶,淡淡地问:"回家看看了吗?"

陆远端起茶杯喝口水,默默摇头。

吴伟"哼"下鼻子,感慨道:"房子被你二叔占了,前几年翻新过了,物是人非,不看也罢。"

陆远抿抿嘴,勉强挤出一丝微笑:"听说你跟陈艳丽结婚了?"

吴伟没应声,抬眼和陆远对视,随即又垂下头,显然不太愿意聊这个话题。

陆远看懂吴伟的心思,岔开话题问:"姜茵失踪很多年了,你听说了吧?"

吴伟耸耸肩膀,道:"是啊,很莫名其妙。"

陆远转入正题,道:"我记得陈艳丽和姜茵关系很好,事情发生后,陈艳丽有什么反应?"

"那段时间她情绪确实有些低落,其余的倒也没多说什么。"吴伟反问,"你怎么想起问这个?"

"有些好奇。"陆远含糊地说,"你最后一次见到姜茵是什么时候?"

"这哪想得起来,都过去多少年了,她失踪之前我也很长时间没和她照过面了。"吴伟盯着陆远的脸,饶有意味地说,"你是在帮着找姜茵吗?"

陆远应付道:"只是好奇而已。"

吴伟撇嘴笑笑,显然不是太相信陆远给出的理由。陆远起身伸了个懒腰,掩饰着自己的尴尬,随即拾起吴伟放在桌上的手机,按下一连串数字,将电话交还给吴伟:"这是我的手机号,有事情随时打给我。"

吴伟知道这是陆远在道别,很自然地起身送客。陆远走到门口,突然停住脚步,回头意味深长地看着吴伟:"四哥,你一直在等陈艳丽回来吗?"

吴伟愣了下,使劲点着头,一脸笃定地说:"她一定会回家的!我确信!只是,你,怎么看出来我在等她?"

第四章 20年

"一个人喝茶，放两张凳子。"

从村里返回镇上，回到宾馆，天色已经很晚了。陆远走出旋转门，看见二哥韩梁坐在宾馆大堂里，正和秦素素喝着茶闲聊。

韩梁显然已经从秦素素口中得知陆远去探望吴伟了，含含糊糊地问："见到老四了？还好吧？"

陆远闷声点下头，不想多聊吴伟，岔开话题说："你这是刚加完班，还是值班偷懒出来了？"

韩梁打着哈哈说："刚整理完连环盗窃案的材料，人也送看守所了，所长特意托我过来感谢你这位大专家，还说有时间要请你坐坐。"

陆远笑笑，摇摇头，示意用不着。秦素素适时插话进来道："我跟你说老二，这回你可欠老五个大人情，你得想好怎么还他。"

"没问题啊！"韩梁拍着胸脯道，"说吧老五，你想让二哥为你做点啥？"

陆远还未来得及应声。秦素素冲他使个眼色，主动接话道："你们俩去房间聊吧，待会儿我让服务员送壶茶过去，让你们哥俩聊个够。"说完又冲韩梁开玩笑说："赶紧走，穿身警服坐我大堂里，谁还敢进来洗浴，影响我生意知道不？"

韩梁笑着回应："穿警服咋了，你这不号称绿色洗浴吗，有啥可心虚的？"

"走走走，快去吧。"秦素素从沙发上拉起韩梁，冲电梯方向推了一把。

随后，陆远和韩梁坐上电梯，一起回到陆远的房间。不多时，服务员端来一壶茶和一整套茶具。两个人对坐着默默喝着茶，韩梁第三杯茶下肚后，一抹嘴，直白地问："说吧，有什么我能帮到你的？"

陆远闻言，便知刚刚在大堂里，韩梁肯定看到秦素素冲自己使眼色了，不过这样也好，省得他绕弯子了，他语气低沉道："其实这次素素姐找我回来，参加秦老师的葬礼只是其次，最主要是的想让我帮忙查个事情，事情跟秦老师和姜茵有关……"

陆远一股脑讲完秦素素请他回来的真实意图，又从茶几抽屉里取出一沓照片交给韩梁。韩梁看着照片中的姜茵和秦老师，震惊到无以言表，满面错愕地说："1996年姜茵21岁，秦老师50岁，这中间差着近30岁，他们俩怎么会搞在一起？这……这真是秦老师留下的照片？"

陆远轻轻"嗯"了一声。

韩梁摇摇头，仍不敢置信，缓了缓神道："所以，你和素素的意思，是咱们俩一道找出真相？那找出真相之后呢？"

"之后，法律归法律，人情归人情，该怎么处理就怎么处理。"陆远非常严肃地说，随即转换口气说，"不过在查明真相前，暂时一切都需要保密，对任何人都不能说，这也是素素姐特别要求的。"

韩梁端起茶杯送到嘴边，一饮而尽，道："素素姐，这真不是在自讨苦吃吗？"

陆远也喝尽一杯茶，道："换成你，你怎么办？"

"不知道。"韩梁沉吟了下，冲陆远伸出手，"我对姜茵的失踪，也关注了很长时间，只是不知道该从什么地方着手，现在能和你这个大专家一道调查是我的荣幸，也有可能是姜茵的荣幸！合作愉快！"

陆远握住韩梁的手，用力摇了摇："合作愉快！"

两人相视笑笑，陆远想让气氛轻松些，转换话题问道："素素姐不是考上大学了吗，她怎么会又回来开宾馆呢？"

"这个你干吗问我，直接问当事人啊！"韩梁明白陆远的用心，故意醋意十足地说，"还是你们俩关系亲啊。她呢，和你一块挖坑，把我拉进调查里，你呢，又怕哪句话问错了，伤害到她，所以跑过来跟我打听，是吧？"

陆远抿抿嘴，不置可否。

韩梁满脸不屑道："还不都是因为陈锋！素素姐大学毕业之后，分配到区里的农业局工作。陈锋死乞白赖把她追到手，可结婚没多久，他就原形毕露了。家里活一点不伸手，家外也不正经上班，整天游手好闲，吃喝嫖赌，花钱如流水。那天在殡仪馆，我跟你提过他欠了好多赌债，而且数额都不小，素素姐被债主逼得没招，只好把秦老师在市区的房子卖了替他还债。也算仁至义尽，那之后两人悄悄把婚离了。"

"秦老师在市里有房子？什么时间买的？"陆远问。

"学校分的，2000年的时候，两室一厅，不过秦老师基本没怎么去住过，去世前一直住在村里的老房子里。"韩梁继续话题说，"虽然大家关系很好，但毕竟是人家里的事情，我们外人不便参言，素素姐也不太跟我们说，直到她卖了秦老师的房子，给陈锋还完债，两人把婚离了，我们才知道，并且还是从秦老师口中得知的。秦老师说，是他坚持要素素姐把房子卖了给陈锋还债的，他不忍心看素素姐在那段不成功的婚姻里继续忍受折磨，所以不顾一切想让素素姐尽快脱离出来。秦老师还说，素素姐在单位工作得很不顺心，同事们都在背后嚼舌头，拿她的婚姻当笑话讲，领导还时不时给她穿小鞋，因此她想辞职去南方闯荡。听了秦老师的话，我们哥几个心里有点不是滋味，当天晚上老三去找素素姐，说辞职就辞职吧，但没必要去南方那么远，就在镇上开宾馆，问素素姐愿不愿意。"

"这么说这宾馆的房子，也是三哥家的产业？"陆远很诧异，没想到张海林家底如此雄厚。

"对，最早这房子是被一个外地人租来开宾馆的，后来生意不好到期没续约，房子便闲置了大半年，不过里面装修保持得很好，重新开宾馆，不需要大的投入。本来我们哥仨给素素姐凑了笔启动资金，不过她没要，自己到银行贷了笔款，把宾馆就干起来了。"韩梁拿起放在桌上的手机，点亮屏幕看眼时间，道，"今天先说到这里，都后半夜了，我也该回去了。"

"行，关于调查细节，咱们明天再深聊。"陆远起身送客，随口问道，"你回村里还是市里？"

"平时老婆和孩子住市里，我大多时间住村里爸妈家，上下班比较方便，还能兼顾老人，行了，走了。"韩梁走到门口，冲陆远挥挥手，顺手帮忙带上房门。

送走韩梁，陆远坐在沙发上琢磨了会儿吴伟。虽然只是短短的一次碰面，但吴伟带给陆远的触动却很不一般。吴伟身上流露出的那种淡漠、疲怠、颓废的气息，让人有很深的距离感，仿佛让陆远看到了自己的影子。他的直觉告诉自己，和他一样，吴伟内心深处一定隐藏着什么秘密。

次日清晨，也不知道是几点，反正陆远感觉自己好像刚睡着，便听到电话响了。摸出电话一看，才8点多。电话是韩梁打来的，接听之后，里面传来不容争辩的声音："快点下来，到餐厅吃早饭。"

陆远简单洗漱一下，穿着拖鞋便下楼了。到了餐厅，看到韩梁已经吃上了。早餐是自助餐，陆远往托盘里装了一碗稀粥，两个茶叶蛋和一碟咸菜，端到韩梁所在的餐桌上。屁股刚挨到椅子上，就见韩梁从公文包里取出一个牛皮纸档案袋，放到餐桌上，推到他身前："喏，有关姜茵失踪的调查材料。"

陆远拿起档案袋，解开绳扣，冲里面打量一眼道："你不会是从所里偷出来的吧？"

"我跟所长打过招呼了，说你挺关注这个事情，所长连想都没想就同意我把材料拿给你看，还说你帮所里破了大案，应该好好感谢你，有啥需要让你随便提。"

"也行，不用掖着藏着，只要暂时不把秦老师牵连进来别的都无所谓。"

"嗯，我也是这么想的，我们所长人不错，对你也很信任，如果咱要真把事情搞清楚了，他也乐见其成。"韩梁吃完碗里最后一口粥，用纸巾擦擦嘴，道，"既然决定要查，就争取查个明白，我可以全力配合你，但你暑假结束就得回去上班，而且你当老师的开学时间比学生还要早，我估摸着满打满算你顶多还能待一个月，所以咱们得争分夺秒，不能浪费一点时间。"

陆远赞同道："对，吃完饭，咱们先研究下材料，然后我把具体的调查思路和你交代一下。"

吃过早饭，两人立刻进入工作状态。调查材料显示：1996年10月20日，下午5时许，永平村村民姜青山送女儿姜茵到镇上坐火车返回学校。彼时，姜茵系师专学校92级（2）班的学生，时年21岁（早年农村孩子上学比较晚，通常是8周岁才开始上学）。师专学校，位于滨海市星海区，距火车站大约3公里的距离。类似姜茵这种住在本市近郊的学生，逢周末休

第四章 20年

息，大多习惯于周五傍晚离校回家，然后周日傍晚返校。

1996年10月21日，周一上午，学校方面打来电话，表示姜茵并未按时到校，也未向班主任老师请假，询问家长是否知情。当时学校是把电话打到村部，由村部转讯给姜青山的。姜青山获知消息后，顿时就慌神了，他明明亲眼看着女儿姜茵上了火车，而且直到火车开出很远才离开，女儿怎么会没按时到校呢？学校方面得到回复后，建议家长报警，于是姜青山便到镇派出所报警声称女儿失踪了。

派出所接警后，派民警赴学校展开走访。据班主任老师说，姜茵是一个很听话的学生，学习成绩中等，人长得很漂亮，但平时做派属于不显山不显水的那种，一直以来都没有什么反常的举动。而据姜茵同宿舍的几位舍友反映，除了10月20日那个周日，姜茵没有按惯例在晚间返校之外，此前她还有过一次类似情形，但那次她在周一早晨赶回了学校。另外，虽然在学校里有很多男孩子追求姜茵，但并没听说过她和谁发生情感纠纷。

…………

阅读完卷宗，陆远深感失望，报告中没有提及任何具有犯罪嫌疑的对象，这意味着他和韩梁几乎要从零开始。

姜茵失踪至今，活不见人，死不见尸，理论上存在诸多可能，但从经验上判断，她活着的可能性不大。估计她早已被杀害，尸体遭到抛弃或者掩埋，只是至今还未被发现而已，这或许也是最接近于事实的一种推理。那杀人动机是什么？杀人现场在哪里？杀人时间是哪一天？把这三个问题搞清楚，凶手自然呼之欲出，但目前来说一切都是未知，只能先由姜茵"失踪"的时间和地点着手开始调查，那么眼下急需确认的，是姜茵最后被"目击"的时间和地点。

以材料记载的信息来看，最后目击到姜茵的人是她的父亲姜青山。打眼一看，姜青山就是那种老实巴交的人，穿着朴素，不善言谈，即使在自己家里，面对来访的陆远和韩梁，感觉也很拘束。还有他老伴陈娥，姜茵的妈妈，坐在他身旁，脸上的笑容看起来也极其勉强。

由于要尽量保持低调，这次陪陆远出来走访，韩梁穿着一身便衣，不过姜青山知道他是警察，也知道他曾经是女儿的同学。至于同是女儿同学的陆远，他则表示毫无印象。为避免带给姜青山不切实际的遐想，韩梁表示这次问话，只是为了对调查资料进行填充，并非因为姜茵的失踪事件有了新发现。当然，这话很扯淡，韩梁自己都听不明白，更别说姜青山了，反正别让他胡思乱想就行。

姜青山当着两人的面，再次讲述了他最后一次送女儿坐火车回学校的整个情形。随后，陆远开始发问："那天，或者说之前的一段时间里，你丝毫也没察觉姜茵有任何反常之处吗？"

姜青山干脆地摇摇头，语气有些伤感："那天她说我的摩托车排气筒声音太响了，让我找时间好好修修，要不然路上老有人瞅她，怪不好意思的，其余的啥也没说。"

"她每次回学校你都要送她到镇上坐车？"

"基本上吧，咱村有个地痞喜欢她，总去火车站纠缠她。"

"地痞？谁啊？叫什么名字？"

"徐德浩，那个强奸犯！"

"徐德浩？"陆远听着耳熟，但一时又想不起来是哪个，他瞅了眼韩梁，想得到些提示。

"是小铁蛋。"韩梁颇为不屑道。

一提小铁蛋，陆远想起来了，是上中学时比他们高一个年级的一个男生。脑袋圆圆的，身材五短粗胖，看着圆咕隆咚的，脸很黑，喜欢剃光头，有点像小时候大家喜欢玩的铁的溜溜球，所以人送绰号"小铁蛋"。给陆远印象很深的是，这哥们儿当年在学校那会儿，老爱装社会大哥，一天到晚咋咋呼呼的，又没啥真能耐，总挨揍。

陆远冲韩梁问："他强奸谁了？"

当着姜茵父母的面，韩梁不方便细说，简单回应道："跟姜茵无关。"

陆远把视线转向姜青山问："那天徐德浩在火车站吗？"

姜青山沉吟一下，然后道："应该不在，反正我没看到他的影子。"

"姜茵上大专之后，在村里朋友多吗？同龄人中和谁走动比较密切？"

"好像跟老陈家那丫头（陈艳丽）走得最近，是吧？"姜青山冲坐在身边的老伴陈娥征询道。陈娥连忙点头，表示赞同。

"在师专学校那边，有没有认识新朋友，特别要好的那种？"

"学校的事，她回来提得不多。"

"姜茵每次都是周五晚上回来，周日傍晚返校，这个习惯有没有例外？在姜茵失踪前的一段时间里，她有没有因为什么事情耽搁了，然后只能周一早晨再从村里返回学校的情形？"

"没有，没有。"姜青山回应得很坚决。

陆远"嗯"了一声，视线在姜青山和陈娥脸上扫过，陷入短暂的思索。姜青山夫妇俩怎么会如此紧张？尤其是陈娥，双手始终不自觉地握成拳头，从身体语言上看，这夫妇二人似乎有什么难言之隐。陆远临时起意，斟酌着话语说："咱们来打个比方，如果姜茵是主动离家出走的，以二位对女儿的了解，你们觉得会是什么原因？比如情感方面的问题，学业方面的问题，或者你们家庭内部出了什么问题？"

"没有，家里没出过什么事。"一直默不出声的陈娥，使劲挥挥手，抢先跳出来否认。姜青山愣了愣，瞥了老伴一眼，跟着缓缓点了两下头，又赶紧使劲摇摇头，似乎生怕陆远误会他的本意——他点头是在附和自己老伴的说法，而不是说家里曾经出过什么状况。

两人的反应，反而更加让人起疑，连韩梁也看出二人的问题来。他迅速与陆远对了下眼色，随即两人起身道别。出了姜家的院子，上了车，陆远启动车子，韩梁在一旁说："这老两口看着很不对劲。"

陆远若有所思道："小时候都听说过，他们是近亲，所以生出低能儿大勇，但姜茵完全正常，等上网找资料查查看，这种近亲结婚的，生出正常孩子的概率有多大。"

韩梁听出弦外之音："你怀疑姜茵不是他们的亲闺女？"

陆远迟疑着说："只是突然间冒出这种想法，不知道靠不靠谱。"

韩梁琢磨了下，附和说："嗯，你这么一说，也不是不可能，姜茵着实长得太漂亮了，和他们家人都不太像。没事，等回去问下我妈，可能老一辈人能知道些这里面的事情。"

"行，你侧面打听打听，别让老人家多想，再把话传出去，让姜茵爸妈难堪。"陆远叮嘱道，顿了几秒，转话题说，"能找到徐德浩吗？"

"太能了，他现在是咱镇上的名人，正经的社会大哥。"韩梁嘲讽道，"找他好找，他在镇上农贸大市场前面的小广场里，买下一个三层楼的公建开娱乐城，里面又是网吧，又是台球室，又是棋牌室的，规模不小，生意还算不错。"

"不是说犯了强奸罪吗？"陆远纳闷问，"没抓起来？"

"实话实说，在这个问题上他还是挺冤的，跟他发生关系那女孩属自愿，但人家未满14周岁，女孩家长不乐意，把他给告了，最终判了3年。"韩梁嗤之以鼻道，"那会儿是1998年，后来2001年出狱，这小子跟镀了层金似的，给自己浑身上下文满白虎青龙，反而以蹲过监狱为资本，笼络了一群社会闲散人员当小弟，开始抱团混社会。"

陆远蹙眉道："这不就是黑社会？"

"呵呵……"韩梁不禁笑了两声，似乎一下子想到了什么特别好玩的事情，道，"可不嘛，这也是人家自己的定位，人家现在那气势完全跟港台电影里的黑社会大哥一模一样。对了，你找他做什么？"

陆远道："想问问他，最后一次见到姜茵是什么时间。"

同样的问题，当陆远抛给徐德浩时，对方沉默了好长时间。徐德浩比早年那会儿还要胖，身材看着更浑圆了，头发染成灰白色，穿着短袖花衬衫，露在外面的手臂上布满文身，嘴里叼着半截雪茄，刻意地瘪着嘴，这副架势让陆远觉得似曾相识，但一时想不起来在哪里见过。

徐德浩坐在装修豪华的办公间里，身子以最大限度仰倒在大班椅上，眼神居高临下，打量着坐在对面的陆远和韩梁。少顷，他把雪茄送到嘴里猛吸几口，道："最后一次见到姜茵？就是那天喽，1996年10月20号。"

"记得这么清楚？"徐德浩的直白，令陆远有些意外。

徐德浩端正坐姿，一脸郑重地说："当然记得，你们可能不信，打从第一次见到姜茵，我就有种莫名上头的感觉，一直到现在。"

陆远问："这么说，那天你去火车站了？"

徐德浩仰头45度，喉咙似乎有些发紧道："去了，她爸陪着她，我只能远远看着。"

"然后呢？"

"我避过她爸的视线，混在人群中，从车尾最后一节车厢跟着上了火车。"

徐德浩停住话头，抽了口雪茄，似有意要卖关子，韩梁催促道："继续说。"

徐德浩不自觉地眯着双眼，疑惑道："我上车之后，路过一节车厢，看到一个相熟的哥们儿，那哥们儿是外村的，以前一起打过麻将。我过去跟他瞎聊了会儿，抽了根烟，然后继续往前面车厢走，想去找姜茵。奇怪的是，我一直走到最前面车厢，又从最前面的车厢返回，走到最后一节车厢，竟然都没看到姜茵的影子。我以为是自己找得不够仔细，所以到了终点站，特意站在旅客出口处堵她，结果人都走光了也没看到她，我感觉她准是在中途下车了。"

"你抽烟耽搁了多久？"陆远追问道。

"五六分钟。"徐德浩沉吟道，"当年那种绿皮火车一般都有十四五节车厢，我来回找了一趟，大概用了20分钟，这中间火车经过三站地，牧场站、石河站、南关站，我估摸着姜茵是在其中一个站点下车了。"

徐德浩说出这话，显然深思熟虑过，想来对姜茵还是挺上心的，陆远深盯他一眼，问："没堵到姜茵，当晚你都去哪儿了？"

"在市里看了一宿录像，第二天一早坐车回来的。"徐德浩凝思片刻道，"我知道你们警察那一套路子，我没法提供证明人，但是我自己不说，没人知道那天我追着姜茵上了火车。以前我不说，是怕你们无端怀疑我，今天愿意说，是因为我也想知道，在姜茵身上到底发生了什么，哪怕人没了，有个说法也行。"

徐德浩现时的状态,以及他对姜茵的执念,确实有点颠覆陆远对他的印象。返回的路上,开着车,陆远讶异道:"没想到徐德浩现在还真是个人物了,城府极深,心机很重,有点深不可测的感觉,不过最令我意外的是,姜茵竟然是他的'白月光'。"

"狗屁!姜茵那么漂亮,喜欢她的人多了,都觉得她是'白月光'!尤其是徐德浩这种人,身边净是些不三不四、见钱眼开的女人,他需要利用对姜茵的幻想,来保持他的虚荣心,就好像他真正经历过纯真的爱情似的。"韩梁一脸鄙视道,"你瞅刚才那做派,是不是特能装犊子,故作深情那出,差点把我看吐了。不过你看人还是挺准的,这小子现在的确有些高深莫测,背后手黑着呢。娱乐城,是他的大本营,但他真正来钱的生意是在海边。他几年前以海产养殖的名义,承包了一大片海,然后坐地收过路费,凡是到海边赶海的老百姓,还有出海打鱼的渔民,都得交过路费才能进海,否则就会挨揍。老百姓到镇里上访,镇里开会准备收回他的承包权,结果当天晚上,主持会议的副镇长,就在自家住的小区里被人拿刀捅了,伤势虽不严重,但也吓个半死。后来人抓住了,咬死了说捅错了。"

"那你们就放任他这么横行乡里?"陆远一脸不可思议地问。

"没有过硬的证据,暂时奈何不了他,老百姓虽然怨声载道,但我们真要问起来,害怕被报复,没人敢站出来指认他。还有,他现在很有心机,自己手上不沾脏事,需要平事的时候就派手下小弟出面,出了事也是手下人扛,他会给足安家费。"韩梁愤愤道,"放心,跑不了他,所里也在逐步收集证据,等时机到了,上报分局给他来个一窝端。"

"对,这种人渣,必须彻底铲除。"陆远点头附和,顿了顿,凝神说,"徐德浩跟着姜茵上了火车,意味着在咱们接触过的人员中,他是最后见过姜茵的人。"

第五章
结盟作案

滨海市，中心主城区有四个大区，分别为星海区、南岗区、沙河区，以及甘江区。其中，星海区为市中心区域，南岗区距离海滨风景区最近，沙河区则被南岗区和甘江区夹在中间，而甘江区面积最大，位于城市西部和西北部的城乡接合部，地域广袤，人口构成复杂，是外来人口的主要群聚地，治安状况相对来说考验较多，所以警力部署也是最完备的，加之近年来分局刑警队破案率较高，经市局批准："9·19"大案，以甘江区分局刑警大队为主要侦办单位，市局刑警支队负责提供各项技术和人员支持。市局的信任，对甘江区刑警大队来说，既是鼓励也是鞭策，但这只是暂时的，如果案件再扩大化，搞不好还得移交到支队来办，这是冯欢不愿意看到的，好在眼下的调查工作有了一些不错的进展。

在被害人周琼体内发现毒品成分，随后在两名办案人员体内也检测出相同毒品成分，因此冯欢怀疑这跟他们食用了同一家饭店的羊汤有关。经过现场取样检测证实，张福记羊汤馆确实长期在煮汤时加入罂粟壳提鲜，意图让客人喝汤上瘾成为回头客，因此顾客盈门，生意大好。证据确凿，嫌疑人对犯罪事实供认不讳，随后该饭店遭到查封，相关人员全部被刑拘，也意味着被害人周琼吸毒这条线，不必再浪费精力追查。

案发当天，周琼在羊汤馆与服务员发生争吵，之后带着儿子离开，两人一路溜达着走回家，沿途一家花店门口的监控拍到两人身影，同时也拍到一个疑似的跟踪者。从衣着和身形上判断，跟踪者可

_065

能便是先前在羊汤馆中试图劝架的那个男子，只可惜视频画面模糊，又只照到男子的侧面，目前对该嫌疑人的具体形象还不得而知。跟踪者如果是杀死周琼的凶手，那他必然也是"9·19"案的凶手，通过他选中周琼的过程，可以试着总结出他习惯性选择被害人的模式：在公共场合，随机选取目标，然后跟踪观察目标，寻找合适作案时机。那他在跟踪陈莉和李明珠的过程中，会不会曾经被什么人目击过呢？这是一个很好的调查切入点。

冯欢把上述调查任务交给黄猛和宁辛然，两人先找到了李明珠的儿子胡凯问话。胡凯是辉文中学的物理老师，他老婆程爽则是该校的音乐老师，两人目前都处于放暑假的状态，但由于忌惮原来的家成为凶宅，所以暂时借住在岳母家，问话便是在他岳母家进行的。

"很抱歉打扰你们。"为了方便他们问话，胡凯岳母和岳父借故出了门，这让黄猛觉得非常不好意思。

"没事，没事。"胡凯大方地说，"应该的，有什么话你们尽管问。"

"我婆婆的案子是不是有新消息了？"程爽沉不住气问道。

黄猛没直接回应，反问道："能不能麻烦二位再仔细回忆一下，李明珠女士在遇害前，到底有没有和什么人发生过冲突？"

胡凯闻言，和坐在身边的老婆对视一眼，程爽轻轻晃头，胡凯摊摊手道："反正我们俩都没见过。"

"你们可以把时间再往前推一些，哪怕几个月前，半年前也行。"宁辛然插话提示道。

程爽拿眼睛瞥向一旁的丈夫，带着些嘲讽语气说："我婆婆这人存不住话，如果有这种事她一定会跟我们讲。再说，她就喜欢冲我来劲，平时跟街坊四邻相处得都可和气了。"

"那她有没有在公共场合下，做过什么不文明或者过激的举动？"宁辛然换了种说法，继续问。

胡凯用力想了想，苦笑一下，说："数落我算吗？"

"在公开场合下吗？"宁辛然目光闪动道，"算，具体说说看。"

"我妈很喜欢跟我们一块逛街，不过她什么事情都想做主，比如吃饭、

第五章 结盟作案

看电影、逛商场,她都想让我们随着她的意愿走。我老婆有时会有自己的意见,她就很不高兴,但又不想和我老婆明着吵,于是拿我当出气筒。有好多次,她忍不住在街上训斥我,惹得路人都停下来瞅我,搞得我特别没面子。"胡凯无奈地说。

"再具体点,比如距离你母亲遇害前,时间点很近的一次,或者冲突比较激烈的,有没有?"黄猛具体地问。

"3月初倒是有过一次不愉快,不过算不上激烈。"程爽抢着说,"那天周六,在奥莱商场,我想买件冲锋衣,平时运动或者郊游时穿。婆婆表示她也想买一件,而且想让我跟她买一样的款式和颜色,我觉得她选的款式太难看,没同意。她当场开始甩脸子,把衣服扔到地上,气鼓鼓地转头一个人走了。当时专卖店里人还挺多的,场面很尴尬。"

黄猛闻言,从手包里拿出一张监控视频截图照片,举到两人眼前:"当时专卖店里围观的人当中,有没有这个年轻人?"

照片中的人虽然很模糊,但大致能看出白衣男子的轮廓。胡凯和程爽凑近照片看了看,不约而同摇头,表示没留意。宁辛然又问,他们当时逛的是哪个奥莱。滨海市有两个奥莱商场,一个在市中心,一个在甘江区香洲桥下。程爽表示是后者,具体冲突是发生在"骆驼"专卖店。

从胡凯岳母家出来,两人决定先去趟奥莱商场,然后再找陈莉的儿子王庆宇问话。王庆宇现时是高中二年级的学生,虽然学校已经开始放暑假,但王庆宇还要忙于课外补习,要到傍晚6点30分左右才能到家。他目前和爸爸王明发一起生活,而且在事先的沟通中,王明发明确表示,问话时他必须在场。由于正逢儿子人生重要阶段,王明发先前已经跟公司申请,调回本地工作。

在奥莱商场,黄猛和宁辛然欣喜发现,"骆驼"专卖店门前长廊的顶棚上装有监控摄像头,对进出专卖店中的购物者,记录得一清二楚。但遗憾的是,两人找到保卫科时,对方表示3月初的监控录像早已被覆盖,他们的服务器存储空间有限,只能保存一个月的影像数据。

随后，两人在商场快餐厅里解决了晚饭，磨蹭到 7 点多钟，两人离开，开车来到王明发父子俩的住处，差不多 7 点 20 分，估摸着这个时间点他们已经吃完晚饭。王明发邀请两人到客厅落座，父子俩坐在正对着电视的长条沙发上，黄猛和宁辛然坐在两侧临时拿来的靠背椅上。

王庆宇嘴角含笑，目不转睛一直盯着电视看，对二人的到来视若不见。王明发有些尴尬，轻咳两声，道："那什么，二位有什么话，请说吧。"

"好，那我们开门见山。"黄猛问道，"你妈妈生前，有没有在公共场所与人发生过争吵，或者你们俩之间是否在公开场合有过冲突？"

陈莉生前主要与儿子王庆宇一起生活，黄猛第一个问题自然是提给王庆宇的。令人难堪的是，王庆宇并未搭理他，仍然津津有味地对着电视看。王明发看不过眼，碰碰儿子的胳膊，王庆宇才极为敷衍地吐出几个字："没有，没有。"

王明发不好意思地赔着笑说："这孩子平时学习太紧张了，没啥娱乐时间，偶尔看个电视格外投入，要不然还是我来说吧。"

"没事，你请说。"宁辛然笑笑道。

"去，别看了，回房间做作业去。"王明发拍拍儿子肩膀。

王庆宇起身，恋恋不舍地看了电视最后一眼，然后回到自己房间去。王明发颇为无奈道："你们别介意，这孩子就这样，别说你们，跟我也没什么话，我都不知道他脑袋里成天在想什么。这都怪他妈，对他保护过度，一天天的，这儿不让去，那儿不让去，除了去补习班，大多时间都是把孩子圈在家里闷头学习，学习成绩倒是不错，但情商几乎没有。当然，我也有很大责任，一直在外地工作，没能尽到做父亲的责任，甚至最终也没有能力给孩子一个完整的家庭。"

王明发啰里啰唆抱怨一番，把自己说得有些伤感，稍微平复下情绪，然后才转向话题重点，说道："当然，孩子再逆来顺受，也是有底线的。去年孩子刚开学没多久，差不多在他妈妈遇害的半个月前，当时我在外地突然接到孩子的电话，孩子在电话里哭着说妈妈太不尊重人了，天天看着他学习还不够，竟然还在他房间里安装了监控摄像头。后来我给陈莉打电话

第五章　结盟作案

了解情况，陈莉说孩子做功课比较拖拉，精神总是集中不起来，安个监控是为了时刻督促他不能溜号。当天挂完电话，我心里老是恍惚，于是等到周六休息，赶紧买了张机票飞回来，结果真的出事了，孩子当天趁着去补习班上课的机会离家出走了。随后，我们又是报警又是发动亲戚朋友去找，结果一直找到天黑，才在他一个同学的指点下，在一家网吧里找到他。陈莉当时恼羞成怒，没忍住，当着网吧里众多人的面，给了孩子一耳光。不过，经历这么一遭，陈莉勉强同意把摄像头给拆了。就是这么个情况，我不知道算不算你们想要的事例。"

"算，当然算。"宁辛然快速点头道，"网吧叫什么名字？在哪个方位？"

"好像叫……顺鑫网吧，在华北广场那边，距离孩子补习班不太远，开在一个大厦的公建里。"王明发磕磕绊绊地说，随即起身到儿子房间确认了下，然后回来客厅表示，"对，是叫顺鑫网吧。"

黄猛问："补习班叫什么名字？"

王明发想了下，说："叫……百专教育。"

"好，这个事情我们掌握了，如果你还能想起什么线索，可以给我们打电话。"黄猛说着话，招呼宁辛然起身，跟王明发道别。

冯欢忙了一天没顾上吃饭，这会儿心里开始发慌，拉开办公桌抽屉想找块点心垫补一下，结果只找到个空袋子，正琢磨着泡个桶面，办公室的门突然被推开，一股男性激素的气息扑面而来。

进来的人，把冯欢看愣了，竟然是闻采。发型利落，一身白色的休闲装扮，看着更帅气了。冯欢一脸惊讶地问："你……你怎么找到这里来了？"

闻采先把手中拎着的一个购物袋放到冯欢桌上，然后从腰间拔出一个物件，抖搂一下，郑重其事地举到冯欢眼前："来吧，接旗，这是我为你特别定制的锦旗，以感谢你的救命之恩。"

冯欢皱着眉头，瞄着锦旗。那是一个超小的锦旗，跟小的少先队旗差不多大小，上面绣着的字也巨小——人民警察为人民。冯欢接过锦旗，扔到一边，哭笑不得地说："我是问你怎么找到我的！"

"我记住你车号，查到的呗。"闻采主动坐到冯欢对面的椅子上，一边打量办公室，一边大大咧咧说，"我到你们大院外，看到你车停在院里，估计你还没走。我跟门岗大爷说我是你家属，又给大爷扔了条烟，大爷就把我放进来了，还主动告诉我你办公室的具体位置。"

"胆子不小，行贿都行到刑警队来了。"冯欢瞪了他一眼说。

"呵呵，"闻采笑笑，岔开话题说，"这么晚还在工作，一定没吃饭，我请你吧？"

"免了，没那工夫。"冯欢把身子仰到靠背椅上，抱着胳膊说。

"我知道你肯定会拒绝，所以给你打包来了，你凑合吃吧，我撤了。"闻采拍拍桌上的袋子，跟着站起身爽快道别，走到门口突然转身说，"对了，你下次想吃点啥？"

"还有下次？"

"是啊，我跟门岗大爷说我是你男朋友，我得对你负责啊！"

"你这是要追我？你多大？"

"26。"

"呵呵，我不妨告诉你我的年纪，我比你整整大8岁，赶紧走吧，以后别来了，我不玩姐弟恋那套。"

"女大三抱金砖，到你这儿我能抱两块金砖还有余，多好。"

"行了，到此为止，别再跟我犯贫。"冯欢板起脸，严肃地说，"锦旗和外卖我都收了，从此咱们两不相欠，记住，千万不要再出现！"

闻采刚想回嘴，黄猛和宁辛然正好走进来。冯欢冲黄猛甩甩手，示意他把闻采送出去。闻采只好闭上嘴巴，故作潇洒地挥手道别。冯欢懒得再搭理他，把脸冲向宁辛然，指指对面的椅子，让她坐下说话。

"好帅啊，这谁啊冯队？"宁辛然不肯坐，目送闻采的背影，痴痴地说。

冯欢不想多解释，赶紧把桌上的锦旗划拉到抽屉里，冲着桌上的购物袋努努嘴，敷衍地说："送餐的。"

"真的假的？"宁辛然遥望闻采离开的方向，自言自语说，"咱这附近的

第五章 结盟作案

馆子,还有这么帅的服务员?我咋从来没见过?"

冯欢没接茬,免得宁辛然刨根问底,任她呆站着犯会儿花痴。不多时,黄猛送完人回来,也问起闻采的身份。宁辛然抢着回应说是餐馆送餐的。黄猛性格憨厚,没再深究,搓搓手,迫不及待解开购物袋的结扣,嘴里嘟囔着说:"看看冯队点了啥好吃的,晚上吃那破快餐,没吃饱。"

糖醋小黄花鱼、小葱拌鸟贝、鲍鱼焖排骨、番茄牛肉汤、八宝米饭。三菜一汤,两热一冷,有饭有汤,有肉有海鲜,菜色精致,香气扑鼻,还是用不锈钢五连层保温饭盒装着的,温度刚刚好。这配置,这饭菜的品质,怎么可能是冯队点的送餐?黄猛和宁辛然再傻,也看得出这是爱心餐啊!

黄猛和宁辛然面面相觑,暧昧地憋着笑。冯欢狠狠瞪了两人一眼,从抽屉里取出几双方便筷子扔到桌上,接着又用保温盒盖子给自己盛了点米饭,剩余的都推到黄猛和宁辛然身前,道:"想吃赶紧吃,别问没用的,吃完抓紧回去休息!"

冯欢如此说,两人便很识相,拿起筷子闷头开吃。做刑警的,吃饭都快,一顿饭风卷残云,10多分钟结束。宁辛然向来有眼力见,抓紧时间把桌面收拾干净,随后和黄猛开始向冯欢汇报走访的情况。

从走访收获的信息看,陈莉和李明珠在遇害前,均在公共场合与人发生过争吵,只不过区别于周琼是与外人争吵,她俩是和自己家人发生不愉快。以此来看,三个被害人确有可能是凶手在公共场合选中的,遗憾的是暂时未发现相关监控影像,也未找到潜在目击者,不过目前还有个与陈莉案相关的顺鑫网吧尚未来得及走访。虽然距离案发已经过去太长时间,监控录像肯定早已被覆盖,但网吧里人员复杂,管理松懈,犯罪嫌疑人员极易在此处藏匿和落脚,所以还是应该重视起来。

冯欢这边则带来一个坏消息,花店门口监控拍到的所谓"跟踪者"已经找到了,而且正式排除作案嫌疑。该名男子,只是一个在周边商场里卖打印机的工作人员,他身上穿的白色短袖T恤是工作服,袖口处印有一个打印机的品牌标识,技术科通过技术处理,对定格画面进行有效放大,从而发现了该标识。当然,这个结果只能说明该"跟踪者"不是凶手而已,不足以完全推翻先前的判断，与被害人有关的三个地点，张福记羊汤馆、奥莱商场"骆驼"专卖店，以及顺鑫网吧，凶手有可能当时也在场。

次日，黄猛和宁辛然走访顺鑫网吧。位置倒是很好找，在华北广场东南角，旁边便是沃尔玛超市。但就如先前所提到的，事情已经过去差不多一年的时间，而且家长到网吧里找孩子，与孩子发生冲突的事例，在网吧里上演过太多次，别说提供与陈莉案有关的线索，连当天发生的事情，网吧里的经营人员都毫无印象。不过，令二人深感意外的是，他们竟然在网吧中遇到李明珠的儿子胡凯。这胡凯30多岁的人了，还是一名人民教师，竟然跟一群半大小子在网吧里组团打枪战游戏，着实令人大跌眼镜。

由于玩得过于投入，胡凯并未注意到二人的到来，直到黄猛从身后拍了下他的肩膀，他才猛然发觉。他赶忙摘下戴在头上的耳机，从电脑椅上站起来，脸上一阵青一阵白，像犯了错的孩子被抓包似的，一时之间很是无措。

"你们……你们来查案？"胡凯磕绊地问。

"你为什么会在这里？"黄猛调侃道，"你岳母家离这边可不近，你不会瞒着老婆专程过来打游戏的吧？"

胡凯木然答道："我……我在附近的辅导学校教物理。"

宁辛然讶异问："你不是在辉文中学当老师吗？"

胡凯解释说："对，我是在辉文，周末或者寒暑假在这边兼职。"

宁辛然双眉一挑，追问道："哪个补习学校？"

"百专教育。"胡凯爽快回应，紧接着压低嗓音冲黄猛说，"你刚刚说得没错，我老婆确实严令禁止我玩游戏，总说我玩游戏不务正业，所以你们千万别给我说出去。"

"喊，你这……"黄猛摇头苦笑，后面的话没说出口，但在心里暗道："果然，名副其实的妈宝男，先前被老妈管，现在又被老婆管，活得可真够憋屈的，所以他会在案子中扮演什么角色？"

黄猛瞪向胡凯，瞬间又避开视线，不想让他察觉到。陈莉的儿子王庆宇，与百专教育和顺鑫网吧都有交集，眼前的胡凯竟然也一样，周琼的儿子刘磊磊也是这样吗？这三个人会不会彼此认识？难道，三个被害人的儿子，才是破案的重点？

"你玩你的，不会给你说出去，放心。"黄猛不动声色，冲宁辛然使了个眼色，二人迅速离开网吧。

华北广场，是甘江区北部重要商圈，除了综合性商超以及各种餐饮、娱乐场所，还有诸多校外教育机构汇集在此处，百专教育在位于广场中央转盘附近的金北大厦中租了两层楼，里面小学部、中学部、高中部、兴趣班都有，算是周边最大的一家校外补习学校。学校在大厦外墙上挂了一个很大的招牌，非常醒目，找起来并不困难。

黄猛和宁辛然来到金北大厦的4楼，百专教育的办学地点，通过前台找到相关负责人，是一位女校长。问起王庆宇的情况，女校长在电脑中查了一阵，表示王庆宇在学校多个补习班都有报名，其中也包括高中物理课程。问起物理补习老师，女校长说了个名字，但不是胡凯。黄猛很失望。不过宁辛然突然想到，胡凯是初中物理老师，搞不好王庆宇先前补习初中物理时，曾经与胡凯打过交道。让女校长在电脑中查查，果然没错，王庆宇确实在胡凯的补习班中待过一年。至于刘磊磊，女校长在电脑上查了半天，表示补习学校从来没有过这么个学生。拿出刘磊磊照片让她辨认，她同样表示没见过。尽管如此，黄猛和宁辛然还是很兴奋，起码能确认王庆宇和胡凯之间是认识的。

刘磊磊会不会认识胡凯和王庆宇，是接下来最值得调查的方向，问题是从什么地方着手开始调查。黄猛和宁辛然讨论一阵，觉得他们三人产生交集的点可能有两个：一、刘磊磊同样也报过很多课外补习班，有没有可能胡凯不仅在百专教育有兼职，在刘磊磊的补习班同样也有兼职；二、王庆宇在百专教育补习的同时，会不会在刘磊磊补习的学校也有补习课程，因此与刘磊磊结识？按照这两个方向，黄猛和宁辛然迅速展开调查。耗费大半天时间总算搞明白几件事：胡凯除了百专教育外，在其他补习学校没有兼职；王庆宇确实还上过别的补习学校，但与刘磊磊上过的毫无交集。

刘磊磊目前所在的补习学校，叫枫叶培训学校。

枫叶培训学校？黄猛一查校址，竟然也在华北广场中，而且居然距离顺鑫网吧更近，有没有可能这个网吧才是三个人真正产生交集的地点？带着这个疑问，黄猛和宁辛然再次折回顺鑫网吧，提起这三人，网吧经营人员和先前一样，一问三不知。黄猛先查看网吧监控，没发现三人聚集的身影，再查上网记录，却只能查到胡凯身份证号码的上网记录。两人仔细一想便有些恼火，上网需要登记身份证，目的之一是杜绝未成年人上网，但坐在眼前的网吧里的，一大半都是和王庆宇、刘磊磊年龄一样大小的学生，说明网吧在配合这些孩子作弊，利用其他成年人的身份证号码，为这些孩子开机上网，所以查上网记录毫无意义。

黄猛和宁辛然返回刑警大队，第一时间去找冯欢汇报，结果冯欢去局里开会了，一直到傍晚才回队里来。

进入暑期，滨海市迎来旅游旺季，由于拥有得天独厚的海滨沙滩，加之风景秀美、气候宜人，所以每年这个时期全国各地的游客便会蜂拥而至。因此，市里于近日召集各单位负责人，专门就旅游旺季营商环境的优化和旅客保障工作进行部署。会后，根据治安方面的会议精神，市局又专门召集各分局相关部门负责人，进行具体的协调分工。包括增加警员到岗，建立快速响应和高效解决机制，增加日间和夜间重点线路的巡逻防控，有效保障旅客出行的安全，以及保持景点区域的交通畅通，从而最大限度服务好各地游客。当然，尽快破获重大恶性案件，避免不安定因素和负面影响在社会中传播，也在会议中被领导反复强调，这也让冯欢感到压力倍增。

冯欢一回到队里，便点名黄猛和宁辛然到她办公室里来，然而听完二人汇报之后，她陷入一阵思索中。难道网吧是王庆宇、胡凯和刘磊磊的交集点？他们三个通过上网吧打游戏相识，彼此心里都对自己的母亲怀有极大的怨气，于是组成了一种联盟？所以案子是缘于三个儿子的反击？

黄猛打断她的思绪问："三个儿子非常可疑，对不对？"

宁辛然跟着附和说："仔细想想，三个儿子的表现的确异于常人。他们

第五章 结盟作案

其实都是报案人,或者说报案人之一,目睹过母亲的尸体,但从他们一直以来的精神状态看,好像并没有因此受到多大冲击。我先前给刘磊磊做笔录时,他表现得非常镇静,身上有种不属于他那个年龄段的成熟感,甚至都没看他掉过一滴眼泪。还有王庆宇和胡凯,这次再找他们问话时,给我一种很强烈的感觉,这两人都变开朗了,仿佛获得了某种解脱。"

"你们是怀疑三个儿子结盟,共同策划杀死三个妈妈?"冯欢犹疑道,"他们有杀人的能力吗?而且还能杀人于无形,把现场清理得那么彻底,毫无破绽可寻?"

"身体力量上肯定没问题,三人中刘磊磊年龄最小,但身高也有1米72左右,另外两人都比他壮、比他高,并且他们可以两两组团作案。"黄猛对这个问题有过深思,道,"如果是三个儿子共同策划作案,其中一个人充当报案人,并且要保证他不会被怀疑,那只能采取'交替杀人'的作案方式。比如说,胡凯杀了王庆宇的妈妈,刘磊磊杀了胡凯的妈妈,王庆宇则杀了刘磊磊的妈妈。或者胡凯和刘磊磊组团杀了王庆宇的妈妈,以此类推……"

"智商方面,这三人更没得说,胡凯是老师,另两人学习成绩都是所在班级前几名。"宁辛然想了下,补充说,"至于经验方面,也不是什么大问题。现在网络那么发达,查什么样的资料都能查到,像如何清理犯罪现场,如何不在现场留下指纹和脚印,等等,都有详细的科普,外加现在有很多国外影视剧,把这种东西演绎得活灵活现,犯罪场景都能几近真实地再现出来,对学习能力强的人来说,这些都不是难事。"

"杀人不为财,不为色,只为挣脱束缚;尸体摆出的各种造型,就是他们妈妈日常呈现的姿态;砍破喉咙,切断食指,是对于妈妈斥责他们的惩罚。如果把一系列案情特征,代入到三个儿子身上去联想,似乎能够解释得通。"冯欢面色凝重,迟疑着说,"其实这三个妈妈和大多数妈妈一样,都是抱着对孩子自身素质和未来负责任的姿态,只不过方式夸张了些,导致孩子逆反心理严重,但应该也不至于到了孩子要杀死自己妈妈的地步吧?咱们的想法会不会过于极端了?"

"极端啥！现在的孩子，脑袋里琢磨的东西，可比咱想象的复杂太多。"黄猛老成地说，"尤其是现在网络发达，新闻媒体和自媒体都喜欢报道极端事件惹人眼球，对涉世未深、思想偏激的青少年来说，难免不被这些不良情绪左右。"

冯欢谨慎地说："还是要慎重点，毕竟牵涉两个未成年的孩子，别冤枉了孩子，给人家心里造成不好的影响。"

"咱们目前的假设，是建立在顺鑫网吧是三个儿子交集点的基础上，但现在无法证实刘磊磊也去过网吧。"宁辛然恼火地说，"不知道是有意还是无意，网吧的监控录像只保存两周之内的，说是存储硬盘容量有限，而且上网记录大多是造假的，查了也没多大意义。"

"那咱就大胆假设，谨慎排查，先绕过三个儿子，从作案时间点上着手查一下。"黄猛建议说，"除了周琼案是在周末晚间，其余两起案子都发生在工作日的白天，咱们可以直接去学校，找找相关负责老师，查一下案发当日，三人之中是否有人请假。"

"可现在正逢暑假期间，学校都在放假。"宁辛然强调说。

"找几个老师问话而已，只要人在本市，没啥难办的。"冯欢觉得黄猛的办法可行，不过还是特别叮嘱道，"一定注意问话方式，尽量不给孩子在学校造成不良影响。"

话音刚落，办公室里响起一阵手机铃声，冯欢从桌上拿起手机看了一眼屏幕，直接挂掉。她把手机放回桌上，面色稍显烦躁道："今天就到这儿吧，天也不早了，你们抓紧时间回去休息。"

黄猛点头，和宁辛然起身离座，一前一后步出冯欢的办公室。随后，两人先回到自己工位上简单收拾了下，又一同离开。在大院停车场中，黄猛刚拉开车门，宁辛然突然用胳膊肘碰了他一下，然后指向大院门口方向，说："哎，你看，那是不是给冯队送过餐的小帅哥？"

"那个送餐的，哪里帅了？"黄猛不以为然地抬眼冲门口望去。果然，队里的伸缩栅栏门外，一个高高的身影，在踱步徘徊。那身影不时点亮手机放到耳边，手机屏幕的光亮，映在他脸上，隐约看着确实很像那个"送

第五章 结盟作案

餐小哥"。

"走，看看去。"黄猛关上车门，大步流星向大院门口走去。宁辛然加快小碎步追上。两人很快来到栅栏门边，看到栅栏门外晃动的身影还真是"送餐小哥"，手上依然拎着一个大购物袋。黄猛一脸坏笑道："你这是又来送餐？"

"那个……对，对。"这人正是闻采，他把举在耳边的手机放下，定睛打量黄猛和宁辛然一番，尴尬地撇撇嘴，支吾着说，"门岗不让我进，说是你们冯队特意交代过的，我给她打手机，死活不接，发短信也不回。"

既然冯队有交代，黄猛自然不敢造次，挥挥手，打发道："哦，知道了，那回去吧。"

"别，那什么，要不然，我们帮你转交吧？"宁辛然冲黄猛挤挤眼睛，指着闻采手上的袋子说。

"那……好吧，只能这样了，谢谢。"闻采怔了怔，勉强笑着说。

闻采把购物袋高高举起递进门里。黄猛接过来，甩甩手，示意他可以离开了。闻采无奈地晃晃脑袋，一脸怅然向街边走去，不时还回头张望，眼里写满了不甘。黄猛看在眼里，于心不忍，不禁张口喊住他："那什么，下次……下次再来送餐，能不能再来一份糖醋小黄花鱼，外焦里嫩，酸甜的，太好吃了。"

闻采闻言，愣了下，似乎没听明白。宁辛然赶紧冲他挥手："没事，你走吧，走吧，他和你开玩笑呢。"随即，宁辛然一把拽住黄猛的胳膊，往队里面拉："你神经病吧，蹭饭咋还点上餐了，人是送给冯队的，也没说让你吃。"

"我这不看他挺失落的吗，寻思给他点安慰，让他下次还来。"黄猛觍着脸道。

"咱们安慰他有啥用，不还得看冯队吗？"

"也是，以我对冯队的了解，她肯定看不上这种小白脸型的。"

宁辛然撇撇嘴："对，可别像那些烂俗电视剧里演得那样，御姐非得配个小帅哥，都看腻了。"

"啥是御姐?"

"网上流行用语,形容外表爱搭不理,内心狂热似火,看着特高傲、特能装的那种女的。"

"哦,原来你心里是这么评价冯队的,我得跟冯队说说去。"

"别,我没说冯队……大黄,你敢说,我杀了你……"

两人一路打打闹闹,直到闯进冯欢的办公室才消停下来。冯欢起初一脸纳闷,寻思这两人咋又回来了,但随后看到黄猛手中的购物袋,顿时明白了缘由。冯欢又好气又好笑,瞪着两人讥讽道:"你们这俩吃货,战争年代肯定都是叛徒,为了点好吃的,就敢背叛组织。"

"我们是觉得那小弟弟挺有诚意的,所以帮您收了。"黄猛谄笑道,然后把购物袋放到桌上,迫不及待解开扣子,拿出一摞饭盒……姜葱炒蟹、虾仁芝士土豆、蹄筋烧海参、鱼丸汤、白米饭。依然是同样的保温饭盒,同样三菜一汤一饭,菜色看着同样精致,香气四溢。

冯欢大概扫了眼,摆摆手道:"行了,都归你们俩了,我晚上在局里吃过工作餐,这会儿没胃口。"

"嘻嘻,那我们不客气了。"黄猛递给宁辛然一双筷子,然后一本正经地说,"对了,冯队,下回好歹让人家进来坐坐,把这些保温盒啥的带回去接着用,要不然每次都买新的,太浪费了……"

午夜过后,下起一阵急雨。一辆黄白相间的出租车,在雨中缓缓停靠在一栋别墅的院落门前。闻采晃着身子从车里钻出来,颤颤巍巍从后屁股兜里摸出门禁卡,打开小铁门,走进院里。

院子的右手边,立着一把巨型遮阳伞,伞下有几把木椅,闻采走过去,一屁股坐下去。虽然有遮阳伞罩着,但仍不时有雨点飘进来,打在闻采的身上、脸上,他全然不觉,只是发呆地坐着。过了一会儿,他终于站起身,跟跟跄跄走进别墅里。

金碧辉煌的别墅客厅中,欧式大吊灯亮度调节在最低挡,暖黄色的灯光下,一个敷着面膜的胖女人,四仰八叉地躺在宽大的真皮沙发上。她身

第五章　结盟作案

子一动不动，鼻子里呼出富有节奏的鼾声，看样子睡得死死的，闻采的进门，丝毫没有惊扰到她。

　　闻采径直上楼，走进自己的房间。房间里带有独立的洗浴室，闻采冲了个澡，换上干爽的家居服，感觉浑身上下都轻松许多，酒也醒了一大半。不过，胃里还是有酒精在翻腾，他下楼到厨房给自己倒了杯柠檬水。他切完柠檬片，顺手将水果刀插回刀架，但突然间顿住身子，收回手将水果刀举到眼前，饶有兴致地端详起来。须臾，他从厨房出来，走进客厅，一手握着水杯，一手提着刀，来到胖女人身前。他把水杯送到嘴边轻呷，隐隐泛红的双眼，幽幽地盯在胖女人的脸上，随之提刀的手，轻轻舞动起来。窗外一道耀眼的闪电划过，那刀刃便如闪电般划过女人脸庞、喉咙，直至胸口……

　　此时的闻采，大脑中有一种很强烈的预感——如果他杀不死自己，或许终有一天，他会杀死眼前这个胖女人！

第六章
兄弟

"你嚷嚷什么？"个子瘦高的男生，头发乱糟糟的，嘴里叼着一根烟卷，冲着矮小的吴伟后脑壳扇了一巴掌，"小崽子，上个厕所瞎叫唤什么？"

进入中学的第一天，大家都很兴奋，平时就爱咋咋呼呼的吴伟，在厕所里尿尿的时候，也不忘哼哼歌。跟在一旁解手的张海林嘴里也没闲着，一个劲地夸赞自己的女同桌长得漂亮。吴伟不服，说她跟他心目中的女神陈艳丽比差远了……两个人正聊得兴起，突然间莫名其妙挨了一巴掌，吴伟本能反应回头瞪了一眼。

"瞅什么？小崽子，挺梗梗呗？"瘦高个男生，一脸挑衅意味，又冲着吴伟的屁股踢了一脚。

吴伟个子虽小，但一身反骨，没多大能耐，但打架从不怵阵。上个厕所，稀里糊涂挨了一巴掌，又被踹了一脚，还差点尿裤子，这他哪能忍得了。他抖了抖手，"刀枪入库"，系好腰带，跟张海林对下眼色。"我去……"两人猛回身，冲着瘦高个男生，一通乱拳输出。三人很快纠缠在一起，场面一度很混乱，但由于身高方面占有绝对优势，拉扯几个回合后，瘦高个男生逐渐占了上风，他瞅准时机一记重拳将吴伟抡翻在地，紧接着又冲张海林的胸口猛踹一脚。张海林随即踉跄倒地，捂着胸口半天没爬起来。瘦高个男生打得兴起，没有罢手的意思，冲上前去欲要对张海林再踹一脚，脚悬在半空中正要落下之时，突然被人从后面拦腰拖住。是陆远，他刚刚也在解手，目击了整个过程，看到同村的同学被欺负，忍不住出手相助。瘦高个男生被陆远拖着身子退后几步，顺势挥肘向后抡了一下，胳膊肘重

第六章 兄弟

重砸在陆远脑袋上,他顿时眼冒金星。与此同时,从厕所外面冲进两个人影,不是别人,正是赵康和韩梁。有同学跑回班里通风报信,说班里的同学在男厕里被高年级的学生欺负,两人便第一时间飞身赶到。赵康和韩梁加入战局,局势瞬间扭转,人多势众,加上赵康并不比瘦高个男生矮多少,而且他脾气上来向来都是不管不顾的,敢下狠手。就见瘦高个男生被团团围住,无路可逃,只能往墙边退。赵康红着眼睛,冲上前去,拽着他的脑袋,顺势狠命地往墙上撞。其余四人则跟上来七手八脚一顿飞踹和电炮①……

1989年,永城镇中学。上学第一天,来自全镇各个村里的学生集中在操场上,由教导主任主持分班。初一(1)班,赵康,张海林,韩梁,吴伟……陆远。一个班级35个人,陆远最后被抽选到初一(1)班。

从永平村"育红班(学前班)"开始,到永平村小学,再到永城镇中学,5个孩子被命运交织在一起,始终都在同一个班级里。当然,上初中之前,陆远和其余4个孩子,并没有太多的交集。他总是无声无息的,蜷缩在自己的角落里,除了每个学年期末公布成绩那一刻,同学们会注意到他的名字,其余时刻他几乎毫无存在感。同学们对他敬而远之,他也乐得活在自己的世界里,不被打扰。

任谁也没想到,上中学的第二天,初一(1)班竟收到5张记大过的处分单,更令所有人都大跌眼镜的是,被处分的人里面竟然还有平时蔫了吧唧的陆远。当天课间操时间,5个人排成队站在用水泥浇筑的高台上,当着全校师生的面接受处分并朗读悔过书。现在想想,那时大家都很幼稚,根本没把挨处分当回事,反而还觉得挺英雄的。这一进学校,就把校霸给揍了,算是一战成名,所以除了陆远老老实实忏悔认错,其余4人愣是把一份悔过书读得激情澎湃、慷慨激昂,搞得负责学校纪律的陈副校长,脸都气歪了。当然,这个事情最终能够彻底了结,以及到中考前每个人身上

---

① 东北方言,指用膝盖或拳头撞击人的头部。当用拳头击打对方的脸部时,会让对方觉得眼冒金星,产生眩晕的感觉,还有短暂的麻木和疼痛感,像触电了一样,故有此说法。

消失在恶的尽头

的处分得以被撤销，全都仰仗班主任秦旭宏老师在背后做了很多的工作。

接受处分的当天傍晚放学，陆远背起书包刚想走，却被赵康叫住。等着班里的其他同学都走干净了，教室里只剩下赵康、韩梁、张海林、吴伟，以及陆远，张海林不知道从什么地方摸出一瓶"榆树大曲"来，随后拧开盖子，递给赵康。赵康一仰脖豪气地灌下一口，接着是韩梁，张海林，吴伟。轮到陆远，他攥着酒瓶手足无措："我不能喝酒，过敏。"赵康豪气地拍拍他的肩膀："以后可以随意，但今天这酒必须喝，喝了这口酒，以后咱们就是兄弟。"

陆远从未受到过被这么多同学的关注，他包裹在自己的舒适区里太久了，没有任何思想准备要去打破它，一时之间心里很是彷徨。当然，没人喜欢被忽视，陆远也一样，他喜欢独处，不过是对自卑的妥协。害怕事情做不好，莫不如不做，事事害怕，事事不做，久而久之便将自己完全封闭起来。但眼前四个人、四双眼睛正热盼盼地注视着他，眼神里充满真诚和鼓励，陆远脑袋一热，把酒瓶送到嘴边，喝下一大口酒。瞬间，好似一个大火球钻进他身体里，灼烧着他的五脏六腑，令他七窍生烟，连鼻涕泡都呛出来了。

那天是陆远第一次喝白酒，直到现在他还清楚记得那瓶酒的模样。两只金色凤凰环抱着一个红色的圆形商标，酒的度数是53度。

当天晚上睡觉前，陆远发现自己身上果然起满了红疹子。

自从回到故乡，陆远深藏在心底的记忆逐渐被唤醒，往事历历在目，好像在昨天一样，内心无比感慨。昨日虽好，但已然回不去了，着眼当下，姜茵失踪事件的真相，秦老师在案件中会扮演何种角色，都令他深感茫然，好在开局比较顺利，在徐德浩身上还算摸到了一些线索。

1996年10月20日，下午5时许，火车上，徐德浩亲身经历了姜茵的消失。根据时间、地点、目击者提供的线索，陆远总结出一个很重要的信息——姜茵并非在市区内消失的。按照徐德浩的说法，当日火车行驶过三站地（牧场站、石河站、南关站）后，姜茵人已经不在火车上了，说明她

第六章 兄弟

肯定是在这三站地中的某一站下了车。那原因呢？是为了躲避徐德浩，还是说某一站有她想见的人？

当然，还有第三种可能性：姜茵当日只坐过一站地就下了火车，然后再乘坐公共小巴车在暮色的掩护下偷偷返回永平村，为的是蒙骗自己的父亲，乃至避开所有人的耳目，与秦老师幽会，共度良宵。之后，次日周一早晨，她再乘坐最早班的公共小巴车到市区，然后倒公交车返回学校。先前，姜茵已经有过一次周一早晨才返校的先例，并且没有人知道其中的原因，恐怕正是基于这样一个与秦老师幽会的行程。

从目前来看，第三种推理最合乎逻辑。若果真如此，便可进一步圈定姜茵失踪的范围是在永平村地界内，也意味着姜茵的失踪与秦老师的确有关联。然而，现在是 2012 年，距姜茵失踪已过去 16 年，这种推理根本无法查证，只能试着通过排除法来佐证。也就是说，首先得排除其他可能性的存在，这也是陆远和韩梁接下来的任务重点。

姜茵上大专后，关系最好的朋友仍是旧同学陈艳丽，估计小姐妹俩经常会聊一些悄悄话，发生在姜茵身上的事情，搞不好陈艳丽都知情，可陈艳丽莫名其妙地跟情人私奔了，目前仍不知去向，并且在村里很难再找到像她那样了解姜茵的人，所以案发地有可能在永平村里，但调查范围绝不能仅仅局限于此。姜茵是师专学校 92 级的学生，现如今的师专学校已升格为省属重点大学，并更名为师范大学。姜茵当年在师专的班主任，是一位姓周的女老师，她现在已经退休，韩梁通过多方打探消息，要到了周老师的联系方式，随后与她取得了联系，并约定好时间在她家见面。

周老师头发乌黑，精神矍铄，皮肤保养得很好，看上去根本不像年届六十的老人。提起姜茵，她依然印象深刻，对姜茵的失踪感到惋惜。"是不是那孩子有消息了，你们发现她的尸体了？"显然周老师和大多数人一样，在心底认定姜茵早已不在人世。

周老师和村里人没有任何交集，韩梁觉得没必要遮遮掩掩："不是，我们只是想搞清楚，在她身上到底发生了什么。"

"哦……"周老师怅然道，"那么大一姑娘，说没就没，的确很令人费解，不过当年该说的都跟你们的同志说了，不知道我还能怎么帮你们？"

韩梁直截了当地问："您对当时教的那个班级还有多少印象？班级里的学生当中有没有住在甘江区郊外牧场村、石河村，以及南关村的？"

"92级（2）班是我带过最后的一个班，之后因为身体不好没再做过班主任，所以那些孩子我到现在都记忆犹新。"周老师稍微回忆了下，娓娓说道，"班级里甘江区的孩子占比不少，有十多个，但郊区片的只有两个，一个是姜茵，另一个是住在连湾镇的孩子。"

连湾镇位于甘江区东北部，与永平村以及前面提到的那三个村子，并不在一个方向。假使姜茵当日中途下车是为了跟某人见面，那肯定也不是班级里的同学。严谨起见，韩梁又宽泛地问道："别的班级呢？您了解吗？"

周老师不假思索地说："别的班级应该会有住在那边的，但在我的印象里，姜茵几乎很少和别的班学生来往。"

一直没吭声的陆远，打破沉默问："姜茵在班里或者说整个学校里，跟谁关系最好？"

"曲颖。"周老师脱口而出道，"是姜茵的同桌，在宿舍里两人住上下铺，所以尤为亲近。"

"曲颖？"陆远努力搜索记忆，似乎在先前的调查材料里并未出现过这个名字。

周老师眼见陆远一脸迷惑，连忙解释道："哦，我想起来了，当年你们的同志到学校了解情况时，曲颖正好不在，那时她因为得了肝炎，已经回老家休息差不多两周时间了。"

韩梁挑眉抢白问："她家是哪儿的？"

周老师答："庄江市的（庄江市是县级市，由滨海市代管，距滨海市区170多公里）。"

陆远问："您现在和她还有联系吗？"

"有，她毕业后分配在市内的小学当老师，去年和老公在我们家隔壁小区买了房子，前两天还来看过我。哦，你们等我下……"周老师说话间，

第六章 兄弟

起身走进客厅左侧的房间,再出来时手里拿着一个小电话本,翻找一会儿,缓缓念道,"130428……这是她的手机号码,你们可以打这个电话找她。"

韩梁赶忙从手包里掏出记事本记下电话号码。随后,两人拜别周老师,又赶紧联系曲颖。曲颖在电话那头表示,自己在外面办事情,让两人在她家小区门口等一下。大概一个小时后,曲颖终于现身,相互简单介绍身份后,二人随曲颖走进其居住的小区里。

小区里绿化很漂亮,走进大门不远,看到一个小花园,花园里面有个凉亭,凉亭内空无一人,韩梁提议到凉亭里简单聊两句。曲颖未表示异议。三人走进凉亭,坐在石凳上开始对话。

韩梁坦诚说道:"你不用紧张,目前我们仍然没有姜茵的消息,所以想让你帮忙提供一些线索。"

曲颖大方地说:"没问题,你们尽管问。"

韩梁问:"我们已经知道当年姜茵失踪时你正在老家养病,那在你生病之前,有没有发觉姜茵哪里不对劲?"

曲颖认真回忆一阵,蹙着眉说:"生病之前没觉得,但那年五一节前有段时间,她情绪比较低落,不太爱说话,对我也爱搭不理,不过放完五一长假后,她就没什么了。"

"是因为情感问题?"

"不太清楚。"

"姜茵长得漂亮,当时学校里是不是有很多男学生追她?"韩梁又问,"这方面的事情,你们私下有聊过吗?有没有那种对姜茵死缠烂打的男生?"

曲颖说:"聊倒是经常聊,有男生追她,她都会跟我说,但她似乎都没什么兴趣,可能她喜欢成熟型的,看不上那些幼稚的小男生。"

"喜欢成熟的?"陆远敏锐察觉到曲颖似乎话里有话,加入对话道,"这从何说起?"

曲颖眨眨眼睛,回忆说:"上学那会儿,姜茵家离得近,周末休息都回家待着,然后通常会在周日晚上回宿舍来,但我生病之前,有一次她是

消失在恶的尽头

周一早晨才回来的。那天早晨，我因为不想吃学校的早饭，跑去学校对面的小卖店买了两包方便面，回来的时候在校门口，正好撞见姜茵从一辆轿车上下来。我问她啥情况，咋还有大轿车送她上学。她含糊地回应说，没啥大不了的，只是一个认识的叔叔顺道送送她而已。我又开玩笑问，是不是一个特有型、特帅的叔叔。她笑着回说，反正比咱学校的那些小男生强一万倍。我顺势揶揄说，怪不得昨天晚上没回来，是不是跟叔叔在一起。然后，她没回应，笑着追着我打。"

"司机长啥样？"

"车玻璃颜色很深，我没看清。"

"车呢？什么样式的车？"

"白色的车，我对汽车不大了解，其余的，说不上来，反正车标是不太常见那种……"曲颖迟疑一下，挠了挠腮，赶忙又道，"哦，我想起来了，我当时问了姜茵一嘴，她好像说是什么日本进口车，叫什么'七星'……"

"日本七星？"陆远印象里没听说过这个名字的车，不过能想到另一种东西，"那不是香烟吗？"

"是六颗星吧？"韩梁像突然想到什么，迅速从手包里掏出记事本和笔，然后在上面画了个图标，送到曲颖眼前，"是这样的吗？"

"对，对，就是这个。"曲颖兴奋地说。

陆远一脸疑惑，从韩梁手中拿过记事本，放到眼前，脱口而出道："斯巴鲁？"

韩梁不太情愿地点下头，神情蓦然也变得凝重起来。"六颗星"标志的斯巴鲁牌轿车，之所以令他印象深刻，是因为他生平第一次见到这种车，是在张海林的家里。

1995年，张海林的父亲张永年，确实购买过一辆白色的斯巴鲁轿车。这车在当时也算是豪车，但并没有多少人认识，尤其是那时村里有几个搞投机倒把的暴发户，人家都已经开上"虎头奔"了，所以这辆车的存在感就更低。当然，那年头的"虎头奔"大多是"水货"，实质上没多少钱，手

第六章　兄弟

续也不知道真假，在乡镇地界里开着显摆显摆行，开到市里搞不好会被交警扣下，张永年不是买不起，而是不屑。另外，最主要的是，张永年性格低调务实，为人处世、待人接物，向来都是和和气气、一视同仁的，不会像某些暴发户那样，动不动就在乡亲面前摆出一副不可一世的嘴脸。在这一点上，张海林很好地继承了父亲的优点，当然他也继承了父亲的某些缺点，比如，风流。

张永年爱拈花惹草，在村里传言甚广、版本众多，不过从来没有人放出过任何实锤证据，而且这么多年来陪伴在他身边的一直是原配妻子，夫妻关系和家庭生活都经营得有模有样，起码在外人看来是这样的。有关他的风流韵事，有很大概率只是一些爱说闲话的村民，出于对有钱人的遐想或者嫉妒心理编的段子，当然也有可能是他在处理这种事情上分外有把握，才始终未让人抓到把柄。总之，不管怎样，都足以说明张永年是一个做事极有分寸的人，很难想象他会去招惹自己儿子的女同学姜茵。

从市里返回村里的一路上，陆远和韩梁都没怎么说话。尽管他们打死都不愿相信，张永年和姜茵之间会有什么见不得人的勾当，但对质一下还是很有必要的。问题在于这个事情应不应该先跟张海林打声招呼，如果越过张海林直接去找他爸兴师问罪，甚至往他爸身上扣屎盆子，那张海林知道了心里肯定会不得劲。可若跟张海林把事情讲明白，又违背对秦素素承诺的保密原则，作为两个大男人，这样做属实不太地道。于是一路上两人都默默地各自在心里斟酌，直到陆远把车开到村口石牌坊下停下，两人才正式把问题拿到桌面上讨论。可讨论来讨论去，根本没有两全的办法，只能顾着一头先把事情查好。事情要查清楚，必须得直面张永年，至于张海林，事后再找他交代。不仅仅是他，叫上赵康一起，还有秦素素，共同把这个事情挑明。两人商定好，韩梁看了下时间，快到晚饭点了，估计这个时间张永年应该在家里，便让陆远开车去张永年家里。

没几分钟，两人把车停到张永年家的小院前。张永年住着两层楼的别墅房，距离村委会办公大楼很近。这房子其实从张海林出生就有，原先是一层，后来又加盖一层，当年农村人没有别墅的概念，把这种房子统称为八角房。张永年背着手,笑眯眯地站在院子里,看到韩梁和陆远从车上下来,也没显出有多意外。

张永年冲陆远爽朗地说:"你这小子,听说回来好多天了,怎么才想起来看你叔?"

陆远脸红一下,从礼数上说他的确失礼。可能跟他的家庭出身有关,爸妈跟亲戚都不太来往,过年过节家里也都很冷清,加上自身的个性使然,陆远对世俗上的人情往来比较陌生。按道理说,他回来这么多天,兄弟几个的长辈,兄弟几个的老婆、孩子,他都应该主动拜访一下,或者邀大家见见面,聚一聚,热闹热闹,但他真是打心眼里恐惧这种应酬,好在兄弟几个都了解他的个性,所以他不提,大家也都无所谓。

韩梁替陆远解围道:"叔,我婶呢?"

张永年冲别墅里努努嘴:"在厨房做饭呢。"

韩梁指着门边的偏房,熟门熟路说:"走,叔,咱去门房里聊聊。"

张家这门房是精装修过的,里面地板、沙发、餐桌、茶盘、麻将桌等等要啥有啥。其实就是张海林的活动室,平时带朋友回来喝茶聊天娱乐比较方便,而且不会影响到老人休息,想折腾到啥时候都行。

"啥事,还得背着你婶?"张永年意识到二人的来意恐怕并不简单,屁股刚挨到沙发上,便迫不及待问道。

当着明白人,韩梁不想绕圈子,直言不讳问:"叔,您还记得姜茵吗?"

张永年大咧咧地说:"咋不记得,她不一直跟你们是同学吗。对了,她不是失踪了吗?现在有消息了?"

韩梁问:"您和她关系咋样?"

"我?和那小丫头?"张永年一脸莫名其妙,道,"我们俩能有啥关系,胡扯些啥!"

韩梁逼问:"您是不是开您那辆斯巴鲁送她去过师专学校?"

"我送她去学校?"张永年怔了下,随即一拍脑袋,道,"哦,我想起来了,确实有过那么一次。那是个礼拜一,我要去省城谈笔买卖,一大早

第六章 兄弟

5点左右从家里出发。车开出村口，在镇政府门前，看到姜茵背着书包孤零零站在路边，好像在等捎道的出租车。（早年间，农村坐出租车的人比较少，好多住在农村的出租车从业者，从家里出来大多都是空跑到市区才能拉到客人，所以便有了"捎道"这么一说，就是用10块钱、20块钱的价格，把从村里出来的人捎到市区。）都是村里的孩子，又是你们的同学，我自然把车开过去，让她上了车。既然上了车，又哪能让孩子中途下车再倒车，只好一路把她送到学校。就是这么个过程，你们两个臭小子，不会胡思乱想以为我对那孩子干啥坏事了吧？"

"没有，没有，我们偶然了解到这档子事，总得问清楚不是？"韩梁打着哈哈说，"对了，叔，当时姜茵说没说她咋会一大早打车回学校？"

张永年干脆地说："我问了，那孩子说本来是要前一天晚上回学校的，不过家里临时有点事耽搁了，只好早晨再走，又担心坐早班火车和小巴车会迟到，所以想打个捎道的出租车。"

韩梁问："这个事情您和别人提过吗？"

"我没当回事，从省城回来就忘了，谁都没说过。"张永年迟疑一下，神情伤感道，"这孩子，来世上走一遭真不容易，也不知道是幸还是不幸。"

陆远闻言，心思一动，插话问："叔，您是不是知道点什么？能不能跟我们讲讲？"

张永年没直接回应，抬眼打量着陆远和韩梁，试探道："怎么着，老二、老五，你们俩这是准备把姜茵那孩子的事情搞清楚？"

韩梁拍拍坐在身边的陆远，半真半假说："叔，您有所不知，老五也是警察，而且还是大教授，他对姜茵的事情很感兴趣，想多了解点。"

"只是感兴趣都能查到我这儿？你拿你叔当3岁小孩子蒙是不？"张永年见多识广，一辈子在建筑行业摸爬滚打，乱七八糟的人和事经历过太多了，自然很容易看穿韩梁话说得不够诚恳，不过连他十五六年前偶然载过姜茵一次的事情都能被挖出来，倒是足以说明眼前这俩小子还真是有点能耐。

陆远深知像张永年这种成功人士，通常都是城府深、嘴巴紧，必须得给点真东西刺激下他,道:"姜茵和姜大勇没有血缘关系是不是?"

张永年闻言,身子一凛,满眼疑惑地盯着陆远,缓缓点下头,叹息道:"唉,老一辈人当中,有很多这样的传言,但事情真正的来龙去脉,只有我一个人知道,姜茵其实是她妈妈陈娥跟于永久生的。"张永年顿住话头,抬手指指自己胸口,接着说:"这话在我心里憋了很多年,也是因为要信守对于永久的承诺,今天跟你们说了,若是真能对搞清事情真相有帮助,那也算告慰故人的在天之灵。"

韩梁转转眼球,道:"于永久?名字听着耳熟。"

张永年提示道:"跟你们一块上小学的,有个叫于威的,于永久是他二叔。"

陆远也有点印象了:"是不是后来考大学考走了,然后留在省城工作的那个?"

张永年无声点头,眼神深邃,逐渐陷入对往事的回忆之中。"其实我、陈娥和于永久是同龄人,小时候经常玩在一起,是特别要好的朋友。尤其是他俩,打小互相看对眼,长大成人之后,顺理成章谈上恋爱,用现在的话说,于永久是陈娥的初恋对象。不过,于永久家庭成分不好,主要是他父亲的问题,现在当然不讲究这个,但在当时家庭成分对一个人的前途和命运来说极其重要,所以陈娥爸妈知道两人在谈恋爱后,硬生生将两人拆散,还非逼着陈娥嫁给比她大五六岁的表哥姜青山,结果生出大勇那个傻子来。

"陈娥虽然成家了,但她和于永久之间仍互相挂念。那年于永久被村里分派到北山上打石头,不小心把手砸伤,陈娥心疼他,偷偷带着几个鸡蛋去看他。就在那次,两个人稀里糊涂发生了关系。之后,没过几个月,陈娥怀上孩子,老姜很清楚孩子不是自己的,但他没嚷也没闹。再之后,姜茵顺利出生。

"到了1978年,姜茵3岁那年,国家全面恢复高考政策,于永久的父亲也得到平反,这让于永久有资格去参加考试。他很好地把握住那次机遇,考上省城重点大学,并在毕业后留在省城工作。那之后,他和陈娥有过一

第六章 兄弟

段时间的书信往来,都是通过我在中间转交。于永久主要的意思,是想把陈娥和姜茵接到省城去生活,但陈娥思量再三拒绝了。她放不下大勇,而且也不想对不起老姜。夫妻多年,总归还是有些感情的,而且自始至终老姜对她都非常好。

"姜茵失踪那年的冬天,于永久悄悄回来过一次,是因为收到我传给他的消息。在那一次,他和陈娥匆匆见过一面,也是两人最后一次见面。2002年,于永久因胃癌去世。去世前我去省城看他,他拉着我的手拜托我帮忙照顾陈娥和姜茵,还一再叮嘱我千万不要把他和陈娥的那一段往事说出去,以免陈娥娘俩被村里人看不起。我那时才知道,一直到死他都仍然相信姜茵会被找回来。"

张永年语气低沉,讲述着陈娥和于永久的故事,讲到动情处,声音几度哽咽。故事是属于陈娥和于永久的,但这故事中也有张永年的青春,讲完整个故事,张永年深陷伤感的情绪中难以走出。陆远和韩梁见此,不忍再打扰,便起身道别。

两人走出张家院子,正撞见张海林开车回来。韩梁未做过多解释,把张海林拉到陆远的车上,表示再叫上老大赵康,一起去望海楼喝点小酒。

陆远驾车很快驶出张家所在的巷子,往村部方向行驶。韩梁掏出手机,按下免提键拨通老大赵康的电话,但电话里铃响很长时间,一直未有人接听。刚要挂断电话,电话却突然接通,里面传出一阵吵吵的声音,隐隐约约车里的人都听到"桥头"两个字,随后电话被挂断。

似乎是老大和什么人打起来了?陆远狠踩一脚油门,加快车速,不多时,汽车通过一个十字路口向左拐,永平桥便近在眼前。几个人坐在车上,看到桥头围着好多人,而且还能听到一声比一声高的吵嚷声。张海林眼尖,一眼看到赵康的车停在桥下,赶紧拍拍陆远的座椅,催促他靠边停车。三人随即下车,快速跑向桥头。站在马路中央瞎指挥的大勇,冲着三人大喊:"村主任打架了。"

三人分开围观的村民,冲到前排。眼见"战事"已接近尾声,赵康看起来毫发无损，正在劝离围观的村民。桥头一些做小买卖的摊位，则一片狼藉，蔬菜瓜果和海鲜散了一地。"小铁蛋徐德浩"，满面通红，浑身酒气，摇晃着身子，唾沫星子横飞，指着赵康不断叫骂。身边一个打扮艳丽的女子和一个穿黑衣服的小弟，一边拼命将他往桥头一间饭店里头拽，一边不住地跟赵康欠身致歉。赵康表情甚是无奈，似乎很想赶紧离开是非之地，但徐德浩不依不饶，一边挣脱着身边人的拉扯，一边喋喋不休嚷嚷着："你妈的，老子给你面子你就是村主任，不给你面子你屁都不是，知道不？还敢跟我这瞎吵吵，就算书记、镇长到老子跟前，都得敬老子几分，轮得着你一副装大尾巴狼的样子……"

三人赶紧冲到赵康身前，不约而同地问："老大，咋回事啊？"

"喝点酒，没事找事，耍威风，把人这做买卖的摊子全给掀了，我正好路过，劝了几句，这就冲我来了。"赵康轻描淡写道，然后继续劝离村民，"没事了，散了，散了，都回吧。"

"他跟你动手了？"张海林瞪着眼睛说，"咱干他啊！"

"就拉扯几下，没事。"赵康轻轻摸着手臂上被指甲划破的几道血痕，无所谓地说，"他喝醉了，你跟他一样干啥？再说，当着这么多村民的面，我带头打架像什么样子。"

张海林看到赵康受伤了，更加来气，愤恨不平道："妈的，是他挑事，欺负老百姓，咱干他也是白干，怕啥！"

"算了，算了，别惹事了，被这种臭无赖纠缠上，没啥好处，尤其大哥是村干部，更要注意形象。"韩梁拍拍张海林胳膊劝说道。

张海林使劲甩下胳膊，张张嘴，欲言又止。

赵康岔开话题问："你们仨咋弄一块了？"

韩梁赶紧接话，活跃气氛说："这不正要找你去素素姐那儿喝酒吗。"

赵康正急于离开，爽快道："那还等啥，走啊！"

几个人往车边走，陆远问："刚刚拉走徐德浩那女的是他老婆？"

韩梁回身，指指桥边一栋二层小楼，面色鄙夷道："桥头饭店的老板娘，外地来的，是徐德浩相好的。"

第六章 兄弟

一场桥头闹剧,并没有打扰到兄弟几个人的兴致。在望海楼,还是那个包间里,几杯酒下肚,他们便把先前的不愉快抛到脑后。韩梁没有报备,只能以茶代酒。陆远却一反常态,开席到现在,凡是有人举杯,他一杯都没落下。韩梁知道他这是在逃避,他必须要把秦老师和姜茵之间的关系跟哥几个挑明,却又不知道该如何跟秦素素交代。

韩梁最终决定,这个恶人,由他来做。"哥几个,素素姐,先停一停,我有话说……"

一觉醒来,陆远头还是昏沉沉的,昨天晚上酒喝得确实太猛,一半是因为负疚,一半是高兴。韩梁当着秦素素的面,把秦老师和姜茵之间的私情,跟赵康和张海林如实做了交代,这样一来,兄弟几个全部知情,大大超出秦素素先前的设想。不过,韩梁又表示,把大家拴在一根绳上,劲往一处使,对查出事情真相来绝对有好处。尤其对陆远来说,他能够待在村里的时间有限,需要给他创造一个更加便利和高效的调查环境,实在没必要让一些无谓的束缚干扰到他。韩梁如此解释,秦素素便也释然了。

陆远翻身下床,从行李箱翻出一个药盒,取出一片过敏药服下。毫无意外,他身上已经起了大片红疹。接着去洗漱,顺便在脑海里梳理一下案情:姜茵在师专学校的同桌曲颖提到过,在1996年五一节前后,姜茵情绪上曾出现过巨大波动,而从她和秦老师的私密照片中的时间线上看,似乎两人正是在那个时期好上的,所以那个时期姜茵到底经历了什么,才会让秦老师走进她的内心呢?

在宾馆餐厅吃过早点,陆远出门。在大门口,遇到秦素素,看她打扮得神采奕奕,情绪相当饱满,陆远彻底安了心。随后,他到派出所接上韩梁,两人开车进村,再次去找姜青山和陈娥夫妇问话。

再次见到陆远和韩梁,夫妻二人似乎更加紧张,坐在沙发上,两个人身子不自觉地紧挨在一起。陆远看在眼里,心里有些不忍,他明白对农村朴实的老百姓来说,非常在意村里乡亲们的眼色,揭穿家庭里的隐秘丑事,等于天塌了一样,所以一上来陆远还是给他们留着脸面,试探着问道:"二位帮忙仔细回忆一下，姜茵失踪当年的四五月份，她有没有经历什么不愉快的事情？比如，那种对她打击比较大的意外事件？"

似乎被陆远说中敏感之处，夫妻俩面面相觑，尤其是陈娥，整张脸腾的一下全红了。韩梁也看出端倪，添柴加火道："实质上，我们也掌握了一些情况，但还是想听你们俩亲口说说。"

"我说，是我，是我的问题。"陈娥使劲吸了下鼻子，看似下了很大的决心。姜青山攥着她的手摇了摇，似有阻拦之意，但被她执拗地扯开。"姜茵是我和别人出轨生下的，那人叫于永久，在省城工作，早几年去世了。他最初到省城工作时，曾想过把我和茵茵接走，但我没答应。这期间，我们有一些书信来往，当然都是偷偷的，通过别人转交的。那些信我没舍得扔，都偷偷保存下来，没承想那天茵茵从学校回来，偶然翻起我压在箱底的旧包袱，结果发现了那些信……"

陈娥情绪激动，哽咽着说不出话，姜青山只好接着说道："茵茵看了那些信，知道自己是私生女，受了很大刺激，把自己关在房间里不吃不喝，哭了一整晚。然后，第二天她突然不见了。我们四处找了一整天，都找不到她，一直等到天黑，她初中的班主任秦老师把她给送了回来。秦老师说他一早出来晨跑，发现姜茵蓬头垢面的，在大道上溜达，整个人像掉了魂似的。秦老师问她话，她也不说，只是一个劲地哭。秦老师觉得孩子肯定是遇到什么难过的坎了，就把孩子领回家去。问清楚情况后，秦老师苦口婆心做了一天的思想工作，才把孩子说通，说愿意回家。"

"秦老师是文化人，见多识广，人品也好，茵茵语文成绩一直不太好，中考那年要不是秦老师费心费力免费帮她补习，她也考不上师专，所以茵茵格外信赖秦老师。那次之后，我们拜托秦老师，多帮忙开导开导茵茵，不要让她小小年纪，背负太沉重的包袱。一度，茵茵确实开朗了，我们都很高兴，结果她还是……"陈娥本来情绪已略微平复，说到最后没忍住，还是哭出声来。

"秦老师那时有什么反应？"陆远问。

姜青山叹息道："他急坏了，三天两头到家里问孩子消息，后来急病了

第六章 兄弟

到卫生所挂了好几天吊瓶，对孩子也算仁至义尽了。"

"那你呢？"陆远逼视问，"姜茵知道自己不是你亲生的，她对你的态度，是不是大变样了？你受得了吗？"

"我……她对我……"似乎被戳到痛处，姜青山满面通红，一时语塞，结巴地说不出话来。

陆远继续逼问："那天，你把姜茵送上火车之后，都去哪里了？"

姜青山颤声道："我……我去大老李那里了，收拾下摩托车，然后大老李非拉着我下棋，直到晚上8点多才回的家。"

"大老李？开修理铺那个？早几年突发冠心病死了的那个？"韩梁用质疑的口吻道，意思是大老李已经去世，并不能作为他的时间证人。

"青山不可能伤害茵茵，他比我还疼茵茵……你们……你们跟我来。"陈娥嗫嚅道，随即收拾下脸上的泪痕，起身招呼两人走出屋子。

来到院里一间偏房前，陈娥拉开木门，冲房里面指了指。顺着她的手指，陆远和韩梁看到一辆八九十年代款式的摩托车，车子很旧，但车身很干净，尤其是排气筒，看着很新，被擦拭得亮晶晶的。

陈娥抽噎道："那天茵茵说她爸的摩托车排气筒太响，坐着很没面子，所以她爸送她上火车后，特意到大老李那里换了个新的。这么多年，自从茵茵不见了之后，她爸再也没骑过这辆车，但时不时地会用心给擦干净。我知道，他在等茵茵回来……他多想再载一次女儿……"

第七章
第四个死者

三个儿子——王庆宇、胡凯、刘磊磊，他们有没有可能联手，采取交替杀人的方式杀死他们的妈妈？对于这一推想，首先需要查证的，是时间证据。

黄猛和宁辛然通过校方，分别联系到王庆宇和刘磊磊的班主任，以及胡凯所在学校的物理教研组的组长。据三位老师回忆，王、刘、胡三人在近一两个学年里，并没有无故缺席的记录。为免记错，三位老师特意带上黄猛以及宁辛然一道去学校，翻查相关请假事由的文字记录，结果表明在三个案发当日，王、刘、胡三人均未请过假。而三人之中，只有胡凯有手机，查阅其手机通话记录，也并未发现可疑之处。

三个儿子结盟杀人的设想并不成立，所谓凶手在公共场合下选中被害人的推理也未找到实证，案件调查几乎又回到原点。总结目前掌握的线索，冯欢提出新的办案思路：很明显三个被害人身上的特征极其相似——都是中年女性；都是独身，要么离异，要么丧偶；均长期和儿子一起生活；性格十分强势，无论在生活和工作中，都有很强烈的控制欲望。或许正是基于这一点，她们才成为凶手的作案目标，如果真是这样的话，凶手必然需要一个了解她们的渠道，但已经查明三人之间没有任何交集，意味着凶手可能是分别与她们发生接触的，说明凶手一定曾经在她们三个人身边出现过。接下来全队的工作重点，要继续围绕三个被害人的社会交往，无限扩大范围展开调查，并且要比先前更深入、更细致，不轻易放过任何一种可能性，或许线索就隐藏在不显眼的社会接触中。

第七章　第四个死者

前面的调查，大多做了无用功，冯欢心里本来就很郁闷，没想到接踵而至的事情更让她恼火。一个做自媒体的博主，通过一系列信源，竟然在自己的网络博客中将"9·19"大案的相关信息全面曝了光。该爆料文章，通篇充斥着对警方办案不力的不满情绪，并且对凶手作案的手段、被害人尸体的惨状等案件情节，均详细做了披露。文章最后，这名博主还煞有介事地指明，在本市甘江区此时此刻正潜伏着一名变态连环杀手，提醒甘江区的广大居民在日常生活中要多做防范。很快，通过紧急询问得知，该爆料博主的信源最早来自周琼的前夫刘晓光，两人是亲戚关系，随后这名博主又通过多路关系层层打探，了解到周琼案并非独立案件，相似案件先前已经发生过两起，虽然没有获得更具体的信息，但足以让他攒出一篇骇人听闻的文章来。

文章甫一出现，社会舆论瞬间炸了锅，案件迅速成为老百姓，乃至街头巷尾的热门话题，各种小道消息和毫无根据的传闻也随之甚嚣尘上，这不仅让冯欢和全队干警深感被动，也带给他们空前的压力。不过，面对文章的质疑，冯欢也无力反驳，办案进展确实不尽如人意。痛定思痛，冯欢只能接受现实，除了增派人手，加大走访力度之外，她开始潜心研究与所谓变态连环杀手相关的案件资料。资料信息表明，连环杀手通常都不会主动终止作案，除非遇到不可抗力，其一定会将作案进行到底。也正是因为这种特性，他们总会有露出马脚的一天，最终一定会被警方抓获。然而，令冯欢感到困惑的是，案件虽然屡屡成功告破，但似乎总要伴随着更多无辜的生命受到伤害，这样的代价实在太惨痛了，面对当下遇到的连环杀手，冯欢很希望能在其下一次作案前将其抓获。

2012年7月30日，清晨，7点15分。

天阴沉沉的，云层密不透光，老天爷看似在酝酿一场大雨，不过天气预报说，要到傍晚雨才会来。雨一时下不来，空气仿佛凝滞了，没有一丝丝风，气压异常低沉，成群结队的燕子在低空中穿梭盘旋，叽叽喳喳地狂躁乱叫，好像意识到凶残的事件正在上演。

消失在恶的尽头

冯欢沉着脸,双手叉腰怔立在一辆银色雷克萨斯轿车前。灰蓝色衬衫,米色九分裤,咖色平跟小皮鞋,利落干练的衣着搭配,让她看似气场十足,只不过衬衫背后被汗水浸湿了一大片,又透着些许的狼狈。或许是最近一段时间日夜不分连轴办案,没怎么休息好,面容看着有些憔悴,但一双眸子仍然透亮,噌噌地冒着火苗,充满愤怒。

隔着轿车前风挡玻璃,她看到了一个女人。女人穿着杏色连衣裙,身子僵直坐在驾驶座位上,脑袋被安全带"吊在"座椅头枕上,双目紧闭,脸上罩着一张惨白的面膜,喉头上刻着一道显眼的血沟,溢出的血流染红了胸前的衣襟,一双手臂则鬼魅地搭在汽车方向盘上,犹如一具僵尸在驾驶汽车一般。很明显,凶手杀人后,刻意对尸体进行了"造型"。

案子发生在甘江区城郊接合地带的东山村。村子在城郊公路主干道旁,临近村口有一座湖泊名为东塘水库,该水库从建成距今已有六七十年的历史,是城市最早的供水源地,直至20世纪80年代后期才被停用,此后便作为城市供水调节及保安水库。水库的南岸,有一条荒草丛生的堤坝,堤坝边树木繁盛,平日里有一些钓鱼爱好者喜欢坐在堤坝上钓鱼。今天一早,有三个从城里结伴来钓鱼的大爷,发现一辆轿车停在堤坝路的中央,随即好奇凑近车前查看,结果发现了死者,然后报了案。

三个大爷吓得够呛,直到接受询问时,都还是一副惊魂不定的样子。"太恐怖了,把人杀了还不够,还把死人摆成在开车的样子……""是不是前几天网上传的那个连环杀手又出来作案了……""对啊,不是说那个连环杀手专门往死人脸上贴面膜吗……"三个大爷你一言我一语,声音哆哆嗦嗦地嚷嚷着。负责做笔录的黄猛颇为无奈,赶紧让大爷们打住话头,劝大爷们不要无端猜忌,还特别叮嘱大爷们不要把案件信息随意透露出去。不过,他也知道,说了也是白说,想让一个大爷把这种事情烂到肚子里都难,别说是三个大爷了。尤其,警戒线外还围着那么多看热闹的群众,有的还举着手机在拍照,估计案子信息很快会被传到网络上,黄猛不禁在心底为冯欢捏把汗。

雷克萨斯轿车作为案件的中心现场,四个车门以及后备厢的门都被打

第七章 第四个死者

开了，勘查组的民警拿着特殊光源灯在车里车外搜寻物证线索，宁辛然也参与其中帮忙，法医金秀梅全副武装穿着防护服，半个身子探进车里，正在对尸体执行现场初检。

死者扶在方向盘上的右手食指缺失，脖颈部位遭锋利锐器切割，案发地又是位于甘江区辖区内，而当金秀梅摘下罩在死者脸上的面膜，不出所料看到的是一张中年成熟女性的面孔时，她的一颗心顿时悬了起来。案情特征与"9·19"大案高度吻合，难道是同一个凶手第四次作案？

"死者叫朱萍，喏，她的驾驶证，在她包里找到的。"宁辛然说着话，递给冯欢一个小黑本。

冯欢翻开驾驶证，看了眼里面的照片，又抬头端量一眼车里的女死者，点点头道："应该就是她了。"

宁辛然晃了晃手中的女士坤包，继续汇报说："除了驾驶证和一些化妆品，包里没有其他物件，开这种高级轿车的人，包里应该少不了现金和信用卡、手机等值钱的物件，估计都被凶手顺走了，还有女死者身上戴的金银首饰也都被撸走了。"

"劫财？"冯欢皱了皱眉头，有些意外。

"会不会是模仿作案？"宁辛然试着推理说，"可能凶手看到网上的爆料，抢劫财物后故意做了些伪装，让案情特征看着跟'9·19'大案很像，以此扰乱咱们的办案视线？"

冯欢没言语，眨眨眼睛，看到金秀梅身子从车里探出来，将拿在手中的"面膜"装入勘查箱中，便问道："你怎么看？"

弓身待在车里一段时间，后背有些发酸，金秀梅稍微活动下筋骨，才应道："人其实是被座椅安全带勒死的，从尸僵程度上判断，死亡时间在昨天夜里11点到12点之间。颈部上的那一刀，创口没有生活反应，而且没有喷溅出血，明显是死后补刀。右手食指，属于死后切割，这一点和前面的案子一样。同样的还有往死者脸上贴面膜的动作，不过面膜的品牌和之前案子中出现的不同。"金秀梅顿了顿，略微踌躇一下，面色郑重地说："如果你问我的意见，我同意辛然的判断，倾向于这是一起拙劣的模仿作案。"

"行，心里有数了。"冯欢勉强笑笑，随即小声咕哝一句，"哼，那这就属于画蛇添足了。"

"啥意思？"宁辛然不懂。

"通常，越是费尽心思制造假象，越能说明凶手很可能是来自死者身边的人！"冯欢解释道，"如果是素不相识的抢劫犯，没必要这么费事。"

宁辛然闻言，也突然来了灵感："这样说来，抢劫说不定也是障眼法，我也觉得这案子好像没那么简单。"

冯欢怔了下，道："如果是两边下注，那更能说明凶手与死者关系匪浅。"

死者确系朱萍，现年42岁，本地人，已婚，家里是开装修公司的，老父亲是董事长，丈夫是总经理，她自己平时啥也不干，只负责逍遥快活。

确认了死者的基本背景信息，冯欢打发黄猛通知家属来认尸，之后差不多接近中午的时候，朱萍的丈夫许伟平和父亲朱庆江一同赶到队里。通常情况下，妻子被杀害，丈夫必然是第一嫌疑人，所以对于许伟平和朱庆江的问话，是分别展开的。

确认过死者是自己的女儿，已经两鬓斑白的朱庆江情绪难以自控，坐在冯欢办公室的沙发上，鼻涕一把泪一把，呜咽个不停。白发人送黑发人，对父母来说，无疑是一种巨大的伤痛，当事人必然需要一个宣泄的过程。冯欢很明白这个道理，识趣地没多言语，只是在朱庆江面前放了杯水，然后把身子靠在办公桌前，默默等着他平复心绪。

约莫5分钟之后，朱庆江擦了擦泪水，主动打破沉默问道："凶手有眉目了吗？"

冯欢轻轻摇头："暂时还没有，您有没有什么线索可以提供给我们的？"

"嗯。"朱庆江抬手敲着太阳穴，缓解着头痛，犹疑地说，"我……我看到萍萍的尸体，第一时间想到了一个人……赵守民。"

"这人和朱萍有过节？"

第七章 第四个死者

"他俩没有，但是赵守民和我有。"

"具体说说看。"

"守民是我的发小，最早是做建筑材料生意的，后来干房地产。2008年那会儿，全球性金融危机蔓延到国内，守民的资金链断了，所有的投资都打了水漂，还欠下巨额外债。2009年元旦前一天，他到家里找我借钱，我当时公司的日子也不好过，而且他要的数额又很大，我实在爱莫能助，只能婉转地拒绝他。谁承想，他一时着急，突发心梗，送到医院没抢救过来，稀里糊涂地死了。"朱庆江一口气说道。

"死了，那怎么会……"冯欢一脸不解。

"守民是在我家里犯的病，他老婆和儿子自然把他的死算在我头上，非说是我害死守民的，当时还到家里和公司闹过几回。"朱庆江说出自己判断的依据，"我估计这娘俩一直记恨我，尤其是他那儿子，经常跟地痞流氓混在一起，人凶得很，搞不好是他害的萍萍。"

"怎么能找到他？"

"当年他们娘俩把房子卖了替守民还债，之后搬到什么地方我不太清楚。"

"他们母子俩都怎么称呼？"

"守民老婆叫王金兰，儿子叫赵虎，原先他们家富裕，金兰辞了工作做全职家庭主妇，赵虎没啥正经工作，天天胡吃海喝，不学无术。"

冯欢拾起桌上的笔，在台历的空白处记下两人的名字，转话题问："您女儿和女婿关系怎么样？"

"挺好的，怎么，你们怀疑小许？"朱庆江敏感地问道，接着连连摆手，"不可能，这孩子人品很好，和萍萍非常恩爱，公司业务现在基本上也都是他在打理，业绩做得很好，账务方面都清清楚楚，我想不出他有什么理由要去伤害萍萍。"

在问询室里，面对黄猛的提问，许伟平几乎给出了和他岳父同样的答案。黄猛一针见血，反驳问："如你所说，你们夫妻关系这么好，朱萍昨晚一夜未归，你不担心？"

"萍萍爱打麻将，经常三更半夜回家，偶尔也会打通宵，我便没在意。"许伟平大方地回应说。

"你昨天晚上都干吗了？"

"陪客户吃饭，大概10点钟散的席，然后司机把我送回家。我有点喝多了，到家倒床上就睡着了，一觉睡到今天早上7点多，你们不信可以找家里的保姆和我的司机核实。"

"朱萍平时都跟什么人打麻将？"

"不太清楚，但我知道她经常打麻将的地方，叫彩凤茶楼，是她一个闺密开的，位置在松花路天桥边，很好找。"

"她昨天的行踪你了解多少？"

"不出意外晚上肯定在茶楼打麻将。"许伟平顿了下，主动提到朱萍日常的活动轨迹，"萍萍不工作，平日大多早上10点多起床，然后有时去健健身，有时去做美容，有时逛逛街，中午大多在外面和一些朋友吃饭，差不多下午就会去茶楼打麻将，一直到半夜。"

"朱萍最近有惹上什么麻烦吗？比如情感上或者财务方面的？"

许伟平听懂话音，微微瞪了黄猛一下，不悦道："我老婆没有情人。"

"你呢？听说你们没孩子？"黄猛直白地问。

"我？没有！"许伟平一愣，面色更沉道，"我们都不喜欢孩子，做丁克家庭是我和萍萍共同的决定，是什么让你觉得我们这样的家庭，就一定会在外面胡搞乱搞？"

"你不必太敏感，我只是例行询问而已。"黄猛继续追问，"财务方面呢？有纠纷吗？"

"应该没问题，家里所有的钱都是萍萍在管，平时我很少过问。萍萍没什么心眼，也很爱面子，有朋友和她借钱，她一般都不会拒绝，不过据我了解借出去的钱，数目都不是很大，没有值得为此而伤害她的。"

黄猛点点头，稍加思索问："这样吧，你帮忙想想，在你们夫妻或者你们整个家族交际的圈子里，谁最有可能伤害你老婆？"

第七章 第四个死者

"她不是被抢劫的吗，跟我们认识的人有什么关系？"

"案子侦破之前，任何可能性都存在，我们也是想多一些破案思路。"

"那没有，我想不出来。"

黄猛收拾起询问笔录："好，今天就到这里，你可以走了，如果再想起什么线索，随时给我们打电话。"

许伟平和朱庆江离开之后，黄猛去办公室找冯欢，两人沟通了下两边的问话情况。从目前掌握的信息看，赵虎嫌疑最大，不过黄猛总觉得许伟平不够老实，感觉从他身上一定能挖出些东西来。冯欢赞同他的思路，毕竟通过朱庆江口中了解到，许伟平作为一个外省人，能有今天的成就，全靠他这个老丈人一手栽培。反过来说，即使他和朱萍真实的夫妻生活状态，并不像外界看起来那么和谐美满，他也只能默默忍受。如果他想抗争，朱家人自然不会再惯着他，他这么多年的努力就算白费了，身份地位、金钱名利，搞不好全部付诸东流。除非妻子意外死亡，那他的处境便完全不同了。

冯欢和黄猛快要聊完的时候，宁辛然顶着一脑门子汗匆匆进门。她先走到饮水机旁，接了杯冷水一口气喝尽，抹干净嘴边的水，从牛仔裤后屁股兜里拽出一摞子纸单，放到冯欢桌上。"这里面有发现，到昨天夜里手机关机前，朱萍最后一次通话的对象，是人寿保险公司的业务员，而且从通话记录上看，两个人在近几个月里通话频繁，我估摸着她肯定买了巨额的人身保险，这会不会跟她的死有关呢？"

冯欢之前吩咐宁辛然去移动公司打印朱萍的手机通话清单，这也是调查案件的基本步骤，没想到这么快就被她从中找到线索了。冯欢把电话清单拿在手上大略翻了翻，保险员的手机号码已经被宁辛然用红笔标注出来，该号码在清单中确实多次出现。

冯欢抬头问："保险员的情况摸清楚了吗？"

"我试着打通电话，但没说我是警察，电话那端的人主动提起他是人寿保险公司的业务员，叫赵虎，公司在中山路，说如果想买保险到公司和打电话都可以找到他。"

"赵虎?"黄猛和冯欢几乎同时叫道。

宁辛然惊讶住,不明白眼前的两人为何会如此激动,有些摸不着头脑地说:"对啊,是叫赵虎,咋了?"

黄猛没理她,冲冯欢说:"有没有可能只是重名?"

"废啥话,去会会不就知道了吗?"冯欢拾起桌上的手机和车钥匙,起身道,"走,去人寿保险公司。"

"用不用提前约一下?"黄猛说,"别扑了个空。"

冯欢想了下,说:"没事,他不在也可以通过保险公司确认身份,免得打草惊蛇。"

中山路是滨海市最繁华的中央商务区。沿线汇集众多世界和国内知名企业,高楼大厦巍峨林立,交通四通八达,人流车流熙熙攘攘。街道两旁有众多琳琅满目的店铺,各种招牌鳞次栉比、五光十色,在阳光的照耀下闪闪发亮。

人寿保险大厦的招牌也很显眼,位置靠近中山路的中段,与平安大厦毗邻。进到大厦里,免得麻烦打听,三人先在大堂水吧坐好,冯欢请客点了三杯果汁,随后宁辛然假装想要买保险的客户给赵虎打电话。

赵虎正好在公司,没出去跑业务,接到电话以为遇到大客户,兴奋得第一时间冲上电梯,下了电梯又一溜小跑来到大堂水吧。水吧里没什么人,只坐了两桌客人,一桌两人,一桌三人。赵虎正犹疑着,看见三人桌的客人当中,有一个年轻女孩举着手机冲他挥手。买保险的不会带这么多人,他察觉到不对劲,先前的兴奋劲一扫而空,面色瞬间冷淡下来。

"我是赵虎,刚刚是您给我打的电话?"赵虎慢吞吞走到宁辛然身前,客气地打声招呼。

"坐下说话。"冯欢指指对面的空位,从头到脚打量他。

赵虎个子不高,三四十岁的样子,头发规整,胡须干净,上身穿白衬衫,系蓝领带,下身是灰色西裤配黑皮鞋。打眼一看,就是一标准业务员的模样,与朱庆江口中的混子,完全不搭界。

第七章 第四个死者

赵虎不清楚三人身份,不大敢坐,略显局促地愣在原地。黄猛见状,亮出证件:"我们是刑警队的,想找你了解点关于朱萍的事情。"

"萍姐?"赵虎坐到椅子上,向前凑凑身子,关切地问,"萍姐怎么了,她出事了吗?"

黄猛不答反问:"你和朱萍是什么关系?"

"我们两家是世交,我和朱萍是发小。"

赵虎如此说,想必他确是朱庆江口中提到的那个赵虎,冯欢插话道:"可据我们所知,因为你父亲的事情,你们两家闹掰了,老死不相往来很多年了,那为什么最近几个月里你和朱萍频繁用手机通话?"

赵虎错愕道:"这你们怎么会知道?"

冯欢不客气地说道:"回答我的问题。"

赵虎似乎隐隐察觉到事情不简单,面色僵硬道:"我和萍姐不仅是发小,她也是我的客户。确实,我父亲的事情,搞得两家都很不愉快,我们好几年没联系过。大概在半年前,我在一家咖啡厅里见客户,偶然与萍姐重逢。她很惊喜,拉着我不停说话。我们都尽量不提以前的事情。她问我近况,知道我'改邪归正'了,特别高兴。"赵虎顿了顿,撇下嘴角,自嘲道:"原来我爸在世的时候,我仗着家里有钱,整天跟一些游手好闲的街溜子吃吃喝喝、打架泡妞,萍姐当时特别瞧不上我,经常数落我。那天聊天,她得知我有正经工作了,是做保险业务员的,就说要支持我的工作,让我给她介绍一些适合她的保险。之后,没过多久,她主动联系我,从我手上买了三份保险———一份重大疾病保险,两份人身意外保险。"

"保险赔付总额度是多少,受益人是谁?"

"800万,受益人是她老公。"

"昨天下午4点15分,你给朱萍打过电话吧?说了什么?"

"哦,她从我这儿买了保险之后,不时会给我介绍一些客户,前几天她的一个朋友在我这里买了车险,昨天办完手续之后,我给她打电话知会一声。"

"当时在电话里她有什么异常反应吗?"

消失在恶的尽头

"没有，我听见电话那头哗啦哗啦地响，估计她又在打麻将，匆匆说了几句就挂了。"

"你昨天晚上都干吗了？"

"在家看奥运会啊！双人跳水，还有游泳决赛啥的，一直看到后半夜。我妈大概9点睡了，我女朋友一直陪着我看来着，她可以给我做证。"

赵虎不提这茬，三个人都不知道伦敦奥运会已经开幕了。这阵子忙得脚打后脑勺，连电视和报纸都没工夫看一眼。宁辛然抢话，试探着问："昨晚有咱中国选手拿金牌吗？"

"有啊，女子射击，双人跳水，拿了金牌。"赵虎没太多想，随口说出，紧接着，他使劲吸下鼻子，按捺不住地问，"三位警官，你们能不能告诉我，萍姐她到底怎么了？"

"她死了，被杀害的。"黄猛看看冯欢，接下话回应道，通常这些出力不讨好的活，都由他来负责。

赵虎一脸不敢置信，瞬间红了眼眶，不顾周围人的眼光，高声问道："啊！为什么？是谁干的？"

"这也是我们想知道的。"冯欢见从赵虎身上再挖不到别的线索，便起身道别，"行，你坐着缓缓吧，我们先走了。"

赵虎黯然点点头，抬手抹着眼睛，止不住抽噎，肩头一阵阵耸动着。

根据许伟平的口供，彩凤茶楼有很大概率是死者朱萍昨日行踪轨迹中最后的落脚点。位置不难找，在华北路立交桥下，一条主干路街的北侧。租的是住宅小区一楼的门面房，门脸朝南，总共有两层，生意听着应该不错，这刚到楼下，哗啦哗啦的麻将声便不绝于耳。茶楼门前有一排停车位，恰好余有一个空位，冯欢把车停进去。三人下车，黄猛快步走在前头，殷勤地拉开玻璃门，等着冯欢和宁辛然走进茶楼里，自己才跟进去。

茶楼内里看着很干净，飘着淡淡的熏香味道。前厅陈设很简单，除了一张长沙发和几把木椅，再就有一个吧台。吧台很老旧，棕色木制，台面是人造大理石的，上面摆着一盆发财树和一个大白菜摆件，另有一个发财猫吉祥物,反正甭管是中国的还是日本的东西,主打的就是一个寓意好,能招财。吧台里面的木格子上,象征性地摆着一些茶叶罐、茶壶、茶杯等物件,上面落着一层浮灰,显然都没怎么用过。总之,进到这茶楼里,打眼一看便知,开茶楼只是幌子,主要经营的是麻将室生意。

吧台里站着一个体形富态的中年女人,穿着蓝白相间的格子裙,手指点着计算器,正在核对账目。听到三人进门的声音,她抬起头,脸上瞬间堆起笑容,热情地招呼道:"你们几位?要打麻将吗?"

"我们是刑警队的。"黄猛亮出证件,表明身份。

中年女人闻言,面色忽地沉下来,手上按键的动作也停住了,哀戚道:"你们是来问萍萍的事情?"

"你是茶楼的老板?"冯欢走到吧台前,与中年女人打着照面问,"你和朱萍是闺密?"

中年女人"嗯"了一声,主动解释说:"我和朱萍是高中同学,我们关系很好,自打我这茶馆开业以来,她几乎天天来捧场,一晃也四五年了。"

黄猛问:"朱萍是不是经常随身携带大量现金出门?"

"萍萍是小富婆,我看过她的包,里面装个万八千的是常有的事情。并且,不只是现金,她脖子上的金项链,手上的戒指——一个宝石的、一个金的,还有金手镯,都是非常贵的那种。对了,她还有个最新款的苹果手机,也不便宜。"中年女人叹气道,"估计是太露富了,被别人盯上了。"

"她昨天也来过吧?"冯欢问,"在你这里待了多长时间?"

"下午来的,将近夜里 11 点走的,她差不多每次都玩到这个时间,说是不敢太熬夜,怕伤皮肤。"

"她一个人走的?"

"对,桌上那三家还没玩够,我上去顶了会儿,大概下半夜 2 点才散。"

"别桌的客人呢?有没有紧跟着她离开的?"

"没有,那时候店里就那一桌客人。"

"她最近有什么反常吗?"

"没觉得,和平常一样。"

"据你所知,她有没有和什么人有金钱方面的纠纷?"

"不会,她在我这里输多赢少,她也不在乎输赢,就是爱玩,经常跟她玩的这帮人都开玩笑说她是散财童子,没见谁输急眼过。"

"男女关系方面的呢?"黄猛问,"朱萍人长得不错,保养得也挺好,还是个富婆,有没有什么人对她有非分之想?"

"佟亮。"中年女人不假思索吐出一个名字,"他也是我这里的常客,有一阵子总冲萍萍献殷勤,还给萍萍发过一些暧昧短信,不过萍萍没搭理他,说是对他没感觉。"

"朱萍跟你说的?"

"对。"

"这佟亮具体是个什么情况?"

"我大概了解一些……他35岁,目前还是单身,在我们这排门面房的最东边开了家汽车美容店,据说生意马马虎虎。"中年女人说着话,冲自己身后指了指,"他住在我这茶楼背面的小区里,好像是在20号楼,和他妈一起住。"

冯欢问:"佟亮昨晚也在这里吗?"

"没有。"中年女人想了下,说,"他有一阵子没来了,说是感冒了,挺严重的,打了好几天吊瓶,一直没好利索。"

"除了佟亮,还有没有别的男人跟朱萍关系比较好?"

"没有,没有,萍萍不是那种胡来的人。"中年女人笃定地说。

话音刚落,从门外进来一拨人,她赶忙表示自己要先接待一下客人,让冯欢等人稍等片刻。冯欢这边正好也问得差不多了,留下一张名片之后便告辞了。

三人出了茶楼往东走,快要走到头了,果然看到一家汽车美容店,叫聚汇汽车美容养护中心。在门脸上方,一个蓝色招牌上写着汽车美容店的名字,店里总共有三个洗车区,此时只有中间位置的被占用,几个工人正在给一辆车打蜡。黄猛上前寻问老板在不在,一个工人冲里间指了指,说老板在办公室里接待客户。

第七章　第四个死者

冯欢让宁辛然在外面留守，她和黄猛顺着洗车区往里走，很快看到一个用透明玻璃墙隔出的一个小房间，里面有两个男人，对头坐着，正在喝茶聊天。冯欢和黄猛也没敲门，直接推门走进去，房间本来就不大，冷不丁一下又进来两个人，愈加显得局促。背对着门口坐着的一个男人，起身冲对面的男人交代了一声，然后转身从冯欢身边擦过走了出去。剩下的那个男人，应该就是这家店的老板佟亮。

"你是佟亮？"黄猛问。

"对，你们是？"佟亮欠欠身，一脸警惕，拿起放在茶桌上的手机，似乎随时准备摇人。

冯欢打量着他说："我们是刑警队的，来问你点事。"

佟亮个子不高，长得白白净净，单眼皮，双眼细长，唇红齿白，面相给人一种轻浮感。得知来人是警察，他立马放松下来，一骨碌从沙发上站起来，热情地招呼道："哦，是警察啊，来，来，快请坐，要不要喝点茶？"

黄猛站着没动，冯欢坐到佟亮对面，摆摆手道："茶就不喝了，朱萍出事了，你听说了吧？"

佟亮点下头，双眉紧锁，叹息道："嗐，真是太令人震惊了，大前天还见面说话来着，没想到人突然就没了。"

"你上周五见过她？"

"对啊，下午三四点钟，她来我这里洗车，我们简单聊了几句。"

"昨天晚上你人在哪里？都做了什么？"

"我？你们怀疑我？"佟亮瞪大双眼，一脸委屈，"好吧，我知道这是你们的例行工作。我昨晚7点多闭的店，然后就回家了，陪我妈看了会儿电视，又在电脑上玩了会儿游戏，大概11点上床睡觉了。"

黄猛问："听说你喜欢朱萍，但被她拒绝了？"

"是，是。"佟亮大方承认道，"说起来挺不好意思的，朱萍性格很好，人长得也漂亮，天天在一起打麻将，接触时间长了，人难免心猿意马，产生不切实际的想法。不过，也就那么一小段时间，很快我就放弃了，毕竟人家是有家庭的人，所以你们多虑了，我没可能因为被拒绝而伤害朱萍的。"

"好，感谢你的配合，我们就不多打扰了。"冯欢拍拍椅子扶手，做出要走的姿态，但刚站起身，突然又问道，"对了，听说你好几天没去打麻将了？"

佟亮瞬间回应道："哦，我感冒了，不太愿意动。"

滨海市第二人民医院，骨科病房里。大队长马文涛一动不动躺在病床上，打着石膏的那条腿仍然被吊在床架上。住院已经半个多月了，按道理说他已经不需要再做这样的固定动作，但听医生说吊着腿可以加快静脉血液回流，减少重力对腿部的损伤，有利于病情更快恢复，于是他主动要求再多吊一段时间。他心里着急，队里一大摊子事都压在徒弟冯欢身上，他实在过意不去，自己遭点罪不算什么，只要能快点出院，哪怕是拄着拐杖到队里给冯欢坐坐镇，他也能安心些。

从彩凤茶楼的停车场出来，冯欢开车直奔医院，去找大队长马文涛汇报工作。到了病房，师徒俩简单寒暄几句，冯欢便开始讲述案情："佟亮在问话中表现得相当从容，看着挺无辜的，从作案动机的角度说，单单只是求爱被拒，搞出那么大的动静似乎很牵强。但我和小黄在办公间里问话时，辛然在外面从几个洗车工人那里侧面打听到，汽车美容店的生意一直不太好，到上个月都快开不出工资了，而且据说还面临场租到期的窘境，很明显佟亮极度需要一笔钱来应急。他和朱萍经常在一起打麻将，了解朱萍的行踪轨迹，也知道朱萍日常出门会携带大量现金，求爱被拒加上谋财，两个因素叠加在一起，很有可能构成他的杀人动机，所以这个人身上的疑点很大。

"当然，还有一个人也具备作案嫌疑，那就是朱萍的老公许伟平。朱萍几个月前连续在赵虎那里买下多份保险，随后不久便被杀了。许伟平算是上门女婿，轻易不敢忤逆朱家，如果老婆意外身亡，许伟平现有名利和地位不受任何影响，同时又能获得一大笔巨额赔款。可以说朱萍的死，他获

第七章 第四个死者

益最大，这应该是一个非常值得审视的作案动机，当然前提是他们夫妻之间的关系出现裂痕。以目前掌握的资料看，若裂痕真的存在，问题应该不是出在朱萍身上，她能够把老公作为保险受益人，说明她对许伟平没有二心，所以稍后我们会加大力度，彻查许伟平。"

马文涛轻轻搓着额头，消化冯欢带来的信息，陷入思索中，很长时间没言语。

"小黄和辛然也嚷着要来看您，让我给打发到交警指挥中心去了。"冯欢继续说，"朱萍被杀现场，以及遇害前逗留的彩凤茶楼，都在主干路街的附近，我让他俩去查查周边的道路监控，梳理一下昨晚朱萍离开彩凤茶楼之后的行踪轨迹，看看能不能发现嫌疑人的踪影。"

马文涛"嗯"了声，略微清清嗓子，开口道："时间得抓紧，你这种态度是对的，朱萍这案子甭管是不是模仿作案，咱们都得拿出同样的精力，全力以赴争取在最短的时间内把案子破了。最起码，要把案件的性质完全摸准了，尽快给公众一个明确的交代，不然社会上风言风语的，只会让恐慌情绪更加蔓延。"

"对，我也是这么想的。"冯欢颇为无奈道，"嗐，现在是网络社会了，消息的传递真的是弹指一挥间，强捂也捂不住，利用信息差办案的优势，以后恐怕不复存在了。"

马文涛问："咱们内部现在是不是基本认定案子特征是有意模仿出来的？"

"差不多。"冯欢详解道，"先前的爆料消息中没提过电击的情节，以及罩在死者脸上面膜的品牌，朱萍案中恰恰在这两点上出现差异化，而且法医表示朱萍是被勒死的，脖子上补的那一刀，刀口不算太深，感觉很敷衍，有点强行匹配的意味。不过，凶手在反侦查方面的动作做得很充分，目前法医和勘查组那边尚未发现可追查的物证和痕迹线索。"

马文涛若有所思道："从'9·19'大案中暴露出的信息看，凶手是极为凶残的，他割掉死者的手指，搞不好是为了留作纪念。这对他而言很重要，但对模仿者来说，形式大过意义，只是走个过场而已，所以后者不会留着

消失在恶的尽头

手指，包括作案凶器等一些别的物件，他随身带着不方便，也不安全，有可能会随手丢弃在案发现场附近的什么地方。让勘查组那边多派些人，去现场周边地毯式搜索一下，再到特警队要两个蛙人，下水库摸摸看，或许在那些丢弃的物品中，可以采集到属于凶手的痕迹证据。"

不愧是老刑警，几句话便指出关键点，冯欢豁然开朗，由衷地赞叹道："师父，还是您厉害，我明白了。"

"行了，你也别在我这儿待着了，赶紧回去该干吗干吗去。"马文涛扬扬手，叮嘱道，"以后有事情打电话就行，没必要特意跑一趟。"

"那我走了，您好好休息。"冯欢起身，也冲马文涛挥手道别。

出了病房，坐上电梯，冯欢看了眼手腕上的表，已经快 7 点了。到晚饭点了，胃里应激似的一阵抽搐，她这才反应过来，自己好像一整天没吃过东西。想到吃东西，她莫名地联想到闻采，这傻小子坚持到队里送了一阵子晚餐，最近突然没影了，搞得冯欢心里空落落的，说不上是失落还是担心。这傻小子心态很不正常，会不会出了什么问题？她先前有想过发个短信，问一下闻采的近况，但考虑再三还是觉得不要给他无谓的希望，便放弃了。

但有时候缘分这东西真挺奇妙的，想啥来啥。电梯下到三楼时停住，打开门之后，进来一老一少两个男人，冯欢差点叫出声来，年轻的那个正是闻采。然而，闻采和她打了个照面，却视若无睹，没有太多反应，只是微微怔了下，便转过身子，用后背冲向她。

电梯下到一楼，一老一少出了电梯，快步从大厅中走出去，头也未回，搞得冯欢在电梯口愣了好一会儿，心里不住地犯嘀咕："认错人了？不会啊，长得太像了，只是面色煞白，看着有些憔悴而已。"

走出住院部大门，一老一少已然没了踪影。真的认错人了？冯欢一边纠结，一边走到停车场，打开车门，坐进车里。她发动起引擎，刚要启动，突然间一个身影挡在车前。她定睛一看，竟然是闻采，他站在两盏大灯的光束中间，脸上挂着一副戏谑的表情。

第七章　第四个死者

冯欢冷笑一下，偏偏脑袋，示意闻采坐上车来。闻采乖乖从命。冯欢"哼"下鼻子："怎么个意思，为啥装不认识？"

闻采使劲抿着嘴，努力做出一副笑模样："跟你开个玩笑呗。"

"跟你一起那人呢？"

"一个长辈，已经走了。"

"你到医院干啥？"

"胃不舒服，在医院调理几天，刚刚那长辈是来接我出院的。"

"神神秘秘，莫名其妙。"冯欢白了他一眼，"要去哪儿啊？"

闻采不理会她，自顾自地说："最近没吃到我送的晚餐，是不是很不适应？"

冯欢又"哼"下鼻子，笑笑说："我现在确实饿了。还别说，你送的菜品，大家都说味道不错，哪家馆子做的？先前都是你请我，今天我请你一回。"

闻采也笑笑，系上安全带，道："没问题，我指路，走着。"

冯欢发动引擎，汽车很快驶出医院，在闻采的指挥下，来到位于市中心繁华商业区一座大型百货商场背后的一条街上。冯欢驾车沿街由西向东行驶，差不多快开到街的尽头时，闻采终于喊停，指着街边一个灰色墙体的小饭店，说了声"到了"。

饭店的名字叫"鲜记私房菜"。门脸很小，只有一扇门，两扇窗，装修倒还算精致，感觉内里必有乾坤。冯欢停好车，跟随闻采进了饭店。服务生显然认识闻采，迎上来热情打招呼，闻采没多言语，只是微微点头回应，然后熟门熟路引着冯欢来到门厅右手边的一间小包房里。

冯欢拉开一把椅子坐下，诧异地问："这饭店没有吃饭大厅？"

闻采道："对，只有四个包间，不接待散客，只接待预约客人，也没有菜单，饭店里有什么吃什么，按人头标准走菜。"

"这么任性？"

"那你想吃啥样标准的？"

"你这么说把我整不会了，要不咱吃水饺吧？简单点。"

_113

"三鲜馅的是这家的特色,给你来一份?"

"行。"

两人商量好吃什么,闻采退出包房,不多时服务生捧着茶壶进来倒茶。冯欢摆摆手,接过茶壶表示自己来。约莫半个小时后,服务生再次进来,先端上四个小冷碟,有炝白菜、现切牛肉、咸水鸭、八宝蒜,随后闻采穿着一身厨师制服跟进来,把一盘水饺摆到冯欢身前。

看着闻采这一身打扮,冯欢差点惊掉下巴,说:"你是这里的厨师?"

闻采咧咧嘴,模棱两可:"算是吧,反正给你送的晚餐,全部都是我亲自掌勺的。"

"真看不出,你年纪轻轻,有这手艺。"

"三元楼你知道吧?"

"知道,早年前最知名的海鲜馆子,我爸爸带我去吃过几次。"

"我姥爷曾经是那里的大厨,退休后自己开了这家小店,先前他去世了,现在是我舅舅在管。"闻采扬扬手,"别说那么多了,尝尝饺子。"

冯欢莞尔一笑,拿起筷子,夹了一个饺子送进嘴里,瞬间愣住了。滨海本地人爱吃的三鲜馅饺子,是由猪肉、鸡蛋、虾仁加韭菜调的馅,好吃的关键点在于鲜香而不油腻,但是刚刚这一口饺子,鲜香度简直无与伦比,毫不夸张地说,冯欢觉得自己身上的汗毛都被鲜得竖立起来。

"你这饺子馅咋调的?太好吃了!"冯欢不由得起了好奇心,夹了一个饺子放到小碗中,用筷子扒开饺子皮,一探究竟。这一看不打紧,瞬间觉得饺子不香了,苦笑说:"海胆、海参、鸟贝,原来你是这么个三鲜馅啊!这我可有点吃不起,得几十块钱一个吧,你这一盘饺子,我一个月三分之一的工资没了。"

"点了,可不能退啊,你是人民警察,不准赖账。"闻采笑着说,"开玩笑的,冲你救我一命的情分,这点饺子算啥,请你一辈子都行。"

"打住啊,你想让我把这盘饺子吃了,就少说这种没营养的话,以后也不准说。"冯欢顿了顿,用意味深长的眼神盯着闻采说,"咱们也算是有缘分,你要是愿意拿我当姐姐处,我随时欢迎,别的不要抱幻想。"

第七章 第四个死者

闻采没接茬,把饺子盘往冯欢身前推了推:"快吃吧,凉了就吃不出精华了。"

冯欢叹口气,不想把气氛搞得过于尴尬,便开始吃饺子。"这饭店生意怎么样?"冯欢嚼着饺子,咕哝着说。

"无所谓,也许很快就没了。"

"生意这么差?"

闻采摇摇头,未置可否,一双眼眸中,瞬间布满惆怅。

见闻采情绪走低,冯欢不再多问,专心吃饺子。一盘饺子她也没数有多少个,反正被她一气儿吃光了,重点是太好吃了。她放下筷子,用餐巾纸擦干净嘴巴。闻采贴心地递给她一包薄荷糖。冯欢撕开包装袋,把糖放进嘴里,回头望望窗外,不知道什么时候,夜色中已大雨滂沱。"这雨憋一天了,总算是下来了,行了,我也该走了。"

"回家还是单位?"

"回队里,还有一堆事呢。"

冯欢起身走出包间,闻采跟在后面。走到门边,服务生殷勤地递过一把雨伞,闻采撑着伞把冯欢送到车边。拉开车门,冯欢回头道:"你收工早点回家吧,雨下那么大,别到处浪了。"

"知道了,下那么大雨,我能干啥?放心吧,你开车也慢点。"

冯欢挥挥手,留下一抹浅笑,钻进车里。

闻采愣愣地站在原地,凝视着汽车在雨幕中消失,嘴里喃喃低语道:"下大雨,我能干啥?我有啥可浪的……想死算吗?"

第八章
暗恋

升入中学第一年元旦前夕，班级里搞迎新年联欢会，秦老师带来一个女孩，说是要联袂为同学们表演一个歌唱节目。女孩落落大方介绍自己叫秦素素，是学校初三年级的学生，也是秦老师的亲闺女。

随后，秦老师拉手风琴伴奏，秦素素倾情献唱，歌曲的名字叫《夜色》。直到若干年之后，陆远依然清晰记得秦素素当时的一颦一笑和她动人的嗓音。她那天穿了件粉色高领毛衣，饱满的曲线展露无遗，脸颊上泛着两朵红晕，眉眼嫣然妩媚，和着优美的旋律，把一首思念爱人的歌曲，演绎得柔情似水、如痴如梦，仿若有姑娘在耳边细语倾诉，陆远不禁心生徜徉。

他后来知道，那首《夜色》的原唱是邓丽君。他攒了好长时间的零花钱，终于买到一张邓丽君的原版卡带。此后无数个夜晚，他躺在床上静静聆听邓丽君的歌声，秦素素动人的面庞如影随形浮现在他的脑海里，伴随着邓丽君甜美清澈的音色，陆远感觉身子变得软绵绵的，好似在不断下沉，并逐渐落入一种旋涡中，越陷越深，越陷越深，难以自拔。

夜色正阑珊
微微荧光闪闪
一遍又一遍
轻轻把你呼唤
阵阵风声好像对我在叮咛
真情怎能忘记
……

第八章 暗恋

车载电台广播中一曲终了,陆远的思绪也回到现实,一首老歌,让他心底涌起一阵淡淡的伤感。坐在副驾驶座位的韩梁,夸张地舒了口气,调侃道:"触景生情了?眼圈都红了,你跟二哥说实话,是不是心里惦记着素素姐,才一直单身的?"

"没有的事情,怎么可能?"

"你真的从来没对素素姐表白过,只是一味暗恋?"

"我不配,我知道她对我好,是因为同情。"

"并不是,那时大家都能看出来,她看你的眼神,和对待我们的不一样。你们俩挺可惜的,不过现在也来得及,素素姐又恢复单身了。"

"时过境迁,很多感觉都不一样了,每次听到这首歌都会很有感触,但我也分不清,触动我的是人,还是那些青春的记忆。"

"是啊,日子过得真快,一晃20多年了,不知不觉都变成大叔了。"韩梁讪讪笑道,"咱们两个大老爷们一唱一和,搞得这么惆怅,是不是太肉麻了?"

陆远岔开话题问:"对了,跟李红约好了吗,肯定能见到人?"

韩梁把握十足道:"放心,我打过电话了,她在店里等我们。"

总结目前掌握的所有信息,陆远推想秦老师和姜茵展开交往的过程应该是这样的:首先是姜茵发现自己是私生女,悲愤欲绝,难以自拔,于是姜茵父母求助秦老师帮忙开导姜茵。大概就是在这个过程中,两人产生情愫,发展成恋人关系。姜茵在市区上学,处于热恋中的她为了尽可能获得多一些与秦老师相处的时间,所以那天她当着父亲的面假意坐上返校的火车,然后坐过一站地便下车,再乘坐公共小巴车偷偷返回村里,去秦老师家与其幽会。

接手姜茵失踪事件伊始,陆远提过一个观点,姜茵有很大概率早已被人杀害,而就上面的推想来看,姜茵是在与秦老师共度一晚良宵之后失踪的,显然杀人嫌疑最大的是秦老师。动机呢?是因为两人感情出现了裂痕,还是说从一开始秦老师或者姜茵两方中就有一方是抱着玩玩的心态,一方玩够了想分手,另一方不同意,于是威胁对方?毕竟两人的恋情说好听点叫师生恋，说不好听点叫"不伦"，无论哪方撕破脸说出去，都是丢人现眼的事情。尤其是在当时的农村，远没有现在的观念开放，一人一口唾沫也能淹死人。

在陆远的心目中，秦老师不仅是个好人，更是个完人。但作为一个成熟而又算是有些阅历的男人，经历过身边也看过社会上太多人的起起伏伏，他发现有那么多表面看起来风风光光，各方面都十分完美的精英人士，往往都会因为"裤裆里"那点破事翻船，所以人都会有阴暗面，而且很多阴暗面是超乎寻常人所想象的。秦老师自然也不例外，或许也隐藏着不为人知的一面。

先前提到过，秦老师性格乐观开朗，爱好广泛，尤其酷爱摄影，业余时间时常带班里学生到野外采风。陆远和韩梁仔细回忆了下，秦老师外出采风的队伍里，出现次数最多的女生，一个是姜茵，再一个是陈艳丽，还有个是叫李红的女同学。她们三个都很漂亮，秦老师最喜欢用她们做模特，同样，她们三个对秦老师也崇拜至极。而现如今，姜茵和陈艳丽相继失踪，唯有通过李红来寻找突破口，假使秦老师对姜茵的俘获并非个例，那李红会不会知道些其他人的内幕呢？

韩梁和李红同学三年，踏入社会后关系一直没断，偶尔会有些联络。李红是郭家村人，婚结在市里，婚礼韩梁也参加了。眼下她和老公一起经营一家通信器材店，主要卖二手手机、电池、充电线头、手机绳，以及各种电话卡。韩梁曾经在她那里倒腾过一个很不错的二手手机，李红给了他一个很大的折扣，基本算是半卖半送，能看出她很重视同学情谊。

李红的店不大，但地界不错，在主路边，周边都是做通信器材生意的店，人气客流量很旺。李红变化比较大，身形比读书时胖了至少两圈，眉眼都是笑，看着很喜庆。女生爱感动，重逢多年未见的老同学陆远，李红喜出望外，不仅眼圈红了，还不顾老公也在店里，抱着陆远好一阵子不撒手。相互寒暄、感慨一番后，三人落座，转入正题。相对来说，韩梁和李红算是比较亲近，有些话他不太好问，再加上秦老师在李红心里曾经是偶像般的存在，所以只能由陆远先迂回地问："当年，咱班里你是不是和姜

第八章　暗恋

茵、陈艳丽关系特别亲密？"

"对啊，那会儿我们三个经常凑在一起。"

"毕业之后呢？"

"和姜茵比较少见。"李红微微垂眸，面色尴尬说，"你也知道我学习成绩一塌糊涂，中考结束啥学校也没考上，只能进入社会参加工作。艳丽情况跟我差不多。姜茵就不同了，考上了师专，前途比我俩强百倍。我当时心里还是有些落差的，不过也不是因为这个跟她疏远，主要我们不是一个村子的，她平时又在市区上学，只有节假日才回家。倒是我跟艳丽不时会见面，结伴去市里逛逛街，玩玩啥的。反正，那几年我见姜茵的次数，一个巴掌都能数得过来。"

"最后一次见面呢？是什么时候？"

"就在她失踪那年的国庆节，我去艳丽家玩，正好她也在，我们三个聊了大半天。"

"都聊啥了？"

"也没啥重要的内容，都是瞎聊，具体我也不太记得了。"

"姜茵当时情绪怎么样？"

"挺好的啊！哦，对，我们聊到秦老师，她把秦老师好一顿夸，说他成熟有品位，还特别有生活情趣，说将来找对象就照着秦老师的标准找。"

姜茵是在当年国庆节后不久失踪的，那之前她还对秦老师推崇备至，说明即使感情破裂也不是姜茵导致的，那问题只能出在秦老师身上。既然李红主动提到秦老师，陆远正好顺着她的话展开问道："我印象里，姜茵、陈艳丽，还有你，当年跟秦老师关系都特别好，课余时间总见你们围着秦老师叽叽喳喳地说个不停。"

"是啊，秦老师值得啊！别说当年，现在也很难遇到他那么开明、那么宽宏大度的好老师。他特别愿意站在学生的角度想问题，从来不否定任何一个同学的存在价值，像我们这种学习拖后腿的，他一直都是鼓励，从来没数落过，而且他本身还那么有才华，对生活总是充满热忱，跟他待在一起，就觉得生活一定是很美好的，对未来充满向往。"李红说着话，扑哧一笑,指着韩梁和陆远说,"还说我们女生,你们那几个男生不也整天跟着秦老师后屁股转?"

陆远抿嘴笑笑,瞬间又严肃起来,说:"除了对未来有憧憬,你们有没有'向往'过秦老师?"

李红没听明白他的话,问:"向往秦老师?啥意思?"

韩梁见陆远绕了一大圈仍没说到重点,索性直接点破道:"秦老师当时有没有对你们这些女生做过什么出格的事情?比如动手动脚,有意无意说出些下流的话,或者暗示想和你们亲近?"

李红皱紧眉,面露诧异:"啊,你们……你们是想问,秦老师有没有骚扰过我们?"

陆远跟着直白问:"有没有?"

"没有!"李红杏眼微瞪,不自觉地提高声量,斩钉截铁否认道,"从来没有,你们俩咋回事,胡说啥呢!怎么突然想起问这种问题?"李红顿了下,恍然醒悟:"哦,我明白了,你们在查姜茵失踪的事情,觉得可能跟秦老师有关,对不对?"有类人,书本上的东西怎么教都教不明白,其余的乱七八糟的事情一点就透,李红就属于这种人。

陆远紧跟着问:"你觉得会不会有关联?"

"哦……"李红这次的回应没那么果断了,迟疑一下,断断续续说,"我最后一次见姜茵,是她主动提起秦老师的,眉飞色舞的那副模样,的确很可疑。还有,中考前秦老师利用课余时间专门给她补习过,他们有很多单独相处的机会。再往前,初二下学期,开春,秦老师带我们去踏青,大家都抢着当秦老师的模特,轮到姜茵时胶卷没了,她很不开心,还偷偷哭了鼻子,被我看到了……难道,从那时候她就开始喜欢秦老师?"

陆远打断她的思索,问:"姜茵失踪后,秦老师找过你吗?"

"没有。"

"那你怎么知道姜茵失踪了?"

"派出所找我了,说姜茵不见了,问我知不知道她的下落,后来我问艳丽,她确认了姜茵的消息。"

第八章　暗恋

"陈艳丽怎么跟你说的？"

"没说啥，她也不了解具体情况，就说警察也找过她。"

"那她觉没觉得之前姜茵有什么反常？"

"她当时还真主动提过，她问我上次见面时发没发觉姜茵变成熟了，而且容光焕发，身材也丰满了，说她觉得姜茵可能谈恋爱了。我问真的假的，她愣了一下，然后跟我说是开玩笑的。"

"那之后，你们俩再没聊过姜茵的话题？"

"没有。哦，我有次提过，艳丽很难过，没接茬。"李红越说越伤感，从桌上拿起一张面巾纸，擦擦眼角，不多时突然提高音量，冲向韩梁问："对了，艳丽的事情，这都一年多了，你弄明白没？她到底去哪儿了？"

李红突然把话题重点转到陈艳丽身上，令韩梁有些措手不及，眼神闪闪烁烁，吞吞吐吐说："她……那个……"

李红沉下脸，不客气地说："韩梁，你不会故意包庇你兄弟吧？我都告诉你了，艳丽一定是被吴伟杀了！"

两人的对话，令陆远如堕云雾，一时之间摸不到头脑。李红如此质问韩梁，显然陈艳丽出走之事，并非私奔那么简单，可为啥韩梁要瞒着他？陆远瞪了韩梁一眼，将视线挪回李红这边，沉声说："跟我说说，陈艳丽和吴伟发生了什么？"

李红幽怨地看了韩梁一眼，道："那天半夜，大概 10 点钟，我突然接到艳丽的电话。她带着哭腔，在电话里小声问我能不能到我家住几天。我问她出啥事了，她说见面告诉我。还说她是趁着吴伟喝醉睡着了才敢给我打的电话，说她害怕极了，感觉吴伟醒了之后会杀了她。我赶忙说'你来吧'，正好我老公出差去外地进货了。"

"吴伟为啥要杀她？"

"我当时也问了，她一直说见面再细聊，之后我迷迷糊糊睡着了，再醒来时已经凌晨 2 点多了，艳丽还没到，我打她手机，提示关机了。"

陆远意识到事情比想象中的还复杂，绷着脸追问道："吴伟和陈艳丽到底是怎么结合到一起的？他们婚后生活过得不好吗？"

消失在恶的尽头

李红唏嘘道:"吴伟打小就喜欢陈艳丽,这点你们应该比我清楚,中学时为了跟艳丽坐老对儿,死乞白赖磨了秦老师很久才得逞。那会儿他就像个跟屁虫,天天围着艳丽转,也是有你们这些兄弟给他撑腰,谁敢聊扯艳丽,他就跟谁干架,搞得艳丽像他专属品似的。不过那时候,艳丽对他没有一丝感觉,甚至他连所谓备胎都算不上,所以突然有一天艳丽跟我说她和吴伟好上了,我也惊讶极了。"

两人一问一答,把韩梁撇在一边,让他尴尬不已,他便主动接话道:"中考结束后,老四和艳丽成绩都不理想,两人又不愿意读高中,便双双在家待业。后来,老四考到驾照,先在市里找了份工作。当时老四有个二爷爷家的堂叔,在市里生意做得挺大,有个贸易公司,还开了家三星级的酒店。他爸求着人家,给老四在酒店谋了个开车的活。那车叫啥来着,哦,叫依维柯,老四主要负责开车到机场和火车站接送客人,下班还可以把车开回家。之后过了不长时间,老四又求他堂叔,把艳丽也弄到酒店工作,好像是在哪个部门当文员,反正是不用上夜班的那种。在当时的村里,两人的工作算是很体面的,艳丽还有她爸妈因此很感激老四,再加上老四天天用车拉着艳丽上下班,朝夕相处,感情日益加深,到了2001年五一节的时候两人结了婚。但婚后没多久,老四那个堂叔就出事了,又是非法集资,又是诈骗,反正被抓了,公司也黄了。那会儿日子都好过了,老四他爸出钱给他买了辆出租车,艳丽跟她弟弟在镇上租了个门面,卖五金建材。就这样相安无事好几年,除了没孩子,两口子日子过得算是比上不足比下有余,但谁也没料到一场意外车祸,让两人的好日子就此打住。"

韩梁稍微停顿一下,神情变得懊丧,叹着气道:"5年前,2007年,也是夏天。那天老四半夜收车回家,都快到村口了,路遇一条野狗,他躲避不急撞上野狗,车子跟着失控,撞到路边的电线杆上。也怪他车速太快,车当场干报废了,好在他命大,只是伤到腿和腰,住了一个多月的医院也就好了。不过,从此老四落下心病,死活不敢摸车了,出租车这行当自然是没法干了。艳丽倒也无所谓,五金建材店生意正红火,店里也需要人手,就让老四到店里帮忙。可能是觉得给媳妇打工有些丢人,毕竟小舅子也在

第八章 暗恋

店里管事，他多少还是得看人家眼色行事，所以那段时间他意志消沉，整天丧里丧气的，脸上没个笑模样，状态特别不好。隔了一段时间，可能觉得干得没啥意思，索性回家待着去了……"

韩梁话还未说完，李红抢话反驳道："才不是呢！谁敢给他眼色看。他还憋屈？他不给别人甩脸子，艳丽就烧高香了。据艳丽跟我说，吴伟的心病远比你们想象的严重得多。他出院之后，性情大变，整个人又冷漠又偏激，尤其疑心病特别严重。他在建材店干的时候，艳丽只要稍微跟男客户多说几句话，他就受不了了，乱发脾气，还摔东西，经常把艳丽和客户都搞得很尴尬。几次三番之后，艳丽只能让她弟弟发话，把吴伟撵回家待着去。这一回家待着，确实消停了不少，知道做家务，知道给艳丽做饭，然后他家院子里有一块泥地，他天天搁那儿闷头种各种菜，基本不怎么搭理艳丽。两个人交流特别费劲，吴伟说话总是丧兮兮的，每句话都能噎死人，就好像他出车祸是艳丽造成的似的。艳丽当时觉得，可能是车祸对他刺激太大，随着时间过去慢慢会恢复好的。谁承想，越往后越变本加厉，他还染上喝酒的毛病。喝醉了满嘴骂骂咧咧，也不知道在骂谁，酒醒了又一声不吭。艳丽跟我说，一走进那个家，自己全身上下汗毛全都是竖着的，一颗心老是在嗓子眼悬着，想吐还吐不出来，感觉都要憋死了。就跟网络上说的那个叫啥来着……"

"家庭冷暴力。"陆远接话说。

"对，对，就这个。"李红使劲点头，"艳丽不止一次跟我说，她一看到吴伟那个幽怨的眼神，就有种生不如死的感觉。好像被万箭穿心，浑身难受，偏偏又死不了，就那么苟延残喘着，还不如让吴伟痛痛快快给她来一刀。"

"她没想过离婚吗？"

"她没说过，不过我当她的面提过几次，劝她过不下去就离吧，干啥这样互相折磨，那吴伟有啥好的？我一劝她吧，她就给我东拉西扯，后来说多了，她才跟我说实话，她说吴伟亲口说过这辈子不可能放过她，如果她真敢离婚，那就杀了她，跟她同归于尽！"

123

消失在恶的尽头

"真敢离婚，就同归于尽！"好熟悉的口吻，陆远脑子里"嗡"的一声，犹如被冷水猛烈刺激到，眼前突然一阵眩晕，紧跟着，一个声音在耳边恶狠狠地响起，"你欠我的，这辈子别想逃出我的手掌心，走到哪里我都会抓你回来。想离婚？别做梦了！要么我死了，要么你死了！逼急了，我带上你和小崽子同归于尽！"

陆远神色的异样，韩梁很快察觉到，轻轻拍下他的肩膀。陆远恍然恢复理智，轻咳几声，掩饰着失态，冲李红道歉道："这两天感冒了，有点头晕。"

韩梁就坡下驴，顺势拽起陆远道别："那什么，李红，陆远不舒服，我们也不多待了，走了。"

李红送两人出门，惋惜地说："还寻思晚上招待下你俩，等陆远身体好了吧，一定过来，咱好好坐坐。"

韩梁挥挥手，示意心里有数。

把陆远扶到车上，韩梁从他手上拿过车钥匙，坐到驾驶座。韩梁启动车子，陆远揉着太阳穴，故作轻松说："没事了，老毛病，偶尔会有些头晕。"

"你是不是想起……"韩梁欲言又止，想了想，岔开话题说，"我知道你刚刚给我留了面子，艳丽出走的真正原因，其实我很清楚。"

"先前你不愿意跟我说实话，想必更不想让李红知道，我没必要当着她的面问。"

"老五，你误会了，我们不是想瞒着你，就是觉得你好不容易回来一趟，待几天就回去了，没必要说出这些烦心事让你担心。"

"那现在可以说了吧。"

"还是回去说吧，叫上老三，他算是亲历者，能说得更明白。"

韩梁话音刚落，兜里的手机响了，掏出来一看来电显示，是所里的电话，他赶紧接听。半分钟之后挂掉电话，他哑然失笑道："呵呵，所里来电话，说徐德浩被人打了。"

第八章 暗恋

两个小时前，桥头饭店。

桥头饭店最早是村里一对小夫妻干的，做的都是本地的家常菜，菜的口味马马虎虎，但场地足够大，算上包间差不多能摆上20桌席，村里老百姓的红白喜事、生日寿宴等等之类的请席，懒得去镇里的，都在他家办。

后来小夫妻俩挣着钱了，便把桥头饭店转让，到镇上另开一家规模更大的店。接手桥头饭店的便是现在的女老板，是个外省人，原本在饭店旁边经营超市，超市规模不小，仿照市里的大超市正规经营，生意一直很好，她赚到不少钱。女老板得知饭店要转手，近水楼台抢得先机，第一时间盘下饭店。不过村里有传言说，她开超市和盘下这饭店的钱，实质上都是她的姘夫徐德浩出的。

饭店总共有两层，进门能看到一段楼梯直通二楼，楼梯旁是吃饭大厅。生意看着很一般，大厅里只稀稀拉拉坐了两三桌客人。靠窗边的一张桌子旁，坐着一高一矮两个大老爷们儿，两人均一脸凶相，剃着板寸头，一身腱子肉，小臂上都刺满文身。桌上摆了四盘菜——拍黄瓜、尖椒豆腐皮、熘肥肠、炖黄鱼。炖鱼的时间相对较长，是最后上来的。矮个子夹了一口，尝了尝，扔下筷子，嚷嚷说："这鱼咋炖的，腥味这么重？服务员，给我过来！"

一个女服务员快步走过来，一脸紧张地问："老板，您有什么吩咐？"

"这黄鱼炖得什么玩意儿，腥乎乎的，放多长时间了，不新鲜了，还拿出来卖？"

"不会，不会，老板，我们家海边自己有船，每天的海鲜都保证是最新鲜的。"

"新鲜个屁！"高个子用筷子戳了几下身前盘子中的猪大肠，"你来尝尝这大肠，这么臭，你们洗过没有？"

"肯定洗过，真的洗过。"

"把你们老板叫来，给我们个说法！"

"快点，别废话！"

两个大老爷们，一声比一声高，根本不听服务员的解释，嚷着让老板出面解决。正闹得不可开交时,就听到"噔噔噔"一阵高跟鞋踩着楼梯的声响,一个浓妆艳抹的女人,从楼梯上走下来。正是这里的女老板,她穿着粉色纱衬衫,小黑裙子,衬衫领口很低,裙子紧紧包裹着臀部,走起路来一扭一扭的,极为妖艳撩人。

女老板赔着笑说:"抱歉,抱歉,我是这里的老板,二位有什么问题,尽管跟我说。"

矮个子吊儿郎当,晃着脑袋说:"鱼不新鲜,猪大肠是臭的,怎么办?"

女老板见二人来者不善,爽快地说:"哦,是吗,抱歉。这样,您二位想吃什么随便点,算我的,行不?"

高个子见色起意,打量着女老板的身材,坏笑道:"美女很上路啊!不过不行,除非陪我们哥俩喝几杯。"

"我陪你们哥俩喝两杯行吗?"一个声音从女老板身后冒出来,是徐德浩,后面跟着他的一个手下。

"你谁?算干啥的?"矮个子斜眼瞅着他。

"你管我谁,在我地盘闹事,我看你们是活腻了!"

徐德浩喊着狠话,顺手抄起旁边桌的一个酒瓶,猛地冲距离自己最近的矮个子头上砸去。不承想,矮个子非常机敏,微微一侧身,酒瓶掠过他的脑袋砸到肩膀上,又顺势砸到窗台上,摔个粉碎。

玻璃碎碴飞溅得到处都是,一高一矮两个男人火气噌的一下冒出来,从椅子上一跃而起冲向徐德浩和他的手下,不由分说一顿重拳飞脚。人家明显是专业的,几个来回便把两人干翻在地,还把手边凡是能摸得着的物件,全都砸在两人的身上。似乎觉得不过瘾,高个子拽着徐德浩的衣领,像拖着一头死猪似的,生生把他从饭店里拖到饭店外。女老板和徐德浩手下在后面拼命阻拦,被矮个子一人给了一脚,踹翻在地。高个子一气儿把徐德浩拖到永平桥上,矮个子随后拍马赶到,两人围着徐德浩你踢一脚,我踢一脚……徐德浩毫无招架之力,躺在地上来回翻滚……

不多时,远处传来一阵警笛声。是饭店女老板报警了。

第八章 暗恋

从市里赶回来，韩梁让陆远先回宾馆待着，说他处理完所里的事情，再招呼张海林一块过去把陈艳丽出走的经过说清楚。

韩梁走进所里，一个年岁看着不小的老民警正从楼上下来，他赶紧迎上去，急匆匆问："徐德浩那事处理得咋样了？"

老民警把韩梁拉到走廊边，轻声说："双方正在调解室调解呢，不用你了，我们几个处理就行了，你该忙啥忙啥。"

"到底咋回事？"

"中午在桥头饭店，两个吃饭的客人，嫌弃菜做得不好，然后又调戏女老板，徐德浩替女老板出头，结果被两人打了。"

"两人啥来头？"

"从市里来的，都有前科，说是来看银杏树。"

永平村里有一棵近30米高的银杏树，至今已有1300多年的历史，是市级重点保护文物，每逢节假日，尤其是金秋落叶之时，都会吸引大批游客前来参观和祈福。可眼下，不年不节的，又不是休息日，两个大老爷们专程来看银杏树，很明显是托词。

韩梁心里有数了，"哼"下鼻子说："放屁，这俩就是特意去找碴的吧？"

"肯定是，徐德浩这号人，得罪的人太多了，想办他的人可不少。"老民警迟疑一下，压低嗓音说，"不过，徐德浩在里面一口咬定，说是你们永平村副主任赵康指使人打他的。"

"他凭啥这样说？"

"说是不久之前，他曾经在你们村桥头，当着村民的面骂过赵康，当时让赵康很下不来台，所以结下了梁子。还说，今天找碴打架那俩人，先是在饭店里揍了他一顿，然后又费劲巴拉地把他拽到桥头上，当着大家伙的面又揍一顿。徐德浩说这就是故意的，一报还一报，是在给赵康出气。"

"他还挺能联想。"

"没事，他拿嘴说没用，而且那俩打人的也矢口否认跟赵康认识，你说这我们凭啥抓人？"老民警跟韩梁私交很好，当然知道他和赵康的关系，又压低声音说,"我是特意下来堵你的,你别照面了,咱所里人,特别是徐德浩那些人,都知道你和赵康的关系,别把事情搞复杂了。"

"那能调解吗?"韩梁当然希望事情尽快平息,不管是不是赵康指使人干的,事情拖久了,事态扩大化了,对赵康绝没好处。

"应该能,徐德浩伤得不严重,而且是他先动的手,较起真来他也得拘留,让那俩打人的赔点钱,给徐德浩个台阶下,估计能和解。"

"行,那最好了,谢啦。"韩梁拍下老民警手臂,尽在不言中。

出了派出所,韩梁立马给张海林打电话。他心里很清楚,徐德浩被打绝对跟那天在桥头的吵架有关,但不可能是赵康指使的,能干出这种事的只能是张海林。韩梁从派出所步行溜达到望海楼,在门前停车场里等了10多分钟,张海林才开着车子姗姗来迟。

张海林下车,韩梁站在车边冷冷地瞪着他。张海林咧咧嘴,表情不自然地说:"你这是咋了?干啥横眉冷对的?"

"徐德浩被人打了,你知道吧?"

"知道,村里都传开了啊!"

"是不是……"韩梁话刚出口,迟疑一下,把后面的话又咽回去。毕竟他是警察,若真把话挑明,坐实是张海林干的,他不可能坐视不理,那就没法收场了。

张海林为人仗义,出手也豪气,方方面面的朋友交往很多,他从市里找两个人来收拾徐德浩,那是一点问题都没有。何况他为人一贯就是这样,对朋友无私,对仇人凶狠,要是真把他惹恼了,他也是什么事情都能干出来的人。

见韩梁没有把事情点破,张海林暗戳戳地说:"二哥,你还记得咱哥几个拜把子那天说过的话吗?咱不惹事,但绝不怕事,咱不欺负人,但也不准别人欺负咱。"

张海林这么说,韩梁心里便有数了,话里带话道:"徐德浩好歹也是一社会大哥,明枪易躲,暗箭难防。"

"狗屁社会大哥,现在都啥年代了,这个才是大哥!"张海林动动手指,

第八章　暗恋

做出数钞票的动作，然后搂着韩梁的肩膀，扬扬自得说，"别提他了，跟咱有啥关系，既然都来了，今晚就在素素姐这儿喝吧？"

"叫你来不是为了徐德浩，是老五想听你说说陈艳丽出走当天发生的事情经过。"

"咱不商量好了吗，这事不和他说。"

"这不瞒不住了吗。"

"行吧。"

张海林一脸不情愿，但又无可奈何。两人随后钻进旋转门，一前一后走进宾馆。正在巡视大堂的秦素素立马凑上前来："早瞄到你们哥俩了，在停车场磨叽什么呢？今晚留在这儿吃饭，老大呢？"

两人几乎异口同声说："别叫老大。"

张海林接着闷声闷气又说："让服务员送箱啤酒到老五房间。"

"要下酒菜吗？"

"不要。"

韩梁一口回绝，和张海林走进电梯。秦素素站在电梯口，很是莫名其妙，这哥俩今天是怎么了？抽哪门子的风？她一边在心里犯嘀咕，一边喊服务员给房间送酒。为啥还特意交代不让喊赵康？想到这儿，她心下更加好奇。

在陆远房间里，三个人先是干坐着不说话，等服务员把酒送到房间里后，张海林把酒启开，没往酒杯里倒，直接对瓶吹。一口气儿干了半瓶，抹抹嘴后，才开始进入正题："那几年，艳丽确实玩得比较疯。我有好多朋友，知道我和老四的关系，明着暗着点我，说艳丽背着老四在外面跟客户乱搞，而且还不止一个。说实话，这事我听了挺糟心，不知道该咋办。不跟老四说吧，觉得对不住老四，说了吧，真是不太好开口，怕老四面子上挂不住，只能一点一点地给他渗透。但是吧，老四也不知道是装傻，还是真傻，根本油盐不进，我稍微一说起艳丽的不是，他立马找各种理由替艳丽辩解，搞得像我故意要破坏他家庭关系似的。

消失在恶的尽头

"去年6月中旬,我去市里一家宾馆见个朋友,中午在餐厅吃饭。从我坐在餐厅的位置,能看到宾馆大堂,好巧不巧,我竟然看到艳丽打扮得花枝招展到前台开房,不用问肯定是来会情人的。宾馆老板是我朋友,前台接待我也熟,等艳丽上电梯后,我过去问了下房号,人家跟我说她开的是806房。我当时吧,也喝点酒,心血来潮,觉得可算抓到现行了,就给老四打电话,让他赶紧到宾馆来捉奸。约莫过了一个小时,老四才打车赶到,我让前台做了把房间钥匙,然后和老四坐电梯上楼,直接拿钥匙打开房间门……"

张海林把手上剩下的半瓶啤酒一饮而尽,然后把空酒瓶"砰"的一声放到桌上。他长叹口气,紧鼻皱眉,一张脸拧成一团,似乎在强忍着恶心,颤声道:"我一想起那天进房时的场面,我心里就跟被猫抓了似的火烧火燎的,甚至想抽自己几个嘴巴子。真的,这个事情搞到今天的这个地步我要负很大责任,我那天要是不犯贱,怂恿老四去捉奸,就没有后来这些乱七八糟的事情。现在我也想明白了,艳丽在外面的事情,人家老四心里跟明镜似的,只不过一直装傻而已,是我非逼着他把那层窗户纸捅破,结果就是日子没法过了,艳丽跑了。"

张海林绕了一大圈,就是不肯说出和陈艳丽偷情的对象是谁,不过陆远也猜得七七八八了,如此令张海林难以启齿的名字,肯定是"自己人"。他轻声确认道:"房里的人,除了陈艳丽,还有老大对吗?"

张海林默然点点头,顺势又垂下头道:"老大光着身子躺在床上,艳丽坐在他上面……"

张海林说不下去,陆远也不想再听,视线转向韩梁问:"艳丽出走这个事情,现在是怎么定性的?"

韩梁说:"她弟弟报案了,一口咬定他姐肯定是被他姐夫杀了,而老四也一口咬定,说那天晚上他把自己灌醉了,一觉醒来艳丽已经走了。再综合李红提供的信息,我的总结是这样的:事发当晚老四喝醉了是真的,艳丽想离家出走也是真的,至于到底走没走成那就不得而知了。据老四说,家里少了一些化妆品和衣服,银行卡和现金也不见了,那咱就权当艳丽真

第八章 暗恋

的离家出走了，只不过临时改变主意，没有投奔李红，而是去投奔了别的人，但现在还证实不了。总之，那晚之后，艳丽的手机关机了，至今没再开过机，银行卡也没发现新的提款记录。"

陆远问："你们所里是怎么个态度？"

"没啥态度，至今还未正式立案。"韩梁解释说，"艳丽是成年人了，私生活混乱，何况没有任何证据表明她遭到侵害，所以我们所里对她的事情积极性不高，只是做了些例行调查而已。"

韩梁这种说法，陆远倒不觉得意外。尽管这几年国家对未成年人和女性失踪案件特别重视，立案的门槛也越来越低，但到基层单位具体办案时，如果没有明显的刑事犯罪或者受侵害迹象，大多时候都不会正式立案。当然，不立案不意味着不用心查，有线索一样会追查到底，所以严谨地说，姜茵和陈艳丽的失踪，目前还不能被称为案件，只能说是事件。

见陆远突然发愣，韩梁主动说道："有没有这种可能，艳丽有了新靠山，想彻彻底底离开老四，所以宁愿舍弃先前拥有的一切，包括信用卡里的钱也不要了，以免老四追踪到她。如果真是这种情况的话，咱怎么能把她找出来？总不能坐视不管吧？"

陆远闻言，面露难色，推辞道："陈艳丽的事情我想我就不参与了，但我可以帮着出出主意。"

韩梁表示理解地说："也是，你时间太紧张，同时调查姜茵和艳丽两个人的事情，难度太大了。"

"老五，你故意折磨我是不是，艳丽的事情你不想参与，你让我说什么玩意儿。"陆远表完态，韩梁没意见，张海林反倒不乐意了，"你知不知道，我提起那天的破事心里有多硌硬？"

陆远解释道："三哥你别急，我有我的理由，我的出发点还是跟姜茵有关。"

韩梁双眼冒光，催促道："为啥？快说说看。"

"是李红的话，给了我一点启发，她说姜茵失踪后，秦老师并没有找过她和陈艳丽打探消息。从道理上讲，秦老师和姜茵处于热恋中，如果姜茵

_131

消失在恶的尽头

突然不见了,他是不是应该千方百计找人打探消息才对?可秦老师并没有这么做,说明他很清楚姜茵为什么会消失。当然,也有另一种可能,他比较心虚,不敢太过表示关切,生怕被人发现他与姜茵之间的私情,于是在寻找爱人和自保名声的两难中,他选择了后者。"陆远凝神思索片刻,道,"这只是其一;其二,李红在和陈艳丽交流姜茵失踪的消息时,陈艳丽说了些奇奇怪怪的话,而她说这些话的目的,似乎是在有意暗示姜茵失踪前正和什么人在谈恋爱。问题是,她在那样的时机,说这种话很不合时宜,我感觉她知道点什么内幕,不敢说或者不想说,但憋在心里又很难受,只能采取暗戳戳的方式。"

韩梁顿悟道:"我听明白了,你怀疑陈艳丽知道姜茵当时在和秦老师交往,但她怎么会知道的?难道她与秦老师也有一腿?她离家出走那天,本来说好要投奔李红的,但李红却没见到人,会不会她临时改主意,去了秦老师家呢?她肯定知道素素姐通常都住在宾馆里,秦老师大多时间都是一个人在家。"

陆远点头说:"对,这就是我想说的,所以我必须了解清楚陈艳丽离家出走的真实原因和经过。并且,我希望从中还能找到比四哥,比咱们大家都更了解陈艳丽的人,比如她的偷情对象。"

"所以还得找老大谈。"韩梁话说出口时,脸上瞬间浮出犯难的表情。一旁的张海林,也把脸转到一边,自顾自又启开一瓶酒,自斟自饮起来。

"行了,你俩不用缩头缩脑的,我单独找他谈。"陆远明白两人的心思,道,"你们仨经常见面,这种尴尬的话题还是回避一下,别再把多年的兄弟情义搞夹生了,我反正很快就走了,他就算记恨我,也无所谓。"

张海林瞪着眼睛说:"这说的啥话,走到哪儿咱都是兄弟。"

韩梁跟着说:"对,老大不会那么小心眼,只不过我俩要是在场,他可能会不自在,估计说话会有所保留。"

陆远"嗯"了一声,说:"行,这事就这么定了。"

三人商议好,也到晚饭时间点了,张海林嚷嚷着请客,于是三人下楼

第八章　暗恋

去了宾馆餐厅。陆远和韩梁不想喝酒,张海林自己一个人喝没意思,干脆也不喝了。三个人心里都不大痛快,不像以往那样一个话题接着一个话题聊,有说不完的话,此时都变成了闷葫芦,一顿饭吃得很快,不到7点就散局了。

吃过饭,韩梁送张海林回去,陆远独自回了房间。洗个澡,喝了会儿茶,想看书看不进去,感觉心浮气躁,脑袋里一会儿蹦出姜茵,一会儿蹦出陈艳丽来。他忍不住拿起手机给赵康打去电话,想问一下赵康什么时候方便,两人见面聊聊。出人意料的是,赵康在电话那边答应得特别痛快,还表示让陆远即刻去村委会找他。陆远担心不方便,赵康说没事,说其他人都走了,只有他一个人留守办公室。

陆远下楼,开车,进村。过了永平桥,经过十字路口,看到大勇还在"兢兢业业"地指挥交通。陆远放下车窗玻璃,跟大勇说天太晚了别在外面待着了赶紧回家去。大勇咧嘴笑笑,露出一嘴大黄牙,看清楚说话的是陆远,突然冒出一句:"小远,你知道我妹去哪儿了吗……"

"你知道我妹去哪儿了吗?"陆远是第二次听到大勇这么问他,而他仍然无言以对。关上车窗,启动车子,大勇的声音在他耳边余音袅袅,挥之不去,心里沉甸甸的。在村委会楼前停好车,跟门岗值班的打声招呼,对方十分热情,主动引路带着他上到四楼,指着走廊中间的一个房间,表示那就是副主任的办公室。

门是微敞着的,陆远象征性地敲下门,推门进去,随手带上门。赵康坐在大班椅上冲他招手,身前的办公桌上摆着茶盘,茶水已沏好。陆远径直走到桌旁的窗前,看向外面的大马路,不远处仍能看到大勇的身影。陆远故意轻松调侃道:"大勇这身保安制服挺能唬人,冷不丁一看还真以为是警察。"

"老三给置办的。"赵康笑道,"原来还给他弄了根指挥棒,我怕他胡乱挥舞打到人,让老三又给他没收了。这么多年,老三很照顾他,隔三岔五塞几盒烟给他,还给他买吃的喝的,在他面前,老三说话好使。"

陆远回身,坐到赵康对面,拿起茶杯,品口茶,神情变得落寞:"大勇刚刚问我，知不知道他妹妹去哪儿了。"

"嗐，姜茵一直很护着她这个傻哥哥，两个人感情很好。记得上小学那会儿，有一次我和老三捉弄大勇，捡了个烟屁股怂恿他抽，正好被姜茵撞见，她从地上拾起一块大石头，追着我和老三砸。"赵康唏嘘道，"姜茵刚失踪那阵子，大勇逢人便问他妹妹去哪儿了，人也比以往疯癫，这几年好多了，不过见到生面孔和少见的人还是会问。"

"姜茵和陈艳丽关系很好是吧？"陆远顺势把话题引到陈艳丽身上，接着一口喝干手中的茶，然后放下茶杯，主动拿起茶壶又给自己斟满，故意不看向赵康。

赵康勉强笑笑，从桌上拿起烟盒，抽出一支香烟，送进嘴里，然后把烟盒递向陆远。陆远摆手回绝。赵康自顾自点着烟，深深吸了一口，意味深长地说："老五，有话直说吧，我在办公室待到这个时间，就是在等你来找我。"

"你怎么知道我要找你？"

"素素姐给我打电话了，说你和老二、老三不知道在房间里悄悄密谋什么，连她都不让掺和，她也是担心你们，问是不是咱们之间出了什么岔子。"

"行，那我捞干的说。"有赵康这话，陆远心里坦然多了，直白地问，"你怎么会跟陈艳丽搞到一块的？"

"其实我最开始是好意，就是想照顾兄弟媳妇生意，时不时给她介绍一些搞建筑和装修方面的朋友，一来二去在一起吃饭的机会比较多。有一次我喝断片了，醒来时发现自己在宾馆里，艳丽光着身子搂着我。说真的，不是我想推卸责任，也不是在装'白莲花'，确实每次都是艳丽主动。她需求非常旺盛，一个礼拜能找我两三次，每一次都地动山摇的，特别疯狂。老实说，在我和她之间，我更像是一个玩物，一个发泄工具，但就是这样反而让我感到无比刺激，欲罢不能。对老四我心里是一万个对不起，每次都发誓是最后一次，但艳丽只要一找我，我就控制不住自己……"

事情来龙去脉大致了解清楚了，陆远不想听赵康继续讲下去，打断他

第八章　暗恋

的话问:"陈艳丽跟你提过姜茵吗?"

"提过一次。"赵康点点头,语气缓慢,一边回忆一边说,"那次我俩躺在床上聊天,她突然问我,如果有一天她像姜茵一样不见了,我会不会找她。我没多想,随口回了一句,让她别瞎想。她安静了一阵,又神秘兮兮地说她知道姜茵失踪前正在和一个男人交往,让我猜猜那人是谁。然后还没等我回应,她转瞬又说算了,不和我说了。说反正那人我认识,还说我听到他的名字,保准会大吃一惊。"

"你没继续追问?"

"没有,因为我当时心里已经有人选了,而且我认为自己猜得八九不离十,不过上次听老二说起姜茵和秦老师之间的事情,我才知道自己猜错了。"

"你猜的谁?"

"老三呗。"

"为啥?"

"你记不记得小学五年级那年,咱班主任在教室里捡到一封情书,然后当众把情书的内容念给大家听。那情书里错字连篇,把大家逗得都快笑疯了。后来老三可怜巴巴地跟我说,那情书是他写给姜茵的。"

"小学算啥,我印象里三哥给好多女生都写过情书,而且到中学时期三哥好像跟姜茵走得也不是很近。"

"他们俩的故事还有,姜茵上师专之后,有段时间她周末坐火车回来,那个徐德浩总到火车上堵她,后来我听说是老三和老四把他给揍了,他才消停不少。"

"怎么没听三哥提起过?"

"老三你还不知道,他为女孩打架次数太多了,估计早忘了。"

"对了,你提到四哥,我有点事情想问你。"陆远想起先前的疑惑,问道,"是因为你和陈艳丽有私情,四哥才拒绝搬迁的吗?"

"老二跟你说了?"

"没有,我自己猜的。我去看过四哥,发现他家那片的房子差不多都拆干净了，只剩下四哥家和旁边两家。"

"对，那片地要建一段公路，周边还要做一些绿化，是省里的项目，从高速公路口分出来一条干路，直通西部新港客运码头。建成之后，能够大大缩短从东部县市区到新港码头的距离，还能利用沿线的土地资源带动经济发展和就业，有几家物流公司已经来考察过了，准备建产业园。"赵康一脸怨气说，"按照拟定的拆迁补偿方案，老四家那房子，加上院子、偏房、厕所，再加上花草树木啥的，顶天了能补偿他两处楼房，外加10多万补偿金，可老四一张口，要三处房子，外加100万补偿金。这根本是不可能的事情，他就是故意针对我，结果他不搬，旁边那两家也不搬，都知道我跟他是啥关系，都以为耗到最后能跟着多捞点好处。"

"那现在项目就卡在这三家钉子户上面了？"

"可不是吗！从年初拖到现在，愣是做不通工作。不过上面研究过了，实在不行，他们三家的房子就扔那儿，大不了他们三家门前那段路修窄点。不过，路要真修成这样，那就太难看了，周边的规划也得做相应调整，特别麻烦。"

"那看来确实难办，四哥在乎的不是钱，他是得了心病，估计一时半会好不了。"

"是啊，他跟我提过，说我能帮他把艳丽找回来他就搬。你说让我上哪儿去找？能问到的人我都问了，老二也帮着找了很长时间，愣是找不到，一丁点消息都没有。"

陆远试探着："你觉得陈艳丽那天离家出走后，会不会去找秦老师？"

"不大……可能吧？"赵康含糊说道，"嗐，艳丽虽然有些缺点，但仔细想想，她还是挺重情义的。这么多年一直念着秦老师的好，逢年过节都会去探望他老人家，而且……"

"而且什么？"见赵康犹犹豫豫，陆远着急地催促说，"都这会儿了，你知道啥就痛快说吧。"

"好，好，说起来，这事情也算我和艳丽的枕边话，我答应过帮她保密的。"赵康举起茶杯喝口水，掩饰羞惭，随后轻咳两声，说，"秦老师把

第八章 暗恋

市区的房子卖了,替陈锋还赌债这事情你知道吧?买他房子的人就是艳丽。当时秦老师是瞒着我们所有人卖的房子,他知道跟我们说,我们是不会让他卖的,他自己又不认识什么人,所以悄悄找艳丽帮忙。只是秦老师卖得急,一时很难找到买主,艳丽索性自己把房子买了。当然,她没有趁火打劫,完全是按市场价买的,一来,确实是想帮秦老师一把,二来,将来可以作为她弟弟的婚房。"

"那房子现在啥情况?"

"落在她弟弟名下,买了之后租出去了,艳丽突然不见了之后,我还去问过那租客,人家说没见过艳丽。"

"那租客啥情况?"

"没啥可怀疑的,外地来的,一大家子住。"

"那房子的事情,四哥知不知道?"

"大概除了秦老师、艳丽,还有她弟弟,再就是我知道。"赵康使劲吸了下鼻子,言辞恳切地说,"老五,咱们相处那么多年,我知道你嘴里没有废话,你打听艳丽的情况,一定有你的道理,但我真心希望你也能帮忙找找艳丽。我和艳丽在一起,很多时候都觉得她特别可怜,我能感觉到她很痛苦,她欲望那么强烈,那么疯狂,好像不是缘于生理方面,更多的是心理方面的需求。她似乎是习惯用这种方式来麻痹自己,强迫自己忘却一些她清醒时难以承受的痛苦。"

陆远喝口茶,没言语。他不是不想帮赵康,就跟他先前对韩梁说的一样,他没时间,也没那么多精力和能力。

赵康见他没接茬,继续说:"你知道我为啥那么急于促成修路的事情吗?除了村里经济发展的需要,我还有自己的考虑。目前拆迁那片区域是一片洼地,相对来说是河套周边地势最低的地段,每逢刮风下雨家家户户多多少少都有淹水的情况,赶上洪涝灾害,水势漫过河套,那危害力就更大,搞不好会塌房伤人。尤其是挨着河套边那两家,住户都是老年人,儿女又都不在身边,一家住着一个孤老头子,另一家住着的老两口都70多岁了,若真赶上个大风大雨,后果不堪设想。我琢磨着,要是能够借着修路,

_137

消失在恶的尽头

把这些住户都迁走,简直是帮我了却一大块心病。省得一到刮风下雨天,我这心里成宿都是悬着的,就怕突然来电话说谁家出事了。嗐,可那两家老人偏偏跟着老四学,做钉子户,你说我上不上火?"

第九章
无名食指

富婆朱萍被杀死在郊外东塘水库的堤坝上，随身携带的大量现金以及各种值钱的物件被洗劫一空，案发现场呈现出一系列与"9·19"大案相类似的特征，不过有几处"隐秘特征"并没有被完美复刻，综合判断：此案与"9·19"大案并无直接关联。但也不能说是一点关系都没有，先前"9·19"案件的部分情节被爆料到网上，很难说凶手不是因为受到启发才作案的。一想到这一点，冯欢心里就莫名难受，总感觉有愧于朱萍，觉得若是自己能够早一点解决掉"9·19"案，或许朱萍就不会有此一劫。当然，这只是她的一厢情愿，案件发生取决于犯罪嫌疑人的所思所想，即便没有模仿对象，也一定会发生，只不过呈现的方式不同罢了。

查看道路监控录像，黄猛和宁辛然发现案发当晚10点48分，朱萍驾驶车辆离开彩凤茶楼从巷路汇入主路时，直接选择了右转。右转是出市区方向，也就是往郊外行驶的方向，与朱萍回家的方向截然相反。说明那时她已经被凶手控制住，只不过监控摄像头像素过低，加之夜晚光照不足，无法看清车内的具体情形。

案发现场位于东山村东塘水库边的堤坝上，紧邻城郊专线公路，距市区大约9公里的路程。道路监控显示，朱萍所驾驶的车辆于深夜11点06分，从一处红绿灯下的岔路口拐进东山村。应该在那之后不久，凶手用主驾座椅上的安全带勒死朱萍，随后弃车逃跑，至于其逃跑的路径，尚不得而知。如果是有预谋的，凶手可能会事先在附近备好一辆交通工具，或者通过堤坝旁边的土坡爬到公路上拦车逃走。查看道路监控，发现当日0点左右，曾有一辆灰色捷达轿车从村口驶出，随后往市区方向行驶，经过中间几个道路监控的追踪，这辆捷达车最终被锁定去向，但车主是一位中年女人，她当时因丈夫突发肠胃炎，所以深夜开车带丈夫到市里医院紧急就医。除此，在相应时间点，便没有私家车辆再从村里驶出，只有几辆出租车进出过村子。目前，冯欢正安排一队人手，走访各出租公司，询问是否有出租车司机案发当晚在东山村周边搭载过可疑人员。至于东山村里，包括网吧、洗浴中心、小旅馆等场所，冯欢派人一一排查过，均未发现凶手踪影。再有，冯欢听取马文涛的建议，指派勘查组在现场周边扩大范围进行搜索，并向特警队借调来两名蛙人，试着下水库打捞物证，截至目前尚未获得有效反馈。

嫌疑人方面：跟朱家有世仇关系的赵虎，有母亲和女朋友做时间证人，而且他目前的经济环境和生活状态都很稳定，没有突然作案的理由。朱萍的麻将搭子、曾经对她有意思的佟亮，案发当晚据说一直在家中玩电脑，但他母亲有轻微的老年痴呆症，说话颠三倒四，不是一个合格的时间证人。他家所处的小区，建成有三四年了，属于半封闭小区，但监控探头覆盖范围很有限，除了正面大门，小区另有多个侧门，均无人把守，可以随意进出，所以他的不在场证据还有待查证。朱萍的丈夫许伟平的证人则比较充分，据他的专职司机证实，案发当晚许伟平请客户吃饭，被灌了不少酒，醉得非常厉害，散局后路都走不稳了，司机不仅送他回到家中，还亲自把他扶到卧室床上。这一点，他家里的保姆也能证实。

另外，按照朱萍日常习惯的活动轨迹，办案人员对她经常涉足的瑜伽馆、美容院、咖啡馆等场所进行了走访。和她接触过的人普遍都表示，她人很好相处，花钱比较豪爽，是非常受欢迎的客人，并且在这几个场所中，没人听说她与什么人结过怨，也没见她与别人发生过大的争执。

通过几日的排查，朱萍的社会关系基本捋完一遍，有价值的线索寥寥无几，但是通过银行调取朱萍的存储转账记录，办案人员发现朱萍在4月中旬和4月末的时候，有过两次大额取现记录，每次20万，总计40万。

第九章　无名食指

对于这两笔钱的用途，许伟平表示毫不知情，他再次强调家里的钱都是由朱萍在管理，朱萍平时花钱也不会跟他交代，所以朱萍跟赵虎买保险的事情他压根不知道。40万元现金，没人知道被朱萍用到什么地方，显然有些蹊跷，搞不好这就是她被杀害的动机因素。几个人正在会议室里复盘讨论案情，黄猛突然接到许伟平家的保姆打来的电话，说是有情况要向他反映。黄猛不敢怠慢，和冯欢打过招呼后，立即和宁辛然赶往许伟平位于市中心一处高档小区的家中，当然那里也是被害人朱萍生前的住所。

这会儿家里只有保姆一个人在，黄猛便让保姆有话直说。保姆酝酿一阵，讲述道："我请你们过来，是想说说给这家男主人开车的司机。本来，我担心会惹麻烦，想把事情咽到肚子里去，不过思来想去，还是觉得应该和你们交代一下，毕竟我在这家里干了挺多年，女主人一直待我不薄，我不想她死得不明不白。"

宁辛然第一时间打消保姆的顾虑说："没事，有什么话您尽管说，非必要我们不会把您的身份透露出去。"

保姆说："先前和你们说过，女主人被害那晚男主人喝得很醉，是司机把他送回来的，当时我也跟在旁边照应。司机把男主人扶到床上躺好后，回身时胳膊不小心把床头桌上的相框碰倒在地，相框里装的是女主人的照片，我看到司机当时稍微愣了下，紧接着不知是有意还是无意的，他竟然将脚踏在相框上恶狠狠地碾了几下，然后才装作若无其事地走了。"

黄猛问："那他到底是有意的还是无意的？"

"我觉得是有意的，所以才想跟你们说。"保姆咂下嘴，似乎吃不太准，"我总觉得那司机和这家男主人的关系有些不一般，两个人说话很随便，尤其是女主人不在家的时候，那司机特别放肆，又是坐在客厅里抽烟，又是随便找吃的喝的，男主人看在眼里也不介意，由着他想干啥干啥。"

"男主人和司机关系不一般，司机对女主人照片充满敌意，难道……"宁辛然大脑瞬间联想到一种"关系"，便带着倾向性问道，"您上次跟我们说朱萍和许伟平夫妻关系和睦，这话是不是也掺有水分？"

"对，有点。"保姆歉意地点点头，然后说，"他们两个平时都各忙各的，作息时间也不协调，男的早出晚归，女的晚睡晚醒，天天睡在一张床上，碰面交流的机会却不多。大概他们俩早已习惯这样的相处方式，偶尔都在家时，也是各玩各的，场面很冷淡。"

黄猛想得没宁辛然那么复杂，从正常的思维角度问："朱萍跟司机之间发生过什么不愉快吗？"

"没有，没有。"保姆连忙否认道，"他们之间平时都不太交流，怎么可能闹矛盾？所以我才觉得特别难理解。"

"司机的个人情况，您了解多少？"

"他叫张波，好像还不到30岁，给男主人开了两年多的车，据说两人是同乡。"

张波，白白净净的小巴掌脸，说话细声细气，身上古龙水的香气隔着老远就能闻到。这是上次问话时，张波留给黄猛和宁辛然的大致印象。说起来气质确实有些"娘"，但要说他和许伟平是"一对儿"，然后他出于嫉妒心理预谋杀害了朱萍，这简直太匪夷所思了。作为大直男的黄猛，认为这种说法太扯淡，不过宁辛然倒是觉得存在一定的可能性，在她看来许伟平身上也有一种阴柔的气质。

再次找到张波问话，还是在朱萍父亲创建的装饰公司的办公大厦里，黄猛和宁辛然通过前台接待员联系到张波，后者很快坐电梯下楼来到大堂。大堂南侧一角有会客沙发，黄猛招呼张波过去坐下说话。张波显然认为警察的到来，仍然跟案发当晚许伟平的行踪有关，坐定之后抢先开口道："你们真的没必要怀疑我老板，那天晚上他真的醉得不成样子，怎么可能去杀人？"

"那你呢？"宁辛然双眼盯着张波问，"把老板送回家后，你都去了哪里？"

"我？"张波蓦然语塞，眼神中先是有些诧异，接着又闪过一丝慌乱……

张波干瞪眼不说话，黄猛更加起疑："这才过去几天，不用想那么

第九章 无名食指

久吧?"

"我回家,不,不对,我去网吧玩游戏……"

"到底去哪儿了?"

"嗯……回……回家了。"

"你一个人住?"

"跟我姐姐一起。"

"你姐姐干什么的?"

"她没工作,在家待着。"

"你们住在什么地方?"

"梧桐树。"

"具体点。"

"梧桐树小区……18号楼……2单元,802。"

张波支支吾吾,前言不搭后语,一会儿说去了网吧,一会儿又说回家了,问题是这两个地点有什么区别?他到底在纠结什么?是因为家里有他的姐姐,可以给他做伪证,而网吧里有监控和网管,谎言更容易被戳破?

黄猛暗暗琢磨一阵,说:"这样吧,你现在跟我们走一趟,带我们去你家,找你姐姐核实一下。"

张波急赤白脸说:"有必要吗?你们为啥要怀疑我?我干吗要杀老板娘?"

宁辛然软中带硬道:"麻烦你,配合我们工作,如果你姐姐能够证实你的话,我们以后不会再来打扰。"

张波见推辞不掉,只好退而求其次道:"那……那我跟老板打声招呼,别他一会儿要用车找不到人。"

黄猛不想让他离开视线,以免他和他姐姐串供,道:"不必了,你老板要是因此怪罪你,我们来帮你解释。"

从装饰公司到梧桐树小区大概需要半个小时的车程,一路上黄猛不时通过中央后视镜观察坐在后排的张波。张波脸冲向车窗外,眼神空洞,眉头紧锁,心虚的模样很明显。黄猛不免有些期待接下来张波和他姐姐的

消失在恶的尽头

表演。

到了梧桐树小区门口，随便找个空位停好车，黄猛和宁辛然跟随张波走进小区。在小区里，两人一路走，一路四下打量。这应该是一个建成不久的小区，园区里的景观和绿化都很漂亮，两人尤其注意到小区里监控摄像头安装点位还蛮多的，包括三人此时乘坐的电梯里也安装有摄像头，这意味着即使张波姐姐帮他做伪证，也很容易被识破。黄猛恍然意识到自己先前想得太简单了，张波对案发当晚离开许伟平家后的行踪摇摆不定，一定还有别的原因。

电梯上到8楼停下，黄猛和宁辛然跟在张波身后出了电梯。楼内布局是一梯两户，看来两边的房子应该都是大户型。张波用钥匙打开房门，似乎早已听到钥匙的声响，一个挺着大肚子的女子，正候在门前。看到进门的是张波，女子一脸失望，再看到跟在身后的黄猛和宁辛然，面色忽地沉下来，看着很不高兴。

"你们别站在外面了，进来吧，这儿有拖鞋。"张波请两人进门，从身旁鞋柜里取出拖鞋，殷勤地放到两人脚边。

女子有些木然，直直地盯着黄猛和宁辛然打量。两人也同样打量着她，女子看着30多岁的样子，容颜姣好，气质雍容妩媚，肚子隆起得非常厉害，穿着孕妇长裙，但依旧掩饰不住高挑身材。

张波用意味深长的眼神看向姐姐说："这是我姐姐张叶，这两位是警察。"

"警察？"张叶愣了下，勉强挤出些笑容说，"哦，那请进来坐吧。"

黄猛站在门前未动："不必了，我们就问几句话。"

张叶说："那请问。"

宁辛然问："7月29号，也就是上周日晚上，你弟弟在家吗？"

张叶不假思索地说："哦，他加班来着，要陪老板应酬，回来都11点多了，正好我在吃宵夜，他跟着吃了点，之后洗洗睡了。"

黄猛问："你一直没工作？"

张叶低头看着自己的肚子："你们看我这情况，暂时……"

第九章　无名食指

宁辛然说："肚子这么大了，看着快要生了吧？"

张叶点下头，道："对，预产期还有两个月。"

黄猛盯着张叶问："孩子爸爸呢？"

张叶磕巴了一下，道："他……他出差了。"

"你认识……"

"行，那我们不多打扰了。"

宁辛然话问到一半，黄猛却抢着道别，随后不由分说拽着宁辛然的手臂，回身拧开门把手，开门走了出去。

两人走进电梯，电梯门刚关上，宁辛然迫不及待吐槽说："你着啥急走啊，我还有重要的事情要问张叶呢！"

黄猛从容道："我知道你要问啥，不用问了，张叶肯定认识许伟平。"

宁辛然兴奋道："哦，你也怀疑她肚子里的孩子是许伟平的？"

"肯定是。"黄猛笃定说道，"看到张叶的第一眼我就开窍了，终于明白张波先前为啥那么纠结，一会儿说案发时他在家里，一会儿又改口说他在网吧。他不在案发现场的证明没问题，他是不想让我们见到他姐姐。因为他心虚，担心我们看到他姐姐的肚子，联想到许伟平。"

宁辛然附和道："对，是这个逻辑，那咱现在去哪儿？"

黄猛道："去物业查监控，我相信在监控里一定能看到许伟平的身影。"

两人从楼里出来，通过小区保安，打听到物业办公地点，随后两人去到物业。亮明身份后，物业工作人员把两人带到监控室。按照黄猛的指示，工作人员专门调出张叶、张波姐弟俩所住的18号楼2单元电梯中监控视频。先是查看案发当晚的视频，张波确实在11点16分出现在电梯里，这就意味着他没有作案时间。接着再调看案发前的视频，因为案发后许伟平的一举一动都在警方的视线中。

……快速回看多日视频，耗费半个多小时，黄猛和宁辛然终于得以捕捉到许伟平的身影。7月27日，中午12点09分，许伟平走进电梯中，电梯到张叶、张波姐弟俩住的8楼停住，许伟平随即走出。由此，基本印证黄猛的判断，许伟平就是张叶肚子里孩子的爸爸。

消失在恶的尽头

谢过物业工作人员,两人离开。回到车上,宁辛然脸憋得通红,神情鄙夷道:"许伟平这个渣男,口口声声跟自己老婆约定做丁克,结果转头找小三弄出一孩子来!"

"呵呵……"黄猛无力反驳,尴尬笑笑,"我就说嘛,这家伙身上一定能挖出点东西来。"

"那句话怎么说的来着,'男人的嘴骗人的鬼'!"宁辛然愤愤道,"什么狗屁丁克家庭,男人想反悔啥时候都能生,大不了换个老婆,女人到了一定年纪,身体上不允许,后悔也晚了。"

黄猛道:"还是许伟平不够真心爱朱萍,他娶朱萍应该是看中了她的家世,所以才编了么一套不要孩子的说辞。"

"这种男人真可怕,既要又要,贪婪成性,啥都不想放过。"

"这叫家里红旗不倒,外面彩旗飘飘……"

"一说这话题,你词儿可多了!"

"我还没说完,许伟平显然玩过头了。"黄猛正色道,"如果人家张叶母凭子贵,想抢夺红旗,许伟平会怎么选?就像你说的,他既要名利,又要小三和孩子,那就只能除掉朱萍,不过他没必要亲自动手,他可以雇别人来干。"

"同理,张叶如果着急上位,也一定想要尽快除掉朱萍。"宁辛然思索一下,道,"张波对朱萍厌恶至极,甚至连照片都要踩上两脚,想必是受到姐姐的影响,搞不好张叶天天在家诅咒朱萍。"

"小三嫉妒正房是有可能的,但张叶的面相看着不像心狠手辣之流,何况她还是个孕妇,感觉她策划杀害朱萍的难度比较大。"黄猛轻轻晃下脑袋,接着推门下车,道,"走,不管怎么说,先杀她个回马枪,趁她思想准备不足,敲打敲打她,看看她会有啥反应。"

警察再次登门走访,显然大大出乎张叶意料。弟弟张波已不在家中,估计是回公司去了,张叶极不情愿地将黄猛和宁辛然请到客厅落座,自己身子浅浅地坐在旁侧沙发上,下意识地左顾右盼着,一副局促不安、六神无主的样子。

第九章　无名食指

毕竟面对的是一名孕妇，宁辛然不想太咄咄逼人，语气温和道："我们查过监控录像，看到许伟平经常到你这里来，所以他是你肚子里孩子的爸爸，对吗？"

"嗯……"知道瞒不住了，张叶似乎突然间涌起诸多感触，眼泪吧嗒吧嗒地掉着，嘴里呜咽着断断续续说，"我原先在公关公司做策划，五年前在一次公司活动中认识了伟平，他听说我们是同乡很照顾我，经常约我喝东西，慢慢我们就好上了。他对我很好，给我买了房子，还给我弟弟安排工作，并且承诺一定会和他老婆离婚，但是这么长时间以来，甚至我们都有了孩子，他依然没有履行承诺，总说时机还未到。"

黄猛问："他所说的时机指的是什么？"

张叶愣了下，默然摇摇头。

黄猛加重语气问："是除掉他老婆朱萍？"

"不可能，伟平不是那样的人。"张叶急促地说，"是他打电话跟我说朱萍被杀了，在电话里我听得出他也很意外，很迷茫，甚至有些不知所措。"张叶停顿一下，紧跟着解释说："哦，伟平手机是双卡的，有个卡专门用于跟我通话，所以你们查不到。"

宁辛然问："那你怎么看朱萍的死？"

"我？我不知道。你们不会也怀疑我吧？"张叶情绪稍微有些激动道，"你们看我这个身量，我能做啥坏事？再说，朱萍长相不差，又会保养，现在很多年轻小伙子都喜欢她这种风韵犹存的熟女，搞不好是她自己惹上什么乱七八糟的人了呢！"

宁辛然追问："听你这话的意思，你认识朱萍？"

"我和她在同一家美容院做保养，偶尔会碰见。"张叶抬手将发梢整理到耳后，表情不太自然地说，"我承认这不是巧合，那间美容院挺有名的，我知道朱萍是那里的VIP，心里很不爽，硬逼着伟平也给我办了张贵宾卡。哦，说到美容院，我突然想起个事情，不知道对你们有没有帮助。"

宁辛然赶忙说："你请说。"

张叶微微皱眉，回忆道："大概半个月前，我手上起了一大片湿疹，很痒、很难受，然后隔天我去做产检，回来的时候顺道去了趟美容院，想问老板要一个孕妇可以用的药膏，以前听老板提过她那里有这种药膏。而当我去办公室找老板的时候，正好碰见朱萍黑着脸从里面走出来，感觉当时她很不高兴，应该是和老板吵架了。"

黄猛瞪着眼睛问："你确定没看错？"

张叶使劲点头道："确定，我进去见老板时，她也满脸通红，看着像生过气的样子。"

黄猛得到肯定答复，神情显得有些复杂。他之所以要在这个问题上较真，是因为前期队里已经走访过美容院，而且是冯欢亲自带人去的，结果并没有人提过吵架的事情，如果是老板有意隐瞒的话，那看来她还真是有些问题。

这边，冯欢正驱车火速赶往速达物流公司建在主城区外的中转站。车里还坐着两名队里的刑警，车后面还跟着法医金秀梅的车。如此大动干戈，是因为那家物流公司在分拣、扫描当日收到的快递件时，在一本书中发现了可疑物品，经过进一步开袋检查，确认书里夹着一根人的手指。物流公司随后拨打了报警电话，由于快递件上写明收件人为"甘江区刑警大队负责人马文涛"，报警中心便直接把警情反映到队里。

到了物流公司，一个负责人模样的中年男人早已候在门口。打过招呼，负责人带着众人来到物流仓库旁边的一个小楼里，涉案的快递件被放在一间办公室中的桌子上。随后负责人表示，具体收件的快递员属于沙河区营业部的，已经通知人往这边赶了，估计很快就能到，负责人表示自己出去接一下。

负责人出去之后，金秀梅戴上手套开始工作。涉案快递件中的那本书很厚，有400多页，中间被挖了个洞，正好能放下一根手指。手指轮廓纤细，皮肤皱缩明显，切断处颜色发黑，表面有湿润感，应该之前被冷冻过。金秀梅细致观察一番后，道："从轮廓和骨骼特征上看，这应该是一根食指，推测已经被冷冻相当长一段时间了，具体时间不好判断，但估摸着至

第九章　无名食指

少有几个月了。"

"冷冻几个月了？那不可能是朱萍的。"冯欢轻声自语，迟疑一下，蹙眉道，"会不会是'9·19'案中的某个被害人的？"

"这好办，回去做个 DNA 比对不就清楚了吗。"金秀梅轻松道，接着咂下嘴巴，"但是动机呢？为啥要把一根手指寄给马队？"

"马队的信息网上能查到，手指邮寄给马队，实质上是冲着咱们队里来的。"冯欢捋顺其中的逻辑说道，"朱萍案的消息在网络上发酵多日，目前网民和舆论普遍的声音，是认为这是前案的延续。然而，除了咱们警方，肯定还会有另外一个人对这种说法嗤之以鼻，那必然是'9·19'案的真凶，所以他邮寄一根先前被害人的手指给队里，以此来划清与朱萍案的界限，同时我认为，这也是对咱们警方的示威和挑衅。"

金秀梅咬牙切齿道："胆肥了，这也太猖狂了！"

话音刚落，先前出去的负责人带着一个穿快递员工作服的小伙子走进来，想必便是涉案快递件最初的经手人。冯欢废话不多说，迎上前去直接问道："邮寄者是个什么样的人？"

"没，我没见到本人。"快递员有些紧张，用力摇摇手，慌忙解释道，"今天上午 9 点 40 分左右，我在一个小区的居民楼里派发快递件，出来的时候看到面包车前风挡玻璃上别着一个牛皮纸档案袋。我打开来看，发现里面有本书，有 20 块钱，还有一张字条。字条上写明寄收双方的地址、电话、姓名，还特别标明不需要找零。先前我曾经遇到过类似情形，就没太当回事，把书拿出来也没细翻，直接打包到了快递袋中。"

冯欢问："字条呢？"

"我……我登记完快递单后，将字条撕碎，随手扔了。"快递员多少有些心虚，偷偷瞄了冯欢一眼，怯声说，"其实，字条留着对你们来说也没啥用处，那上面的字都是打印出来的。"

"说一下当时所处的位置，说具体点。"

"沙河区利民小区 9 号楼门前。"

冯欢"嗯"了一声，转头跟金秀梅轻声说："我带人过去一趟，你回去

消失在恶的尽头

抓紧时间做进一步的鉴定,有消息随时通知我。"

金秀梅点点头,二人就此分开行动。

从市区外回到市内,再到沙河区利民小区,冯欢开了将近一个小时的车。实地勘查,字条早已无影无踪,周边也看不到任何监控摄像头的存在。这是一个非常老旧的住宅小区,快递员每天派件的时间基本固定,再想想装着手指的那本书,纸张和印刷质量都很差,一看就是在地摊上买的盗版书,想要找到源头和购买者基本不可能,所以一切都是精心算计过的。同行的两名刑警不甘心,表示让冯欢先回队里,他们再在周边找人问问,或许有人曾经目击到邮寄者的模样。

有人模仿作案,真凶立马跳出来做切割,甚至外加挑衅,说明凶手的心态发生了变化,变得愈加自信,愈加大胆,这也让冯欢愈加意识到案件的严重性和破案的紧迫性,如果不能早一点解决案子,不知道还会有多少无辜的人被卷进来。加之朱萍案,进展仍不明朗,说实话冯欢心里的底气越来越不足,甚至感觉有些焦头烂额。

回队里的半路上,冯欢收到一条好消息。从特警队借调来的蛙人,由水库堤坝边开始,不断扩大范围,经过多日的水下搜索,终于有所收获。在距离岸边东北方向约30米的区域,蛙人潜水摸索到一个黑色的塑料袋。袋口被绳索紧紧系住,剪开之后,发现是两个塑料袋叠套在一起的,应该是为了更加承重,因为袋子里装着一个大石块。除此,里面还包裹着三张信用卡、一部苹果手机,以及一根食指,外加一把美工刀和一副乳胶手套。也就是说,凶手作案后,把对于他价值不大的,以及作案凶器等物件,打包沉入水底。目前,黑塑料袋中的所有物证,已经送到法医鉴定中心做进一步的检验。

回到队里,天已经完全暗下来,黄猛和宁辛然坐在大办公间里,一人捧着一个饭盒在吃饭。冯欢走过去说:"你们也刚回来?"

"对啊,你也没吃吧,我们都给你打回来了。"黄猛冲桌上的饭盒努努嘴,"今天晚饭不错,有红烧排骨。"

第九章　无名食指

"不太饿，吃不下。"冯欢晃晃脑袋，"怎么样，你们有收获吗？"

宁辛然乖巧地从旁边工位帮冯欢拖来一把椅子，道："您坐着，边吃边听我们给您汇报，听完肯定会胃口大开的。"

冯欢没太在意地说："你们说的是打捞物证的消息？我都知道了。"

黄猛嘴里嚼着排骨，咕哝说："还有别的消息，对案子应该有用。"

冯欢将信将疑地坐到椅子上，但没动筷子，催促说："别卖关子了，赶紧说。"

黄猛紧着扒拉两口饭，放下饭盒，抹抹嘴，然后从朱萍家保姆，讲到许伟平的司机张波，又从张波讲到他姐姐张叶，最后讲到朱萍生前经常光顾的那家美容院……"我俩见到美容院女老板，问她那天为啥和朱萍吵架。她否认了吵架，但承认当时两人确实有些不愉快，起因是关于炒股票的事情。那美容院老板和朱萍关系很好，朱萍经常做完保养后到她办公室里聊几句，有次聊天中间，朱萍看到老板在电脑上炒股，便主动提及自己也在炒，不过是委托朋友给操盘。然后还炫耀说，她那朋友认识券商的基金经理，能拿到第一手的内幕消息，几个月时间已经帮她赚了本金50%的利润。最后朱萍还说，等找机会问问朋友，给老板透露几只大牛股。后来没几天，朱萍果真给了她两只股票代码，说是朋友力荐，买了稳赚不赔。老板听其言全仓买进，结果两只股票的走势始终不尽如人意，害得老板赔了不少的钱。那天老板当着朱萍的面，吐槽她的朋友不靠谱，还提醒她留个心眼，小心被朋友骗了。朱萍爱面子，当时有点下不来台，所以黑着脸走了。"

"委托朋友炒股票？"冯欢一脸兴奋说，"这就是朱萍取那40万块钱的去向？"

宁辛然附和说："应该是。"

冯欢问："帮她炒股那朋友啥情况？"

"美容院老板说朱萍没透露过，有点神秘。"宁辛然耸耸肩膀，"不过我们分析，这个人应该就在她打麻将的圈子里。"

冯欢瞪着眼睛问："为啥这么说？"

"是这样的，我们跟美容院老板确认过，她和朱萍发生不愉快的那天是上个月20号（7月20号），具体时间是下午3点半左右。"黄猛接话解释说，"整个事情其实就是朱萍热脸贴了冷屁股，想要炫耀，却反被奚落，以她的性格在闺密面前丢了好大的面子，离开美容院后肯定会在第一时间打电话质问帮她炒股的朋友。然而，我和辛然查了她当时的手机通话记录，发现并没有，说明接下来她很快会见到那个人。而从她先前的日常活动轨迹来看，那个时间点她通常都会去茶楼打麻将，所以……"

黄猛话说得有些绕，但冯欢听明白了其中的推理逻辑，若有所思道："朋友，认识基金经理，能拿到内幕消息，短短3个月盈利50%，还不让随便透露身份，这一听着就是骗子的话术。朋友想坑朱萍的钱，朱萍在美容院老板的点拨下起了疑心，于是朋友起了杀心？"

"40万可不是小数目。"黄猛顺着冯欢的话说，"有可能已经被骗子败光了，拿不出钱，只能杀人了！"

冯欢自责说："这么说咱们先前排查得还不够细致，一心只盯着许伟平和那个追过朱萍的佟亮，忽视了对其他麻将客的深入追查，白白浪费那么多天时间。"

"对了，您这么说，我突然有个想法。"宁辛然目光闪动道，"案发当晚，朱萍出了茶楼便被控制住，说明她是在市区内被劫持的，而案发现场在市区外的东山村，所以出于对避险原则的考量，咱们想当然地认为凶手不太可能是东山村人，而且作案之后应该会原路返回市区。可如果凶手真的是东山村人呢？又或者他在东山村有临时的落脚点？又或者他借道东山村，从其他出口返回市区呢？"

"嗯，咱们先前对东山村的排查确实也不够深入……"冯欢向宁辛然投以赞赏的一瞥，道，"综合你们俩的推理，咱们下一步可以查查在朱萍的朋友当中，尤其是经常和她一起打麻将的那些人当中，是否有炒股票的，或者与东山村存在交集的。"

"那许伟平这条线咱就不再跟了吗？"黄猛不甘心地说，"这家伙在外面养小三，还弄出个孩子，而且小三还一直逼宫想上位，他还是有作案动

第九章　无名食指

机的。"

宁辛然抿唇说:"那他就是雇凶杀人了,但他所有的通信记录,包括财务使用和转账记录,似乎都没有这方面的线索。"

"眼下确实还不能忽略他,暂时查不到,不意味着没有,像他这种人来钱的办法和渠道多的是,要不然也不会神不知鬼不觉地包养小三,甚至还给人家买了大房子。"冯欢语带讥诮地说道,随即从椅子上站起身来,长吁口气说,"这个人还要继续盯,具体我再想想,看看有没有更好的调查方向。"

见案子说得差不多了,宁辛然指着桌上的饭盒,关切地说:"冯队您多少吃点吧,不吃饭,还得熬夜,胃口受不了。"

"这几天胃确实有点不舒服,不过排骨太油腻了,吃了更不舒服,待会儿饿了吃两块苏打饼干就成。"说话间,冯欢把饭盒推到黄猛身前,"给你了,吃货。"

"冯队,你太了解我了,跑了大半天,一盒饭确实没造饱。"黄猛没客气,打开饭盒,用手抓了块排骨放到嘴里,随口又说,"对了,你那小男友最近咋不来送饭了?"

"屁小男友,别胡说八道,以后应该都不会再来了。"冯欢扬扬手,匆忙走掉。

当天夜里,冯欢召集队里骨干开会,部署接下来的重点工作,继续深挖朱萍朋友圈的背景信息,以及全面调查彩凤茶楼的麻将客。

次日早早的,冯欢去法医鉴定中心找金秀梅要物证检测结果。敲了几下法医科的门,里面一直没有回应,冯欢试着轻轻推开门,看到金秀梅正趴在桌上熟睡。估计又是工作了一整夜,冯欢没舍得打扰她,想让她多睡一会儿,轻手轻脚走到桌对面的椅子上坐下,眼见桌上摞着一堆存证照片,便随意翻看起来。

大概过去20分钟,金秀梅白大褂兜里的手机响了,是她自己定的闹钟。金秀梅被闹醒,抬头看到坐在对面的冯欢,怔了怔,打着哈欠摸出手

_153

机关掉闹铃，又使劲伸了下腰，说："你这'讨债鬼'来得这么早。"

冯欢笑着说："呵呵，干吗定闹钟，多睡会儿呗。"

"还不都是为了你，别假模假式的了，检测结果基本都出来了，想先听哪个？"

"手指吧。"

"快递件中的手指，可以确定来源于一位女性的食指，不过DNA检测结果显示，该手指不属于'9·19'案中的被害人的。冷冻的时间不太好判断，但肯定比我先前说得要更久一些，估计至少在6个月以上，甚至1年以上。"

"跟'9·19'案无关？那就邪门了。"

"指纹也查了，数据库中没有信息。"

"DNA数据库呢？"

"那个库咱们市去年才刚开始建，数据还不完备，没犯事的或者在外地犯事的，暂时都查不到。"

"不属于'9·19'案的被害人，也不是朱萍的，那这手指邮寄给咱是啥意思？"冯欢一脸不可思议。

金秀梅耸耸肩膀，无言以对，安静了一小会儿，然后说："那根手指你自己琢磨去吧，接下来再说说从水库下面找到的手指。DNA检测证实确是朱萍的，不过外包装的黑塑料袋被水草划破了，袋子中灌满了水，把里面各种物证上的痕迹都销毁了。"

冯欢大失所望道："啊？这不白玩了吗？"

"也不一定。"金秀梅翻了翻桌上的照片，拣出两张，推到冯欢身前，"喏，在黑塑料袋中和手指一起找到的，一把美工刀，还有朱萍日常用的苹果手机。"

"怎么说？"冯欢扫了眼照片，不明所以。

"咱们在一起办过好多年案子了吧，你啥时候见过有人用美工刀抢劫的？"

"印象里好像还真没有。"

第九章　无名食指

"先前你们查的那个打麻将的,追过朱萍的那人,不是说开了家汽车美容店吗?这美工刀,他店里一定经常用。"

"你说佟亮?哦,你是说就地取材,所以美工刀才被当作凶器使?"冯欢恍然大悟,随即又不解地问,"那手机啥意思?"

"贵啊,而且是最新款的,国内不好买,可凶手为啥不要?是因为他知道,这玩意儿破解密码费事,刷机比较困难,原机主的信息不好消除,他留在手里或者转卖都有风险,不像那些首饰,长得都差不多,大不了毁成金子卖。"

"我懂你的意思了,凶手对苹果手机的事情门清,说明他要么从事相关行业,要么很可能自己用的也是苹果手机,对吧?"冯欢用力回忆先前与佟亮问话的场景,轻声嘟念道,"没太注意佟亮拿着的是什么牌子的手机,不过他若是真的也用着苹果手机,那你这推理还真靠点边。"

金秀梅扬扬自得道:"怎么样,跟你混了这么多年,我这推理水平见长吧?"

冯欢故意轻描淡写道:"还行吧,只是指向性的怀疑,还缺乏实证。"

金秀梅有些着急地争辩道:"那就挖地三尺找呗,重点咱这不都锁定具体的嫌疑人了吗。"

"逗你呢。"冯欢扑哧一笑,从椅子上站起身,绕过办公桌,给了金秀梅一个大大的拥抱:

"亲爱的,太棒了,感谢,来,抱抱。"

"滚,滚,滚蛋……"金秀梅推开冯欢,调侃说,"甭整这些没用的,来点实在的。"

冯欢大气地说:"行,队里门口那小饭店,中午随便点,把技术科昨晚加班的都带上,我给报销。"

金秀梅使劲"嗯"了一声,笑着说:"这还差不多。"

通过美工刀和苹果手机联想到佟亮,说实话推理逻辑还蛮抽象的,而冯欢之所以觉得靠谱,是因为先前她和黄猛、宁辛然研究过,所谓帮助朱萍操盘股票的那个朋友，很可能就是朱萍的某个麻友，佟亮则完全匹配这个身份。当然，眼下首先要确认的是美工刀和苹果手机与他的关联性。

冯欢带着黄猛和宁辛然，再次来到佟亮的汽车美容店。店里没有生意，几个工人百无聊赖坐在门口聊天，佟亮不在办公室里，其中一个工人说他去茶楼打麻将了。他不在也好，可以在不惊动他的情形下，把美工刀和手机的情节落实清楚。

黄猛拿出凶器存证照片让工人辨认，其中一个工人迅速走到角落里，翻了翻工具箱，找出一把美工刀交给黄猛。黄猛一对比，手里的刀和照片上的刀，外表、材质和样式一模一样，刀刃伸缩按钮上印着的品牌标志也相同，这说明法医金秀梅的推理逻辑完全正确，再一问老板用啥手机，工人们异口同声说是苹果手机。

"那女的不会真是我们老板杀的吧？"似乎看出些端倪，一个和佟亮年龄相仿的工人，站出来关切地问。

冯欢打量一眼那人，见他工作服相对干净，说话又是本地口音，估摸着是工人中的头。她指指美容店里间的那个玻璃隔断房，冲那人招招手说："你跟我们来一下。"

几个人相继走进到玻璃房，冯欢问："你是本地人？在这店里干多久了？"

"开店我就来了。"工头介绍说，"我和佟亮是初中同学，我原来在别地儿修车，是他鼓动我辞职跟他一起干的。"

黄猛急促问："那你应该很了解佟亮，他炒股票吗？"

"他炒过一阵子，觉得来钱太慢，所以……他……"工头欲言又止，犹豫再三，支支吾吾说，"警察同志，有……有个事情，我……我要是说了，你们别处理我们几个行吗？"

冯欢盯着工人道："先说说看。"

"他后来迷上赌球，还拉着我们几个工人一起玩，不过他赌得大，输得也多。"

"你们怎么操作的？"

第九章　无名食指

"在网上用QQ下注，然后线上代理每周会来店里收一次钱，全部现金交易。"

"佟亮输了多少？"

"具体我不知道，估计得有个几十万，先前欠了一阵子，那个线上代理都急了，几个月前有天晚上带着把枪来，差点崩了佟亮。"

"钱后来还了吗？"

"应该是搞定了，但具体怎么搞到的钱，我不清楚。"

一番对话下来，更加坐实了佟亮身上的嫌疑，几乎也找到了他骗钱的动机——偿还赌债。冯欢心中暗喜，想到宁辛然先前的推测，又追问道："佟亮在东山村有亲戚吗？"

"有个情人，是他的前女友。"工头不假思索道，"那女的后来结婚了，老公是船员，常年漂在海上，她一个人在家，佟亮经常去她家鬼混。"

宁辛然兴奋地问："那情人叫什么？"

工头稍微想了下，道："叫周……周美荣，在村里开了个理发店。"

三人出了汽车美容店，回到冯欢的车上，简单讨论过后，决定让黄猛留下来等待队里增援，随后针对佟亮所在的彩凤茶楼进行严密布控；冯欢和宁辛然则赶去东山村调查佟亮的情人周美荣，一旦证人那边的情况落实清楚，再打电话让黄猛这边抓人。

东山村一行异常顺利，不仅找到人证，还起获到赃赃。据佟亮的情人周美荣证实，案发当晚，佟亮在接近午夜时去过她家，并一直留宿到次日清晨。而佟亮离开时留下个男士手包让她保管，周美荣主动将手包交了出来，里面装的便是从朱萍身上掳走的现金和各种首饰。

面对强有力的人证和物证，佟亮对自己杀害朱萍的犯罪事实供认不讳。他承认，无论是追求朱萍还是怂恿朱萍投资股票，其目的都是坑朱萍的钱去还赌球欠下的债，否则他很可能会被上线庄家杀死全家。他自己打算得挺美，用朱萍给的钱还一部分债，留下10来万块钱继续参赌，赢了钱再还给朱萍。这大概就是每个赌徒都有的执念，哪怕是手里输得只剩下1块钱，依然觉得自己还有翻本的机会。事实上，剩下来的10来万块钱很快又输光了，而就在这时朱萍出现戒心，到汽车美容店里找他提出先把本金从股票账户中拿出来。朱萍第一次说，被他以"行情正红火不做可惜"搪塞过去，此后好几天他没在麻将室露面，其实就是故意躲朱萍。直到7月27号下午，朱萍再次去店里找他要钱，朱萍当时态度很坚决，大有就算撕破脸也要把钱要回去的架势。佟亮自知无法再拖延，正好赶上那天是周五，便对朱萍表示下周一把股票卖了，周二把钱给她，这就意味着他必须在周二之前除掉朱萍。留给他准备的时间不多，他第一时间想到东山村的水库，晚间荒凉无人，杀人不会有人打扰，接着再去村里老情人家猫一宿，他估摸着警察很难追踪到他的行踪。尤其，他想到之前在网络上看到的关于"甘江区连环杀手"的新闻，于是依葫芦画瓢，模仿前案的情节，假装连环杀手又出来作案。他觉得这样一来，警察就更加不会将朱萍的死与他联系在一起……

至此，朱萍案算是成功告破，案件中涉及的赌球案件，转由治安大队继续侦办，冯欢心里悬着的一颗石子终于落地。但对她来说，只是能稍微喘口气而已，因为她心里还悬着一块大石头，还有更艰难的"9·19"大案等着她解决。

眼前最令冯欢纠结的是快递件中的手指到底是谁的，凶手将它邮寄到队里到底有何用意。她原本很笃定地认为，邮寄者一定是"9·19"大案的凶手，以此来恶心警方，讥讽他们办案不力。但从DNA比对结果来看，显然不是这么回事，冯欢百思不得其解，决定到医院找大队长马文涛聊一聊，让大队长帮着捋捋思路，毕竟那手指原本就指明要大队长签收的。

听了冯欢的汇报，马文涛沉思半晌，给冯欢指出两点方向：一、快递件可能是来自某个犯罪嫌疑人的恶作剧和挑衅；二、仍然跟"9·19"大案凶手有关。目前关于这个案子，并案的是三起，但或许还有警方未掌握的与该凶手有关的案件，也就是说"9·19"大案所涉及的案件可能不止三起。因此，马文涛指示冯欢去市局刑警支队求援：一方面，查阅旧案档案；一方面，向全市各区分局发布协查通报，寻找犯罪情节中带有切断女性被害

第九章　无名食指

人食指的案件，这里面包括正在办理的案件、积案，以及已侦办完结的，但涉及被害人食指遗失的。

　　心理诊疗室。

　　闻采仰躺在乳白色的沙发躺椅上。心理医生捧着记事本坐在一旁。

　　心理医生说："好长时间没见了，最近怎么样？"

　　闻采说："我怎么样，难道不是取决于她想让我怎么样？"

　　心理医生说："今天你能来，也是她逼你的？"

　　闻采说："她司机坐在外面，这不是显而易见的。"

　　心理医生说："听说前几天，你去医院洗过胃？"

　　闻采说："药吃多了，如果我说那不是我主观的意愿，只是喝醉酒不小心的行为你信吗？"

　　心理医生说："我信，也很开心，虽然是意外，但说明你想积极向好。"

　　闻采说："我遇到一个女孩，比我年龄大，是一名警察。"

　　心理医生说："你喜欢她？"

　　闻采说："对。"

　　心理医生说："确定吗？"

　　闻采说："确定。"

　　心理医生说："你妈妈知道吗？"

　　闻采说："不知道。"

　　心理医生说："你想怎么跟她说？"

　　闻采说："不知道……我真的会杀了她吗？"

　　心理医生说："这个想法一直有吗？"

　　闻采说："对，时不时会从我脑海里冒出来，最近愈加强烈。"

　　…………

第十章

母亲

"远儿,多穿点,猪场冷。"

"没事,妈,那火炕烧得可热乎了。"

"你那几个同学都去啊?"

"是啊,我们玩扑克。"

"行,好好跟人家处,将来能互相帮衬着点。"

"知道了,妈,那我去了。"

"小猪崽啥时候生?"

"说是后半夜。"

"要不要带点吃的去?"

"不用,我们还要烤地瓜。"

"头上的伤疼不疼了?"

"不疼了,没事,妈,我都习惯了。"

"是妈妈不好,保护不了你。"

"不是的,我没啥,妈,你别担心了。"

"远儿,如果……如果有一天妈不在了,你要多记着妈的好。"

"胡说啥呢。"

"好,好,不胡说,你马上要开学了,多看看书,新学期的课本我给你买好了。"

"嗯,妈,你今天咋那么唠叨?我走了。"

"哎,远儿……"

"又咋了?"

"没事,没事,去吧,去吧……"

陆远又梦到母亲,眼角有些湿润。梦境中,母亲站在院门口,目送陆远的背影,眼神中布满怜爱和不舍。陆远走到巷子尽头,冷不丁回头,母亲瘦小的身影依然隐约可见。母亲冲他挥手,陆远心中

第十章 母亲

莫名涌起一股伤感。冬日寒夜的星光下，母亲的手一直不肯放下，身子瑟瑟发抖，无声抽泣着，像是在做最后的告别。

这是陆远最后一次与母亲对话，那是1992年正月十六的晚上。前一晚是元宵节，陆远吃了母亲亲手做的元宵，母子俩都很开心，谁承想那晚之后母子俩便阴阳相隔。尽管陆远不可能预料到，那晚的分别即是永别，但过去这么多年，每每想起当时的情形，他内心中总是忍不住各种埋怨自己。埋怨自己不应该外出过夜，埋怨自己嫌弃母亲唠叨，埋怨自己没有陪母亲多说说话，哪怕多说一句也好……或许正是因为这样的纠结与困惑，与母亲最后分别的场景，才会在陆远的梦境中反复出现。

先前提过，吴伟的父亲吴立民特别能折腾，除了在卫生所上班，还干过好多别的营生，其中就包括承包养猪场。现在的村民组，那时叫生产队，养猪场就建在生产队部旁边的一个院子里，距离陆远家大概有1里地。正月十六那晚，养猪场里一头老母猪要下崽，吴立民看老母猪的身量，估摸着能下一大窝，担心到时候忙不过来，吴立民便让儿子吴伟喊上他的几个好兄弟赵康、韩梁、张海林和陆远到养猪场帮忙。

老母猪下半夜一气儿产下8个小猪崽。与想象中的不一样，老母猪只是产前稍微哼哼几声，生产时却异常平静，这便让消防车的警笛声愈显刺耳。大半夜的，村里怎么会来消防车，是谁家着火了吗？几个人跑到屋外去看，远远看到陆远家的方向，火光冲天。

陆远心里升腾起一种不祥的预感，拔腿就往家跑。赵康等人不放心，紧追在后面。几个人一口气冲到陆远家院前，便见漫天浓烟滚滚，烈火熊熊燃烧，陆远家的三间大瓦房已然被火光吞噬，消防员在奋力扑火，邻居在院外惊恐张望，只是未见陆远父母的身影。陆远呼喊着想要冲进火海，将淹没在火海中的母亲救出，却被兄弟几个死死按住。他奋力地挣扎，嘴里喊着"妈妈"，一声比一声凄惨……

一夜之间家里的房子烧没了，父母双亡。消防队勘查之后，给出的结论是因为家里取暖炉火势过旺，点燃了堆在一旁的柴火，从而引起火灾。在房子东边正屋的土炕上，发现两具被烧焦的尸体，其中一个块头较大，另一个身材娇小，应该是一男一女，想必就是陆远的父亲和母亲。

陆远由此成了孤儿。当然，他也不是完全没有亲人，他还有一个二叔，也就是他父亲的亲弟弟，他妈妈那边还有个哥哥，也就是他的舅舅。不过，早些年因为争房产，他爸和他二叔的关系一直闹得很僵，到后来他奶奶去世了，兄弟俩彻底老死不相往来，导致哥哥家这次出了这么大事，弟弟始终也未露面。好在陆远在省城工作的舅舅，得到消息后第一时间赶回村里，随后在生产队的帮助下，给陆远父母料理了后事。

后事办完，村里的干部担忧陆远日后的生活，他舅舅表示自己可以把陆远接到省城去。陆远的舅舅早年考上体校，后来留在省城体委工作，他和妻子结婚多年没有孩子，他向村里保证把外甥接过去，会当自己孩子一样对待。然而，事情是好事情，但还要面临诸多现实的难题，包括学校、学籍、户口等等一系列问题，如果不能及时解决，即使陆远转学过去，届时还得回原籍参加中考。最关键的是，陆远的舅舅还需要回去跟妻子商量，征得妻子的同意才能正式运作这些事情。那么，现实难题解决之前，陆远该何去何从，一个17岁的孩子应该怎么安置？这个问题很让人头疼。关键时刻，秦老师站了出来，表示愿意收留陆远，暂时监护他一段时间，直到陆远舅舅把省城那边的事情都理顺了，再把陆远接走。

那之后，陆远在秦老师家生活了小半年。那段时光尽管秦老师和秦素素对他百般贴心照顾，但他的内心中依然无比压抑，他不但要默默舔舐失去双亲的伤痛，还要承受着各种流言蜚语的侵扰。村里的人和学校里的同学，对于他家里的火灾，对于他父母的死，都有诸多猜忌。缘由，自然是因为他父亲在村里的名声太臭了。

陆远的父亲叫陆明阳，是村里远近闻名的酒鬼。陆明阳年轻时很上进，读过重点中学，但由于处于特殊历史动荡时期，他中途被迫退学。到了国家全面恢复高考制度那年，他已经结婚好几年了，儿子陆远都3岁了。当时，村里有几个他的同龄人，包括姜茵的亲生父亲于永久，都去参加了高考，而陆明阳则出于为孩子和家庭着想，放弃了那次改变命运的机会。结果，那年高考题目相对简单，村里去参考的年轻人中有好几个都顺利考上

第十章　母亲

大学，并在毕业后留在省城或者市区工作。羡慕人家的同时，陆明阳感受到极大的心理落差，加之生活中方方面面的不顺利，他逐渐颓废，终日无所事事，流连酒桌。喝醉了，气不顺就打孩子、打老婆，下手凶狠，不管不顾，像疯狗一样，谁劝和谁玩命。久而久之，连累一家子人，左邻右舍都看不起他家，纷纷避之若浼，陆远自卑、懦弱、内向的性格，也是因此而养成的。而最令他难过的一种传言，是说他家里的那场大火，其实是他父亲点燃的，因为他母亲想离婚，他父亲不同意，所以宁愿同归于尽。

"他有个疯狂酗酒的爸爸""他有个窝窝囊囊的妈妈""是他爸烧死了他妈""他是杀人犯的儿子"……这样的流言蜚语每每传进陆远的耳朵里，都像刀子一样一次又一次扎在他的心上，令他无比心痛的同时也愈加想要尽早逃离村子，并暗暗发誓永远不再回来。

砰砰砰……屋外响起一阵敲门声，半梦半醒中的陆远，跟跟跄跄下床去开门，看到韩梁站在门口，两人约好了要去找吴伟聊聊。

"走啊，现在过去啊？"韩梁抱歉地说，"所里有点工作，刚处理完，耽搁了，你等急了吧？"

"都这么晚了？"陆远抬腕看看表，"晚饭吃了吗？不然先去餐厅吃口饭？"

韩梁想了想，说："行，确实有点饿了，先吃饭。"

陆远回身拾起茶几上的车钥匙，换上外出的鞋，跟随韩梁出门。两人到餐厅麻利吃了餐饭，接着便开车进村。没多大会儿，两人在吴伟家门前的街边把车停下。下了车，眼见一个小踏板摩托车停在门口，铁门微微敞开一扇，从院里传出一阵争吵声。

"哥，你别跟我哭穷行吗？"

"没有就是没有。"

"这钱你到底出不出？"

"不出。"

"哥，你怎么变成这样了，越来越神经。"

"不用你管。"

"稀得管你,别以为你对嫂子做的那档子破事没人知道。"

陆远走在前头,正想进门,一个女人气势汹汹从院子里冲出来跟他撞了个满怀。韩梁赶上来,讶异地说:"美娟,你这是咋了?跟你哥哥吵吵啥?"

这人是吴美娟?吴伟的妹妹,陆远也认出眼前的女人。

吴美娟咬咬嘴唇,回头冲院子里瞥了眼,没好气地说:"你问他吧!"说罢,骑上踏板车,一脚油开走了。

"她现在干啥?"

"在镇里文化站工作。"

韩梁回应着,拍拍陆远的肩膀,陆远收回望向踏板车影子的视线,两人转头走进院子。吴伟傻呆呆站在屋檐下,看到两人,先是很惊讶,然后夸张地咧下嘴,勉强做出一副笑模样:"你俩咋来了?"

"没事过来看看你。"韩梁操着随意的口吻道,"刚刚和美娟吵架了?"

"没啥。"吴伟含含糊糊不愿多说,指指身前的小木桌,"你俩先坐着,我烧点水,咱哥仨喝会儿茶。"

陆远客气地问:"四哥,你这房子翻修过吧?我还没看到过里面啥样,能参观下吗?"

吴伟掀起门上的软帘,做出一个请的动作:"这有啥,来,进来,随便看。"

陆远笑笑,走进屋子。屋子里面是农村常见的"挑担房"布局,进门是长廊,东屋是土炕,西屋是床。北侧还有两间后屋,一间是做饭、洗漱用的,一间是放杂货的。从装修风格和陈设来看,吴伟和陈艳丽常住西屋,东屋先前应该是他爸妈在住,他爸不在了,他妈跟他妹妹住去了,东屋便用作会客。

陆远溜溜达达在各个屋子里简单转悠一圈,心里面颇为意外。吴伟把自己造得邋里邋遢不修边幅,但家里卫生却收拾得像模像样,尤其是他和陈艳丽住的房间——窗户敞开着,窗台上摆着一盆万年青和一盆陆远叫不

第十章　母亲

出名字的花，枝叶是绿色的，花苞粉中带白，开得正旺盛，散着淡淡的清香。大理石地面扫得很干净，电视机规矩地摆放在长条柜中间，怕沾染上灰尘，上面还蒙着一层白纱巾。床单和被罩平整如新，床头墙上挂着二人的结婚照，床旁小桌上摆着陈艳丽的美照，所有生活器具都收纳得非常妥当，房间里的一切都那么井然有序，似乎做足了准备工作，只待女主人的回归。

陆远参观完屋子，吴伟茶水也沏好了，三人围坐在小木桌前，闷头喝了会儿茶。两杯茶下肚，韩梁首先打破沉默，语重心长地说："老四，差不多得了，你和老大这么僵着也改变不了啥，别让外人看笑话。"

"笑话？"吴伟冷笑说，"我难道不是个笑话？"

韩梁耐着性子劝说道："咱别这么钻牛角尖了行不？日子还长着呢，你以后都这么稀里糊涂地过？"

"我现在啥也不想，一切等艳丽回来再说。"吴伟端起茶杯抿着茶，道，"二哥，你要是真心疼我这个兄弟，那就帮我把艳丽找回来，说别的都没意义。"

吴伟一句话把天聊死了，韩梁无言以对，只能闷头喝茶。安静了一小会儿，陆远突然打破沉默，盯着吴伟的眼睛，硬绷绷地说："四哥，你有没有想过，陈艳丽可能已经死了？"

"放屁！你胡说啥呢，老五！"吴伟将茶杯"砰"地放下，杯子里的茶水溅了一桌子，他毫不在意，眼神空洞，痴痴地说，"我相信艳丽一定还活着，她一定会回来的，只要她能回家，不管先前她做过什么我都会原谅她，我就想好好跟她过日子。"

"好，四哥，算我没说，你别在意。"陆远本意并不想激怒吴伟，定了定神，转换话题道："陈艳丽和秦老师来往得多吗？"

"谁？秦老师？"吴伟疑惑道，"她和秦老师没啥来往啊。据我了解毕业后就没啥联系了，你把他俩放在一起是啥意思？"

陆远轻描淡写道："没啥，我随口问问。"

"找一天出来喝点？"见气氛有些僵硬，韩梁操着轻松的口吻说，"老五

_165

回来了,咱哥几个还没聚齐过。"

"算了,酒早不喝了,艳丽出走那天,就决定戒了。"吴伟苦笑一下,低头把玩起桌上的茶杯,似乎已然没了对话的兴致。

"戒了好,戒了好……"韩梁机械地重复两句,跟陆远对下眼色。

"行,四哥,你休息吧,天也不早了,我们回了。"陆远适时道别。

离开吴伟家,韩梁让陆远把他送回派出所,说还有工作没做完。陆远把车开到派出所门前,韩梁并不急于下车,把车窗敞开一条缝,点上支烟问:"刚刚为啥那么逼老四,你是在试探他吗?"

陆远点点头,道:"我还在纠结陈艳丽到底有没有离家出走,如果没走成,人怎么会不见了呢?是被四哥杀了,还是被他禁锢了?"

韩梁急促问:"那你试探的结果是啥?"

"有点说不清,我心里很矛盾。"陆远犹疑道,"我看了四哥和陈艳丽住的房间,挺意外的,那房间被四哥收拾得特别干净,就好像陈艳丽随时都可能回来住一样。院子里也拾掇得规规矩矩的,还种了那么多菜,反映出四哥对陈艳丽的回归确实抱有很大的期许。再者,刚刚我故意说陈艳丽可能已经死了,四哥的逆反心理很明显,反应很强烈也很迅速,感觉不像是装出来的……"

韩梁忍不住打断他的话说:"那就说明老四没问题呗,有啥可矛盾的?"

"可四哥刚才的精神状态你也看到了,包括上一次我去家里看他,两次接触下来我认为他的心态绝对有问题,尤其是你听他说话魔魔怔怔的,几乎句句不离陈艳丽,给我的感觉是他对陈艳丽的感情特别极端,非常偏执。"陆远轻轻晃下脑袋,忧心忡忡道,"先前我研究过一些特殊的案件,犯罪嫌疑人都有严重的畸形心理或者说变态心理,他们这种人的大脑有一种自我认知反馈能力。通俗些说,就是自己给自己洗脑,给自己的犯罪行为找出一种合理的解释,在消除罪恶感的同时,标榜其正当性。甚至有些犯罪嫌疑人,还会不断在心里否认自己的犯罪行为,一开始只是假装自己

第十章 母亲

没做过,久而久之他也分不清了,会以为自己真的没做过。我很担心四哥也是这样的人,所以很难说他真的无辜,只是他自己相信自己无辜而已。"

"这不就是神经病吗。可愁死我了,老四怎么变成这样了?"韩梁连着叹了几口气,又猛嘬一口手中的香烟,道,"对了,这是艳丽没走成的说法。那走成了呢?"

"如果走成了,她是怎么走的?她有车吗?"

"她没有,她弟弟有,她弟弟每天接她上下班,不过事发后我问过她弟弟,说是那晚艳丽没找过他,估计是怕他担心,或者不想让他知道那些乱七八糟的事情。"

"村里深更半夜能打到出租车吗?"

"那得看运气了,倒是有从市里收车回来的,但人家愿不愿意再跑回市里很难说,而且村子就那么大,开出租车的就那么几个人,要是真有人那晚拉过她,早有消息传出来了。"

"那镇上呢?"陆远提示说,"咱们小时经常从村里走路到镇上赶集,也就20来分钟的路程,她会不会走到镇上去打车?"

"那估计问题不大,镇政府门前的那条主路上,夜里收车下班和从市里往来送客人的出租车不在少数,她应该可以打到车。"韩梁怔了怔,问道,"那之后呢?艳丽真的远走高飞,从此隐姓埋名,彻底与老四划清界限?"

陆远摇头道:"不对,我越想越觉得这样过于戏剧化,就算陈艳丽真这么计划的,也不至于此后一个电话都不打,信用卡里的钱一分都不动,不太现实,所以我更倾向于她遇到了意外。"

韩梁直白地问:"跟姜茵的失踪一样,咱也权当她死了,被人杀了,应该怎么查?"

"还是要查秦老师!"陆远加重语气说,"按照刚刚的假设,结合咱们先前的推测,陈艳丽离家出走后,步行去镇上打车。而秦老师家住在村民8组,离镇上很近,陈艳丽完全有可能走到半路临时改主意,去了秦老师家。当然她不可能无缘无故去,因为她和秦老师关系也很不一般。这点我跟大哥聊过,他的话证实了陈艳丽是一个知情者,而且大哥还说陈艳丽跟秦老师素来都有交往，甚至秦老师在市里的房子就是被她买走的……"

韩梁再次打断陆远的话，惊讶道："啊，那房子竟然是被艳丽买走了？怪不得当时我们问起房子的买主，秦老师一直含糊其词的，不愿多谈。"

"这都不重要。"陆远继续刚刚的话，"问题在于现实情况跟四哥说得截然相反，四哥竟然对陈艳丽和秦老师之间的交往一无所知，说明陈艳丽有意要瞒着他，那为什么呢？她在心虚什么？是不是能够侧面证实她与秦老师之间也有不可告人的关系？甚至这种关系要追溯到更早年的时间，否则她又怎么会知道秦老师和姜茵之间的事情呢？"

韩梁大受启发，挑眉道："听着是合情合理，反正秦老师一直都挺招风的。"

陆远听出韩梁话里有话，问："啥意思？"

"其实吧，你对秦老师并不像你想象中的那么了解。"韩梁把香烟捻灭，斟酌着用词说，"秦老师是城里人，他之前在市里中学教书，是后来调到咱镇里中学的，随后才带着素素姐在村里买了房子。"

"这我都知道，是在素素姐刚上中学那年。"

"可你知道他为啥会被调动吗？"

"为啥？"

"因为在学校里和女老师搞婚外恋。"

"不是说他老婆在素素姐2岁的时候就病死了吗？"

"他是鳏夫，但女方不是单身啊！人家老公闹到学校，搞得满校风雨。那个时代，搞婚外恋可是一桩天大的丑闻，学校当时要开除他，后来好像是托了教委的什么关系，才把他调到咱们镇中学继续当老师，不然他怎么可能会甘愿从城里带着孩子落户到咱这农村来？"

"这些你咋知道的？"

"我大前年办个案子，跟他原单位一个同事打了些交道，偶然聊起的。我知道你跟秦老师感情很深，所以先前寻思在你面前就不提这档子事了。"

果真和陆远之前猜想的差不多，秦老师在乱搞男女关系方面早有前科，这就不难理解他会接受姜茵的感情，甚至很可能和陈艳丽也有瓜葛，所以

第十章 母亲

秦老师真的跟她俩的失踪都有关联吗？两个失踪事件搅和在一起，倒是对找出真相更加有利，毕竟后面的事件，距今仅过去一年多的时间，相关证据可能还未完全消失，相对来说寻找线索的手段也能更丰富一些。尤其对陆远来说，如果最终能够一举解决掉两个事件，那他对四哥和素素姐便都能有个不错的交代……真相似乎越来越近，但陆远内心不知道该高兴还是难过。

眼见陆远陷入沉默，韩梁等不及问："咱们现在可不可以大胆假设她们俩都被秦老师杀了？"

"不能单单只是假设，应该要有所行动了。"

"锁定秦老师找尸体？"

"对。"陆远想了下，道，"接下来咱们要针对秦老师的'心理地图'进行剖绘，从而寻找可能藏匿尸体的地点。"

韩梁道："'心理地图'？你通俗点说，这种专有名词我听不懂。"

陆远解释道："在每个人的人生经历中，对于曾经去过的地方，或者听说过的地方，大脑中会形成一个归纳和自我认知，我们可以称之为'觉知空间'。秦老师也一样，如果他杀了人，想掩埋尸体，自然会在他的觉知空间里去选择合适的地点。"

"我听明白了，秦老师日常活动所涉及的场所，或者他听说过的，在村里可以掩埋尸体不会被发现的地方，都有可能是藏尸地点，对吗？"

"对，这么多年你跟秦老师一直保持来往，这个问题你仔细琢磨一下。"

"没问题，不过冷不丁的，我有点说不上来，我回去好好想想再说。"

"我也回宾馆找素素姐谈一谈，听听她的建议。"

看聊得差不多了，韩梁推门下车，关上门的刹那突然又把门拽开，说："哎，对了，刚刚美娟和老四吵架，好像也提到艳丽，咱要不要找美娟打听一下两人为啥吵架？"

"对，对……"陆远敲敲脑门，"必须问一下，你不提我都忘了这茬。"

陆远回到宾馆，听说秦素素应酬客人喝多了已经睡下，便没有打扰她。

次日一大早，在餐厅遇到秦素素，两人一边吃早餐一边聊了会儿秦老师。秦素素表示从姜茵失踪开始，他爸抛去先前所有的兴致爱好，郁郁沉寂了好多年，直到退休后才逐渐开朗起来，经常会到镇里文化馆老年人活动室跳跳交谊舞，还有就是重拾起钓鱼的爱好。秦老师喜好钓鱼，陆远是知道的，但他习惯安安静静地垂钓，不愿被人打扰，所以他外出钓鱼的时候总是一个人。

回到房间里，陆远在大脑里仔细搜刮着记忆，试图回忆起更多关于秦老师当年钓鱼的细节，他直觉可以在这方面深入挖掘一下。韩梁这会儿还没人影，可能是派出所工作多，他一时走不开。陆远琢磨着他有可能知道秦老师经常去什么地方钓鱼，另外也不知道他昨夜想没想出些什么头绪来。陆远心里着急，从桌上拿起手机，但想想又放下，觉得还是不要打扰韩梁的正常工作。

一直等到9点多，韩梁才终于现身，手里拎着个大购物袋，里面装满吃的、喝的东西。陆远很纳闷，指着购物袋问："你这啥意思？"

韩梁笑笑，卖着关子说："给咱俩准备的。"

陆远皱眉问："咱俩吃，为啥？"

"你让我琢磨的'心理地图'，我有点眉目了。"韩梁面色疲惫，但语气里是掩饰不住的跃跃欲试，"昨晚回去，我差不多想了一整宿，我觉得对秦老师来说，最简单的方式，自然是杀人后把尸体埋在他家里。但我仔细回忆了一下，素素姐结婚那年，秦老师家里翻修过一次，老三给找的工程队，我们几个也经常去帮忙。当时他家里家外的地面都被刨开过，重新铺了地砖和地板，还在院子里盖了个偏房，挖地基时我们都在，都没发现什么特别的东西，所以我觉得至少姜茵肯定是没被埋在秦老师家里。"

"那日常活动的空间呢？"陆远忍不住插话问，"有没有可疑的地点？"

"有，西北甸水库。"韩梁先说结论再解释道，"排除秦老师的家，放眼他日常活动的空间，比较适合抛尸不被发现的地点，很可能是他经常去钓鱼的地儿。"

韩梁的想法竟与自己不谋而合，陆远惊喜地问："西北甸水库？就是咱

第十章 母亲

小时候偶尔也会去钓鱼的那个水库？过了这么多年水还没干吗？"

"没呢，早些时候，最干旱的那年，也只是降低了一些水位。"韩梁说，"据我所知，秦老师经常去那里钓鱼，尤其是近几年，去得比较频繁。如果按照你所说的地理认知，我想秦老师要是真杀了人，会认为那里是一个适合抛尸的地点。"

陆远附和说："水库数十年如一日不干涸，抛尸水下，确实是一个好选择。"

韩梁接话说："咱们要不要到水库下面摸摸看？"

"咱俩潜水下去？"陆远连连摆手，"不行，不行，我哪有那两下子？"

"当然不行，得找专业的，咱俩得摸到啥时候。"韩梁早有准备说，"人我都找好了，是两个'海碰子'，你要是觉得可行，咱现在出发去村里接人，然后去西北甸水库。"

"没问题啊！那抓紧走吧！"陆远摩拳擦掌道。

西北甸，顾名思义位于永平村的西北角，是整个永平村地势最低的一片地带。那里常年汪水，有大片大片的湿地和沼泽，水资源极为丰富，所以村里最早用于蓄水灌溉的小型水库便建在那片湿地的下游，名为"西北甸水库"。

水库南北宽为40米左右，东西长为70米左右，平均水深在5米左右，最深处据说能达到8米，水质相对浑浊。想当年，陆远曾经在那水库里钓过一条将近20厘米长的大鲫鱼和一条大锦鲤，所以他印象很深。

韩梁提到的"海碰子"，指的是那些擅长在深海里潜水捕捞海货的能手。以前没有条件，这些人仗着水性好，穿着个裤衩背心戴个水镜就下海了，现如今他们的装备都很专业，除了不像蛙人那样背个氧气瓶，其余的都差不多。韩梁雇的这俩"海碰子"，是他的表叔和表叔家的儿子，事先他特别嘱咐过，不管在水下摸到什么都不准声张。

让陆远颇有些意外的是，当一行四人来到水库边时，竟没看到任何人影，这也正合他意，他本来也希望能够低调行事。当然并非他运气好，韩梁解释其中的缘由说：一个是因为天气炎热，再一个是因为这个时节更适

消失在恶的尽头

合去海边钓鱼，还有一个是因为村里去年把"骨灰堂"迁移到水库的西头，与水库只隔了一个小树林，很多人心里犯硌硬，所以到水库边钓鱼的人少了好多。

穿好装备，两名"海碰子"开始下水作业，陆远和韩梁坐在岸边观望。两个人都很清楚，眼下的搜寻工作，不可能一蹴而就，要就整个水库做水下地毯式摸索，很难期望在短时间内会有所收获。除非运气好，如若不然恐怕这项工作得持续个两三天。当然，他们也不会干坐着，利用这个时间，他们可以把手上掌握的信息再复盘一下，或许能够碰撞出新的有建设性的调查思路。

时间过得很快，一晃到了中午，四个人在水库边用韩梁事先准备好的面包、鸡蛋、火腿肠、矿泉水随便对付了一口。吃饱喝足，休息片刻，"海碰子"继续下水作业，韩梁和陆远又找了个树荫大点的地方坐着，躲避着中午炙热的阳光。没多大会儿，韩梁便开始犯困，迷迷糊糊的，他听到兜里的手机响了，他闭着眼睛掏出手机放到耳边接听。不知道被什么消息震惊到，整个人一下子精神了，还禁不住嚷出声道："啥？什么玩意儿？大勇把徐德浩给捅了？"

徐德浩这几年黑白通吃，混得风生水起，城府也越来越深，行事做派表面上看似没有先前那般张扬狂妄，但这哥们儿不能上酒桌，一上酒桌必然喝得烂醉才肯罢休，喝醉了便原形毕露，四处耍酒疯，惹是生非。

这天徐德浩又来到桥头饭店，这也是他继上次挨揍养好伤后首次光顾。有一段时间没见相好的饭店女老板，徐德浩这小子猴急猴急的，拉着女老板在包间里狠狠亲热了一把。中午留在饭店吃饭，他兴致大好，又是喝得停不下来，白的、红的、啤的"三盅全会"，一样都不落下，女老板咋劝都不好使。

果不其然，徐德浩又喝得酩酊大醉，喝醉了不找点事心里自然不舒服。他顶着一张像猴屁股似的大红脸，拎着半瓶啤酒，摇晃着身子从饭店里走出来。他一路跟跟跄跄走到永平桥上，嘴里喋喋不休嚷着些污言秽语，也

第十章 母亲

不知道是在冲向谁，路过的村民深知他的尿性，都离得远远的，唯恐避之不及。桥两边做小买卖的摊贩，更不敢招惹他，一个个也赔着笑脸，生怕他看不顺眼把自己摊子砸了。骂了半天街，没人接茬，徐德浩自觉无趣，站在桥上左顾右盼，寻找发泄的目标，就在这时候倒霉蛋大勇进入了他的视线。

大勇像往常一样，站在桥北的十字路口认真地"指挥交通"，根本没意识到自己将要大祸临头。徐德浩从桥上下来，远远地便开始召唤大勇："大傻子，过来，过来……"

大勇虽然弱智，但也会分辨好赖人，尤其是胆子很小，冷不丁被村里有名的地皮流氓点着名召唤，大勇一时胆怯，呆呆地愣在原地，不知该如何是好。

徐德浩走到近前，用手推了下大勇，舌头发硬地说："叫你，叫你没听见吗？大傻子，知不知道我是谁？我是你妹夫，快，叫声妹夫……"

大勇眨巴眨巴眼睛，后退两步，缩着身子，像做错事的孩子，偷偷瞄着徐德浩，不敢用正眼看他。

徐德浩不依不饶，道："你看你，叫声妹夫能怎的？来，陪妹夫喝点。"

说话间，徐德浩把手中的啤酒瓶摁到大勇脸上，大勇慌慌张张本能抬手挡了一下，徐德浩一个没拿稳，啤酒瓶"啪"的一声掉到地上，摔得粉碎。大勇受到惊吓，躲避到一边，用双手抱住头。

徐德浩上前去扒拉大勇的手，死乞白赖地说："你看你，有啥可害怕的，快点，叫声妹夫，我带你找你妹妹去。"

大勇放下手，痴痴地问："你知道我妹妹在哪里？"

"当然知道。"徐德浩嬉皮笑脸的，一副猥琐表情，把嘴凑到大勇耳边，低语道……

猛然间大勇被激怒了，他用力一把推开徐德浩，徐德浩站不稳，向后退了两步，仰面摔倒在地。大勇怒不可遏，身子在原地前后左右打转，像是在搜寻称手的家伙什儿，蓦然他发现躺在地上的碎酒瓶碴，便迅速拾起一块，握在手中奔向徐德浩，冲着他的胸前、脖颈、头上、脸上，一通疯

_173

消失在恶的尽头

狂乱捅。

徐德浩拼命挣扎，嘴里叫嚷着向围观群众求救。大勇骑在他身上，已然杀红了眼，围观群众自然无人敢靠上前来。须臾，从徐德浩嘴里猛地喷出一口鲜血，直喷到大勇的脸上，血渍流进大勇的眼睛里刺痛到他，似乎瞬间让他清醒过来。他赶忙扔下手中的碎瓶碴，一骨碌从徐德浩身上爬起来，双手不自觉地抖动着，眼神中的杀气已然退去，取而代之的是一种惶恐和无助的神情，仿佛刚刚那个处于疯魔状态中的人并不是真正的大勇。徐德浩奄奄一息躺在地上，鲜血不断从他的喉头和口中涌出，他已经毫无挣扎之力，身子在血泊中一阵一阵地抽搐着……

收到消息，韩梁和陆远第一时间迅速赶到派出所。所里的民警对韩梁表示，救护车还没到，徐德浩已经断气了。至于大勇，身在审讯室里，所长亲自审问，但大勇始终一言不发。韩梁了解大勇的脾气，知道谁能让他开口，便掏出手机给张海林打了个电话。

张海林很快赶到，韩梁带着他去审讯室。韩梁敲门进去，在所长耳边小声嘀咕一阵，所长点点头，韩梁便招呼张海林进来。看到张海林的一瞬间，大勇仿佛看到亲人一般，眼泪唰地流了出来，委屈巴巴地说："小……小铁蛋，他趴……趴我耳朵上说，说他玩了我妹妹，还说要把我妹妹藏起来，让我一辈子都找不到她……呜呜……"

徐德浩这番话是酒后的胡言乱语，还是酒后吐露真言，尚需进一步调查证实，所以韩梁认为西北甸水库的打捞工作仍要继续，陆远也表示同意。至于眼前的案子，系徐德浩酒后撒泼，对姜勇百般戏弄，致使姜勇被激怒，最终将他刺死。案情事实清楚，证据确凿充分，案件于次日移交给了分局。犯罪嫌疑人姜勇虽然是智障人士，但因其具有一定的认知能力和自控能力，还是需要负担一定的法律责任。不过，考虑到他的智力因素，以及案件系被害人故意挑起事端引起的，量刑方面应该会从轻处理。当然这都是后话。

既然徐德浩自己承认与姜茵的失踪有干系，那派出所完全有理由围绕他进行全面搜证，而徐德浩生前经营的娱乐城，自然成为第一个被搜查的

第十章 母亲

目标。所里领导也希望借此机会，能够搜查到以徐德浩为首的整个团伙的违法犯罪证据，争取将所有成员一网打尽，并最终彻底铲除这一带有黑社会性质的团伙。

徐德浩是永平村的坐地户，老婆也是本村人，这几年他发达了，把村里老房子让给姐姐一家住，在市里另买了一套大房子把老婆孩子打发过去，他自己乐得逍遥住在娱乐城的办公室里，由此可以无所顾忌地胡作非为。来到娱乐城的三楼，从电梯上下来，左手边是棋牌室包房，右手边属于办公区，有一间财务室，一间是给徐德浩手下人休息的房间，再就是徐德浩办公的房间。韩梁带着所里的两名民警，加上陆远，一行四人，执行本次搜查任务。上次来问话时，陆远没太留意看，原来徐德浩当时坐着的大班椅背靠的是一面隔断墙。墙的里间他精装修了一个睡觉的地儿，里面席梦思床、家电、家具、卫生间、洗浴室一应俱全。

房间看着挺宽敞的，能有个将近20平方米的样子，大抵是徐德浩最后出去时没把窗户敞开，里面有浓重的烟草味道，还混杂着一些脚臭的味道，很是冲鼻子。席梦思床上的床罩皱皱巴巴的，夏凉毯一半搭在床上，一半拖在地上，床边有个简易的电脑桌，电脑桌上的烟灰缸里塞满烟屁股。陆远按下电脑机箱电源，黄灯闪了闪，硬盘随即开始运转，但进入系统桌面前提示需要输入密码。陆远想到徐德浩的手机密码——"815718"，这是派出所在对徐德浩司机问话时，由司机提供的。给徐德浩开车的是他表弟，深受徐德浩的信任，据他说那密码用的是徐德浩女儿阳历和阴历生日的组合。陆远试着在电脑上也输入该密码，结果竟然被他蒙对了，很快进入电脑桌面。电脑中有四个存储区，陆远快速翻看一遍，发现里面存的大多是一些游戏程序和从网络上下载的影视剧以及淫秽电影，除此并没有什么值得重视的东西。他还特意把隐藏文件释放出来，也并无可疑之处。点开浏览器，翻查历史记录，几乎要么是游戏网站，要么是黄色网站，看来电脑对徐德浩来说只是娱乐，并无特别用处。

关掉电脑，陆远开始在房间里四处翻查，衣柜、床头桌、书柜、电视柜、卫生间等等，凡是带柜子带抽屉的，都仔仔细细搜查了个遍，结果是

_175

消失在恶的尽头

一无所获。他趴在地板上查看床底，又掀开床罩检查床铺下面，依然没有发现。他心有不甘，坐在床上，一边扫视着房间的各个角落，一边盘算着自己是否有所疏漏。蓦然，他心里升腾起一种不协调的感觉，似乎这房间里有什么东西让他觉得很突兀……

陆远视线在房间里巡睃了一圈又一圈，他相信一定是自己刚刚看到了什么，才让自己有了那种感觉……逐渐地，他的视线扫过电视，落到电视柜旁的书柜上。对了，是书柜！像徐德浩这种大字不识几个，平时根本不看书的人，他的书柜是用来充门面摆给别人看的，所以书柜不应该放在睡房里，而是应该摆在办公间里才对。

书柜是原木色的，只有一组，宽差不多有1米，高应该接近2米，上面落了一层浮灰。陆远凑近观察，发现中间位置的一个格子上，灰尘明显较少，似乎经常有人抽看这层格子里的书。但是陆远仔细看了看，这格子里的书都是些外国名著，而且都很新，没什么特别，也不像被反复翻看过的样子。事出反常必有妖，陆远把这一层格子里的书全部清空，试着推了推后面的背板，推是没推开，但是发现这背板竟然可以向左侧滑动，紧跟着一个小保险柜便跃入陆远的视线中。

果然书柜中暗藏玄机，陆远一阵兴奋，但看到保险柜上的密码锁，转瞬又皱起眉头，难道还会是那几个数字815718？不管那么多，试试再说，陆远尝试着再次输入徐德浩手机的锁屏密码，结果运气再次站在了他这一边，保险柜顺利打开，陆远赶紧喊在外间搜索的韩梁。

韩梁应声而至，看到书柜中的保险柜，惊喜万分，忍不住爆出脏话："我去，徐德浩这小子行啊，看着粗枝大叶的，心还挺细，留了这么一手。"

"心有猛虎细嗅蔷薇，咱还是小看他了。"陆远说着话，开始把保险柜里的物件一件一件往外掏：现金大概有10万，其余的还有金条、手表、护照等等，最让陆远和韩梁在意的是，里面还有两本账册。两人粗略地翻了翻，看到账册中详细记录了徐德浩团伙的非法所得，以及包括送礼、行贿、付给违法犯罪分子的安家费等各项支出。

韩梁一副不满足的表情，略显遗憾道："怎么会没有属于姜茵的物

第十章 母亲

件呢？"

陆远道："这说明他真的和姜茵的失踪没啥关系。"

"不，有关系！"韩梁把一个透明证物袋递给陆远，"你看看这是什么。"

陆远刚刚注意力都集中在保险柜这里，没留意到韩梁进来的时候手里拿着东西，他接过证物袋，看到里面装着一个小牌牌——是校徽，师专学校的，背面贴着不干胶，上面的字迹已经有些模糊，但依然能辨认出写的是"姜茵"两个字。

"在哪里找到的？"

"在大班台中间的抽屉里，我一打开抽屉就看到了。"

"这么明显？"

"是啊，我也很纳闷，寻思还能找到点别的，但是没有了。"

"如果姜茵失踪真与徐德浩有关，他应该不会这么随意放吧？"

"那这校徽怎么落到他手上的？"

"看来得再找姜青山和陈娥问问才行。"

两人商量好，准备收队，以免打草惊蛇，走之前两人又把那些乱七八糟的物件放回保险柜中，当然除了那两本账册，那是关键证据，必须带走。

离开娱乐城，两人直奔姜茵家。

韩梁没再兜圈子，直奔主题问："姜茵最后一次离开家返校时，衣服上别着校徽吗？"

"没有。"姜青山干脆地说，"我记得茵茵刚进师专的第一年，图个新鲜戴了一阵子，然后就没怎么看她戴过。"

"但是她一直放在背包里，我知道，有个小钱包，她装在那里面了，说是有时候进学校会被检查。"姜茵妈妈陈娥警觉道，"你们找到她的校徽了？在哪里发现的？"

"没有，没有。"韩梁连连否认，还是那句话，他不想给两位老人带来不切实际的希望。

陆远问："她那天的背包里还有什么？能记起来吗？"

消失在恶的尽头

"能,我亲手给她收拾的包。"陈娥黯然点点头,道,"我记得里面有一本琼瑶的小说,有换洗的衣服和床单,有她的日记本,一支钢笔,小钱包,雨伞,我还给她装了袋洗好的桃子。"

陆远追问道:"姜茵有写日记的习惯?"

陈娥道:"应该是吧,反正就是一个小本本,上面带着个小锁头,所以我也没打开看。"

韩梁欠欠身,准备告辞:"行,我们知道了。"

"等等……"姜青山出言拦下两人,"我们是农村人,没见过啥大世面,但也不是傻子,你俩三番几次来找我们谈话,肯定是茵茵有消息了,你们是不是发现她的……她的尸首了?没关系,跟我们说实话,我们扛得住。"

韩梁诚恳道:"姜叔,真的没有,您别多想,我们要是找到她了,就不会单单只是找您二老问话了,肯定需要采集您二老的DNA验明真身的。"

姜青山无语凝噎,陈娥从旁安慰,拍拍他的手背,两位老人一脸掩饰不住的失落。

韩梁生怕他们继续追问,自己又实在编不出别的托词,赶紧拉起陆远匆匆离开姜家。不过他觉得这一趟没白跑,起码证实校徽是被姜茵随身带着的,现在校徽落入徐德浩手中,他的嫌疑显而易见。

陆远还是有些疑问,侧身看向韩梁说:"问题是徐德浩说过当日晚间他在市区录像厅里待了一夜,我认为在这一点上他没有撒谎。"

韩梁满不在乎地说:"只是他一家之言,过了这么多年,也无从证实,他想咋说就咋说呗。"

"可是他不说,没人知道那天他也在火车上。"

"那怎么解释他手上的校徽?"

陆远摸摸脑门,想了想,说:"他不一直骚扰姜茵吗?会不会是之前,他臭不要脸地硬从姜茵身上薅下来的呢?"

"你等等,我找人证实一下。"韩梁掏出手机拨出一个号码,接通之后和对方聊了几句,随即挂掉手机,摇摇头说,"姜茵在师专的那个同桌曲颖,她说记不清上学时姜茵有没有补领过校徽。"

第十章 母亲

陆远怔了下，试着推理道："徐德浩这家伙胆大心细，如果真是他杀了姜茵，他不可能把校徽随意乱放。按照我的猜测，应该是之前，他一厢情愿硬抢了校徽当信物，然后咱们上一次找他问话后，勾起他对姜茵的怀念，所以把校徽找出来捣鼓捣鼓。"

"逻辑听着倒是蛮合理的。"韩梁点点头，话锋一转道，"徐德浩这小子虽然一肚子坏水，但跟姐姐关系还挺好，他姐姐，还有他姐姐现在住那房子，也是徐德浩原先住过的房子，再有他在市区的房子，以及他的老婆，我觉得还是应该好好盘查盘查。"

"那对。"陆远附和道，跟着启动车子开走。

随后两天，韩梁带着所里的民警，加上陆远，按照上述思路，进行了细致的走访调查，结果却不尽如人意，并没有找到更多与姜茵失踪有关的线索。

这天从市区回到镇上，已经快天黑了。韩梁接到赵康电话，问他是不是和陆远在一起，得到肯定的答复后，赵康让两人立马去村委会跟他会合。两人赶到赵康的办公室，看到张海林也坐在里面。

赵康招呼两人落座，说召集他们来的目的跟吴美娟有关。提到吴美娟，韩梁和陆远方才想起来，这几天两人的注意力都放在徐德浩身上，把吴美娟和吴伟吵架的事情忘得干干净净，便催促赵康赶紧具体往下说。

赵康说："今天下午，我去镇里开会，遇到美娟，聊了几句，她把老四好一顿数落。老四他妈不是跟美娟一起过吗？最近老人家查出肺癌，说是已经到三期了，医院方面说可以做手术，再加上后续化疗效果好的话，老人家至少还能再活个三五年。但问题是整体费用不低，美娟手里没多少钱，就去找老四商量，让老四出点钱，结果老四一分钱也不想出，兄妹俩为此大吵了一架。我寻思着，不管怎么说，老四是咱们兄弟，他妈也是咱们的长辈，咱哥几个应该去看看老人家。我准备了两万块钱，算是咱哥四个孝敬老人家的。"

去看老人家当然没问题，但钱不能让赵康一个人出。陆远正想拒绝，便看到赵康冲他使眼色，他没弄明白赵康是啥意思，但把想推辞的话咽了回去。转瞬，他瞥到坐在身旁的韩梁，顿时领会到赵康的用心。韩梁是警察，领的是死工资，市里的房子还在还贷款，5000块钱对他来说不是小钱。兄弟几个都心安理得接受赵康的提议，既不会让韩梁在钱的事情上犯难，也让他在面子上能够过得去。

商量好之后，四个人下楼，都上了赵康的车。探望病人没必要开那么多车去，关键距离也不是很远，只七八分钟之后，赵康便在一个灰色砖墙的农家院前停下车，吴美娟第一时间从院里迎出来，显然赵康事先跟她打过招呼。

吴美娟的妈妈看到兄弟四个，感动得说不出话来，一个劲地抹眼泪。四个人也没多待，轮番陪老人家说了会儿话，便告辞了。出门前，赵康把装有两万块钱的牛皮纸袋塞到吴美娟手上，吴美娟象征性地推辞几下，随后收下钱。坚持把四个人送到院门口，吴美娟突然叫住韩梁，似乎有话要单独和他交代，韩梁便挥挥手让其余三人先上车等他。

"二哥，有个事情，搁我心里好长时间了，都快把我憋死了，今晚正好你来了，我跟你叨咕叨咕。"

"你说，你说。"

"我知道你一直在帮忙找嫂子，我觉得你以后别费事了，嫂子……嫂子有可能是被我哥埋了。"

"埋了？埋在哪里？"

"在我哥家院子里。"

"啥？你咋知道的？"

"偷偷瞧见的。"吴美娟四下看看，下意识压低嗓音说，"我嫂子突然不见了之后，隔了大概一周，有天晚上我不放心我哥，寻思去看看他。我那会儿还不敢让我妈知道嫂子的事情，怕我妈跟着瞎着急，等我妈差不多8点钟睡着了，我才过去的。当时吧，我哥家大铁门是从里面锁着的，我刚要敲门，就听见院子里有奇怪的响声，还有我哥说话的声音。我以为是嫂子回来了，悄悄扒着门缝往里面望，结果看到院子里有个大坑，我哥正拿

第十章　母亲

铁锹在往坑里填土，一边填，一边还自言自语的不知道在嘟哝啥，然后吧，还在那儿抹眼泪，好像是哭了。这给我吓够呛，不敢往下想，更不敢再往下看，偷偷摸摸推着摩托车赶紧跑了。"

"你看清了埋的是你嫂子？"

"那倒没有，不过你想啊，在那个节骨眼，我哥还能埋啥别的？他还在那儿哭哭啼啼的，像个神经病似的，为啥？"

"具体是在院子的哪个方位挖的坑？"

"东屋窗户下面，他平时种菜那块地。"

"嗯，我心里有数了，这个事情千万别出去乱说。"

"知道，我哥再绝情，我也希望他能好好的，能证实埋的不是我嫂子，那更好。"

"行，你回去吧。"

看着吴美娟走进院里，韩梁赶紧上车。上车后，他面色冷峻，一言不发，挥手示意赵康启动车子离开。到了村委会楼下，韩梁才把吴美娟刚刚说的话，一字不漏地说给其余三个人听，这可把那三个人震惊坏了。

"不能吧？"陆远首先提出质疑，"陈艳丽出走是去年6月份的事情吧？那尸体藏一周不早臭了，周围邻居还能一点闻不到？"

"老四家不是有个大冰柜吗？"张海林接话说，"能不能先是在冰柜里冻着，然后又转移到地下？"

"那倒是可行。"陆远坐在副驾驶，轻点下头，然后转头冲韩梁问，"当时你去四哥家问话，没发现院子里有啥变化？"

韩梁回应说："刚出事那几天我去得比较频繁，一周之后没怎么去过，去了也没在意那块地方。"

"怪不得这臭小子死活不肯搬迁，原来是怕他埋尸的事情暴露啊！"赵康愤愤地说，"他杀了艳丽，然后逼着我满世界找艳丽，找不到艳丽他就不搬走，他不搬走就谁也找不到艳丽，找不到艳丽他就不搬……这他妈的简直逻辑闭环了。"

"你活该！"韩梁不客气地回怼道，然后冲陆远说："把你车钥匙给我，

_ 181

我得去趟所长家，赶紧把这个事情当面跟所长汇报一下。"

赵康心虚气短，赔着笑说："怎么的，你这是要来真的？跟老四硬碰？"

韩梁一脸迫不得已的表情说："他涉嫌杀人啦，举报人又是他亲妹妹，至少不会故意冤枉他，我是警察，能当没听见吗？"

张海林忧心忡忡说："可这硬挖，要是啥也没挖到，岂不是以后兄弟彻底没法做了？"

"挖错了更好，我还真希望挖错，那说明老四是清白的，他记恨我，我也认了。"韩梁扬扬手，推门下车，末了又不放心地嘱咐道，"都别出去乱说话啊！"

看着韩梁把陆远车开走，车上剩下的三人，一时之间无话可说。长吁短叹一阵，陆远想缓和下气氛，当然也有试探之意，冲张海林问："对了，我听说曾经有一段时间你跟姜茵走得挺近，还特意到火车上帮着她揍了一顿徐德浩？"

冷不丁的，张海林有些发蒙："你听说谁的？"

赵康笑着说："我说的，怎么的？"

"哦……"张海林敲敲脑门说，"我想起来了，是有那么回事。是陈艳丽找的老四，说徐德浩在火车上总骚扰姜茵，老四逞英雄找上我，然后我找了几个当时在火车上混得挺明白的朋友，帮着教训了徐德浩一顿。"

"闹半天你俩不是冲着姜茵啊？"赵康接话说，"你是给老四面子，老四是为了讨好陈艳丽。"

"唉，又是陈艳丽，你说老四和她前世修的是啥缘分，怎么会搞到现在这种地步？"张海林烦躁地说，"不管了，越想他俩的事情越瘆得慌，我回了，老大，你送老五吧。"

张海林下车，钻进自己的车里。赵康启动车子，送陆远回宾馆。一路无话，车开到宾馆门前，赵康像是突然想起个事情，问道："哎，对了，昨天我开车，在西北甸水库看到老二的表叔和表哥在那里面捞东西。我问捞啥，还不告诉我，神神秘秘的就说是给你俩干活，到底在捞啥？"

陆远不答反问："你去那儿干啥？"

第十章 母亲

"路过,"赵康回应说,"我跟老三去骨灰堂,那院里要修个水池,我让老三帮忙找明白人给看看,在什么位置修合适。"

"嗯,知道了,走了。"陆远下车,关上门,"回去慢点开。"

赵康放下车窗玻璃,扬扬手,掉转车头,一脚油门,把车开走。陆远望着车的影子,点上支烟,发了会儿呆。脑袋里浮现出张海林的脸,他最近情绪不大对头,说话总激恼的,好像很烦躁,陆远看在眼里,心里不免打了个结。他这次回来,大哥和四哥人设接连"翻车",他不希望三哥身上再出点什么幺蛾子。当然,也可能是最近发生的这些乱七八糟的事情让他神经过于敏感,有点风吹草动就把自己搞得草木皆兵,总之,他但愿是自己想多了。

"经过所里反复研究,最终决定到老四家挖尸体。"次日晌午,韩梁在电话里语气低沉地说。陆远握着电话,分明感觉到韩梁内心的矛盾情绪。陆远特别能理解他现在的处境,因为做了这个决定之后,无论结果如何,韩梁都是输家。挖到尸体,吴伟成为罪人,挖不到,韩梁成为恶人,兄弟就此决裂。

挂掉电话,陆远火速开车进村。汽车行驶到吴伟家附近,远远地便看到街边停着三四辆警车,吴伟家门前还有两名民警在把守着,一些村民站在街对面看热闹,脸上带着好奇,也带着惊恐。陆远停好车,一只脚刚踏出车门,便听到从院子里传出一阵杀猪般的嚎叫声。他小跑着冲到门前,却被民警拦住不让进,好在他看到派出所所长背着手站在院子中央,赶紧冲所长喊了一声,所长回头看到是他,冲民警勾勾手,示意把陆远放进院子里来。

根据吴美娟提供的线索,派出所将挖掘工作的目标方位,锁定在吴伟家东窗下面的那片菜地上,此时几名民警正在七手八脚麻利地拆除黄瓜架子和西红柿的藤蔓。吴伟被两名民警压制在地上蹲着,身子动弹不得,但嘴里不服输,冲着挡在身前的韩梁不住地叫骂。陆远看不过眼,走过去拉下韩梁的胳膊,悄声说:"让四哥进屋待着吧,在外面那么多人围观,影响多不好啊！"

韩梁甩开陆远的手，气不打一处来，声音高了八度："就是啊！本来我让他在屋里老实待着，是他又撞墙又撞地的，寻死觅活，看不住，非要跑出来丢人现眼！"

吴伟满面狰狞，针尖对麦芒地嚷道："放屁！这是我家，我愿意在哪儿待着就在哪儿待着，你们这是私闯民宅，蛮横执法，我要告你们，投诉你们。"

"我们有搜查证明，手续齐全，别再胡搅蛮缠了！"韩梁蹲下身子，缓和语气，苦口婆心道，"老四，我再跟你说一遍，是有人向我们派出所举报你涉嫌杀死你老婆陈艳丽，然后把她尸体埋在院子里，听明白了吗？"

"滚你妈的韩老二，你冤枉我，呸……"吴伟冲着韩梁脸上啐了口唾沫，一屁股坐在地上，"我就在这儿等着，看看最后丢人的是谁！你挖吧，我倒要看你怎么收场！"

韩梁站起身，抹了把脸，冲向陆远，没好气地说："你看着他。"

陆远慌忙点头，走到吴伟身边，蹲下身子，小声劝说："不要再闹了，二哥是职责在身，你现在要做的是冷静，要清醒地认识到自己的处境，如果真有问题，那就赶紧跟二哥说，争取主动。"

吴伟闻言，幽怨地瞪了陆远一眼，选择了缄默。

不多时，菜地周边已完全清理干净，挖掘工作正式开始。整个需要挖掘的范围不是太大，只有七八平方米的样子，几名民警拿着铁锹和洋镐，在韩梁的指挥下，从四周往中间逐层挖土，尽可能地避免挖坏尸体。

本来就是种菜的地，土质相对松软，加之人多手快，20来分钟后一个大土坑的雏形便显现出来。韩梁让大家加把劲，他直觉距离目标物应该很近了。果然，挖到土坑快要接近1米深的时候，一名民警一铁锹下去，赫然带出一个圆鼓鼓、黑乎乎的东西。"有发现？"韩梁立即喊停，他跳到土坑中，把那个黑乎乎的物件捧在手上，前后左右仔细观察起来。

所长也跟着跳下土坑，着急地从韩梁手中拿过可疑物件，观察一番，犹疑道："好像是一个骷髅头，不过不是人类的，应该是动物的吧？"

第十章 母亲

"哈哈哈哈哈哈……"吴伟突然发起一阵狂笑,而且笑得止不住,上气不接下气,发出像是恶作剧般的狂笑,"哈哈哈哈,挖到了吧,看清楚了,那是狗头,哈哈哈哈哈,一群傻×……"

韩梁不信邪,一把夺过民警的铁锹,使劲挖了几铲子,果然又挖到一堆骨头,不过看起来那些骨头的确不属于人类。韩梁把铁锹撇到一边,伸手让陆远把他拽到坑外,指着吴伟气急败坏地说:"你他妈的故意要我是不是?"

"我要你?我说我没有埋过艳丽,你不信啊。"吴伟挣脱民警的约束,从地上一骨碌爬起来,指着韩梁的鼻子,情绪激动地说,"这么多年兄弟,我在你眼里,会是个杀了老婆的人渣?你就是这么看你兄弟的?我知道,你们一个个的都看不起我,但是没想到你们会把我当成杀人犯!"

韩梁使劲喘口气,压着火说:"这狗怎么回事?"

"胡老三家的。"吴伟歪着脑袋,神经质地说,"住在东边把头的那家,养了只大黑狗,经常不拴绳,跑出来胡乱咬人,关键曾经还把艳丽咬伤过。艳丽不见了,我找不到艳丽,它又冷不丁窜出来咬我,我正好拿它撒气,就弄块肉把它引家里来,用镐头敲死了,给艳丽报仇,然后就埋了,哈哈哈哈哈……满意了吧!"

"你……"韩梁自知理亏,一时间说不出话来。

陆远插话打圆场:"误会,都是误会,没事了,没事了。"

"滚你妈的,都给我滚,滚……"吴伟丝毫不领情,瞪着布满血丝的眼睛,歇斯底里地喊叫着,"滚,快滚,都给我滚出去……"

吴伟情绪激动,难以自抑。韩梁神色狼狈,看向刚从土坑里爬出来的所长,所长铁青着脸,瞪了他一眼,随即冲一众民警挥挥手,示意大家撤出院子,就此收队。陆远停在原地未动,试图安慰吴伟几句,却被吴伟一路推搡到院外,两扇院门紧跟着"哐当"一声合上。陆远站在门前怔了怔,无奈转身离去。

开车回镇上这一小段路上,陆远心乱如麻。韩梁搞出这么大动静,到

消失在恶的尽头

头来却只挖出条死狗，估计派出所领导不会给他好脸色看。不过这样也好，还了吴伟一个清白，但陆远明显察觉到吴伟好像越发神经质了。陆远真的很担心，如果陈艳丽继续不出现，或者有一天证实她的确已经死了，吴伟会疯成什么样子。还有秦老师，还有赵康，表面上道貌岸然，看着风光无限，背地里干的竟是些蝇营狗苟的勾当。唉，为什么所有人成长了都会变成另外一副模样？陆远心里开始感到后悔，或许自己真的不应该回来，几乎是他人生中最美好的一份记忆，也被岁月无情地打破了。

回到宾馆，已然到了中午，陆远头疼欲裂，没心情去餐厅吃饭，直接回到房间里。他从行李箱中找出一片止痛药服下，随后坐在沙发上把头靠在沙发背上闭着眼睛缓解疼痛。迷迷糊糊，不知过了多久，门外突然传来一阵急促的敲门声响，他挣扎着起身去开门，看到又是韩梁站在门口。

还未等陆远出声，韩梁一个箭步跨进门里，急匆匆走进洗手间中。陆远本以为他急着要方便，但很快听见卫生间里"呼呼"作响，传出一阵吹风机工作的声音。陆远好奇地走进洗手间，只见韩梁站在洗手台前，正举着吹风机，在烘干一个湿漉漉的小本子，小本子上带着锁，但锁头看似被扯坏了。

韩梁看似并未被先前的挫败所影响，欣喜雀跃道："快过来看，在西北甸水库里刚刚打捞上来的小本子，我感觉应该是姜茵的日记本。"

"她失踪当天放在背包里的日记本？"陆远一脸不敢置信，"这都过去十五六年了，日记本在水下早泡烂了，怎么可能是这副样子？"

"你说得没错，应该是最近才扔到水库下面的。"韩梁一边继续着手中的吹风动作，一边解释说，"从老四家刚回所里不久，表叔给我打电话，说在水库里捞到了可疑物件。我立马赶过去，看到捞上来的是一个编织麻袋，麻袋里有两块大石头，还有一个塑料袋，里面包裹着的就是这本日记本。"韩梁说着话，冲放在洗手台边上的一个白色袋子撇下脑袋，示意说："就是这个超市购物袋包在日记本的外面，你仔细看看，会发现很有趣的细节。"

陆远拿起购物袋，瞄了眼上面的图案，轻声嘟哝道："迎春超市？好熟悉的名字，似乎在哪里见过？"

第十章 母亲

韩梁提示道："就是永平桥下，桥头饭店老板娘，徐德浩情人开的那家超市。"

"徐德浩情人经营的超市的购物袋？"陆远微微提高音量，冲口而出道，"难道，这是要故意引导咱们把视线完全锁定在徐德浩身上？"

"对，看到它时，我的第一反应也是这样的。"韩梁展开分析道，"徐德浩和大勇在桥头闹出那么大的动静，村里早就议论纷纷了，说是徐德浩把姜茵害死的，大勇捅死他是为了给妹妹报仇。再加上咱们在水库下面打捞尸体的风声被传了出去，某人一定觉得可以趁此时机把责任全部推到徐德浩身上，反正在徐德浩那里已经死无对证，这样一来案子必然无法继续调查下去，所以给咱们来了这么一手。"

陆远冷笑一声，道："这属于病急乱投医，说明咱们距离真相越来越接近了。尤其对素素姐来说，这是一个天大的好消息，证明了秦老师与姜茵的失踪无关，能接触到日记本的人，才是真正的罪人。"

第十一章
地理画像

市局刑警支队传来信息，近几年来涉及切断被害人食指情节的案件并不多见，其中切断的食指至今未到案的情形更是少之又少，仅有两起。

关于上述两起案件跟支队方面的对接，主要由黄猛和宁辛然负责，他俩相对来说对案情比较熟悉。宁辛然操作笔记本电脑，通过投影仪将案发现场的照片以及相关存证资料，投放到会议室的大屏幕上。与此同时，黄猛负责具体介绍案情："先说时间距离比较近的一起案件，案发于2011年5月21号，地点是星海区民权街道东巷27号楼1单元503室。被害人叫章黎，是儿童医院的医生，时年52岁，单身，离异，当日中午她去春天大酒店参加同事的婚礼，随后大约在下午2点40分，在建设银行民权街支行用存折取了6万块钱现金，然后步行回家。

"案发后，经过法医检验，确认被害人章黎死于当日下午3点到3点半之间，其身上有多处锐器刺创伤，致命伤主要是脖子上挨的两刀。案发现场在她的家中，除了先前从银行取的那6万块钱，家里所有贵重物品均被凶手洗劫一空。通过查看银行门口的监控录像，以及被害人回家路途中道路监控拍到的画面，基本上可以确定被害人是在银行取钱时被盯上的，随后凶手一路尾随其回到家中，编造理由敲开房门后实施作案。

"关于切断手指的情节，不单是食指，还有中指，都被切断了。根据被害人儿子的描述，办案人员先前的判断是：案发当时被害人右手食指和中指上共戴有两枚戒指，凶手在慌乱中难以将戒指摘除下来，便干脆将两根手指一起切断，随后连手指带

第十一章 地理画像

戒指一同划拉到包中带走。"

伴随着一张人像素描画出现在会议室前方的大屏幕上,黄猛继续介绍道:"大家看一下,这就是凶手的画像。戴着运动长舌帽,年龄二三十岁的样子,身高1米78左右,体型偏瘦,走路姿势有些外八字。"

"监控没拍到凶手正脸,这幅画像是根据被害人儿子的描述所绘制的。"冯欢接话道,"被害人的儿子叫章勤学,也是报案人,凶手逃离作案现场和他回家几乎是脚前脚后,两人在被害人所住的楼内的三楼平台曾有过一个错身。"

黄猛道:"早在一年之前市局已经向全国各省市地区兄弟单位发布了协查通报,截至目前没有任何消息反馈回来,所以先前的办案人员也在反思,是不是素描画像方面出了问题,否则也不至于对凶手的背景信息,至今仍一无所知。"

"这对咱们来说不重要,从案件情节上看,这人就是个抢劫犯,杀人目的很明确,是谋财,跟'9·19'大案的凶手明显不是一路人,后者主要是心理变态。"冯欢指着大屏幕总结说,随即仰下头,示意黄猛继续。

黄猛接着介绍道:"第二起案子,时隔比较久远,具体时间是在2008年3月6号。这案子也同样发生在本市星海区,案件当事人是两口子,女的是二婚,离婚后带着一个女儿嫁给现在的丈夫。但是这男的比较风流,在外面有情人,女的性格刚烈,两人经常吵架。案发当天吵架的时候,女的拿刀吓唬男的,男的夺刀无意当中把女的右手食指斩断,两人随后纠缠到一起,到最后演变成男的把女的砍死,然后跳楼自杀了。至于那根斩断的食指,案发后在现场没有搜索到。这两口子爱养宠物,家里有两条狗和一只猫,先前的办案人员怀疑是那两条狗把手指叼走扔了。

"这案子本身没什么可关注的,值得关注的是女方的女儿。女孩叫陈瑶,当时18岁,正读高三,目睹了母亲跟继父互相残杀的整个过程。女孩被吓坏了,精神上出现很严重的问题,最离谱的举动是她用水果刀将自己的右手食指切断。同样,切断的食指至今也不知其踪迹。那之后,女孩被亲戚送进精神病院,最终被诊断为创伤后应激障碍症……"

黄猛话音未落，会议室里已经一片哗然，大抵是因为案子过于惨烈，尤其是女儿的举动，实在太离奇了，令人匪夷所思。冯欢拍拍桌子，示意大家安静，然后说道："因为'9·19'大案的关系，我最近研究了一些心理学方面的资料，女孩得的这个创伤后应激障碍症，确实会导致一些自残甚至伤人的举动，所以她那个行为算是合理。"

宁辛然附和说："对，医生也是这样说的。这案子的办案民警特别尽职，一直密切关注着女孩的动向。最近的消息显示，这女孩一年多之前已经康复出院，目前住在舅舅家中。她舅舅是做生意的，托朋友给她介绍了份工作，在一家大型超市做理货员。"

冯欢最后总结说："总体来看，这两个案子跟'9·19'大案应该都没啥关系，不过跟邮寄给队里的无名食指有没有关系还很难说。"

"这一点好办，等DNA比对结果出来后就清楚了。"黄猛补充道，"相关物证检材已经送到法医科，不过他们今天活多，得下午四五点钟才能轮到给咱做。"

黄猛话音刚落，有警员建议道："先抛开无名食指的归属问题不说，我觉得这两起案件还是很有价值的，尤其是那宗所谓抢劫案，凶手负案在逃，背景信息模糊，搞不好那是他的初次作案，抢劫只是个幌子。"

另有警员附和道："对啊，涉及女性被害人遭切断手指的案件太少见了，并且抢劫案中的女被害人，也是离异人士，自己带着一个孩子过，跟'9·19'案被害人的情况极其相似，咱们应该找她的儿子当面聊聊，看看能不能问出跟凶手有关的更多细节。"

"要不然那个陈瑶也查一下吧？"宁辛然也加入进来说道，"她母亲也是离异的，也曾经独自带着她生活了一段时间，而且她那种可怕的经历，造成的精神障碍可能是一辈子的事情，她到底是不是完全康复了，有没有伤人的倾向，咱们应该亲眼验证一下。尤其是她在超市工作，接触面比较广，或许因此和三个被害人都产生过交集。"

冯欢觉得大家的建议很有启发性，赞许道："对，严谨起见，确实应该对这两起案件有个更全面、更深入的了解，即使它们与'9·19'案没有直

第十一章 地理画像

接联系，但或许存在着某种关联性，也说不定。"

散会之后，黄猛立即张罗联系章勤学和陈瑶，前者答复得很痛快，表示自己正巧在刑警大队附近办事，结束之后可以到队里接受问话。陈瑶的手机则一直打不通，电话里提示对方已关机，冯欢便打发黄猛和宁辛然亲自去她家里走一趟。

距离黄猛打完电话仅仅间隔不到半小时，章勤学便赶到队里。他看上去很年轻，大高个，瘦长脸，棱角分明，戴着黑框眼镜，气质斯斯文文的。问话伊始，他主动递给冯欢一张名片，表示自己在律所工作，还殷勤地说如果冯欢以后有需要可以随时找他帮忙。

冯欢粗略扫了眼名片，随手放到桌上，开始问话："很抱歉，杀害你母亲的犯罪嫌疑人至今仍未归案，我们今天找你过来，主要想再核实一些案情方面的信息。"

"这案子不一直是星海分局负责办的吗，怎么会转到你们甘江区这边？"章勤学是律师，懂得办案的基本程序，自然会感觉很诧异。

"我们这边有个案子，某些情节跟你母亲的案子有点类似，所以想和你当面聊聊，看看能不能找到更多的重叠因素。"意识到对方的律师身份，冯欢尽量让自己的措辞能够严谨一些，"不过，说实话，你也不必为此抱有太大期望，两个案子到底有没有关联，还很难说。"

章勤学大度道："没关系，你尽管问。"

"你确定案发当天你母亲右手上戴着两枚戒指？"

"确定，我记得很真切，那天她中指上戴了一枚钻戒，食指上戴了一个金指环。那个金指环款式还挺特别的，像一条龙盘踞在手指上。"

"可你母亲是医生，原则上是不允许戴戒指的。"

"你说的对，工作的时候确实不让戴，但那天是周六，我母亲要参加同事的婚礼，而且她本身也很喜欢戴各种首饰。"

"你帮忙回忆一下，案发前或者之前一段时间内，你母亲有没有在公共场合下做过什么过激的举动？比如和别人发生争执，或者你们母子之间发生争吵之类的事情？"

"在我的印象中，无论是对外人，还是对我，我母亲都很和气，从来不会与人发生冲突。"

一口气抛出一连串问题，章勤学应答得都很得体，冯欢沉吟一下，接着问道："咱们再来说说凶手，据说他的画像素材是你提供的？"

"对，那天我上楼时看到一个急匆匆下楼的男人，他手里拎着一个运动包，我当时觉得很眼熟，回家之后，看到我妈躺在血泊中，家里被翻得乱糟糟的，我猛然意识到那个运动包就是我的包。"

"那你有没有仔细想过，在你母亲的社会接触中，有没有这样一个人存在？"

"有琢磨过，但是没印象。"章勤学挠了挠腮，讪讪道，"说实话，我那天和那个男人擦身而过时，只是下意识冲他脸上瞥了眼，没太看清他长啥样，所以我当时给你们的办案民警只能提供个大概的面部轮廓。"

"对了，刚刚提到的我们这边的案子，被害人也被切断手指，现在网上炒得很火，不知道你看到没？"

"噢，看到一些。"

"你对此有什么感想？"

章勤学耸耸肩膀，一脸无所谓的样子，说："没深想过，我根本没意识到网上那案子会和我妈妈的案子扯上关系。"

黄猛敲开陈瑶舅舅家的房门，开门的是陈瑶的舅妈。宁辛然亮出证件，表明身份，询问陈瑶是否在家。

舅妈一脸惶恐，请两人进门，迟疑半天，然后指着卫生间旁边的房间，说："我女儿在外地工作，瑶瑶现在住她的房间。"

黄猛问："她怎么没上班？手机也关机了？"

舅妈压低嗓音说："她最近情绪比较暴躁，晚上睡不好觉，我们没敢让她去。"

"还是这里的问题？"宁辛然指指自己的脑袋，皱着眉头不解地问，"不

第十一章 地理画像

是说已经治好了吗?"

舅妈凄然摇头,苦笑着说:"哪有那么简单,孩子经历的事情太吓人了,换成谁心里都会有阴影,本来我们担心她天天待在家里会胡思乱想,给她在家附近的一个超市找了份工作,但工作中或多或少都会有压力,人际交往也没那么轻松,孩子很不适应,开始闹情绪。可能你们也听说了,这孩子发脾气不会冲别人,只跟自己较劲,放在外面没人看着,实在让人放心不下,我们暂时不想让她再上班,反正我们家也不指着她挣钱过日子。对了,你们公安局这是回访还是有别的事情?"

黄猛顺着舅妈的话敷衍说:"对,对,回访。"

宁辛然问:"她不上班多久了?"

"有一个多月了。"

"她平时出门吗?"

"偶尔,我们也不想总让她在家里憋着,鼓励她出去走走,去附近的公园运动运动。"

"上周三,她上午出去过吗?"黄猛问的这个时间点,是无名食指投递的日子。

舅妈想了想,抱歉地说:"没印象了。"

宁辛然追问道:"上个月13号晚间,她出去过吗?"

舅妈使劲摇摇头,道:"应该没有,瑶瑶晚上从不出门。"

宁辛然不甘心地问:"我们能和她本人聊聊吗?"

舅妈干脆地说:"你们随便,她应该在玩电脑。"

征得陈瑶舅妈的同意,两人走到陈瑶住的房间门前,敲了敲门,里面没有回应,黄猛试着轻轻推开门,看到屋子里面窗帘紧闭,灯也没开,黑乎乎的,一个身材瘦削头发蓬乱的女孩,背对门口坐在电脑桌前,耳朵上戴着耳麦,正在全神贯注地玩着网络游戏。黄猛想了想,和宁辛然对下眼色,觉得女孩这种状态不太适合问话,搞不好再加重她的病情,便关上房门。

从楼道里出来,黄猛四下张望一阵,试着在小区周边寻找监控探头。宁辛然警觉地问:"怎么,你怀疑无名食指真是陈瑶投递的?"

_193

黄猛悄声说："刚才你注意到没有，陈瑶戴着耳麦，但耳机的线并未插到电脑机箱上。"

宁辛然拧眉道："难道她先前一直在趴在门边偷听咱们和她舅妈的对话？"

"应该是，所以我觉得她有些可疑。"

"可疑在哪里？是跟'9·19案'有关，还是跟邮寄无名食指有关？"

"说不清楚。"黄猛不自觉地晃晃脑袋，说，"她脑子有些不正常是肯定的，不过咱们怀疑她杀人是不是有点牵强？还有，她现在住的地方也属于沙河区，距离无名食指投递的小区，只有三四公里的路程，但是她出去的时间很少，怎么可能会把时间点把握得那么准，怎么会知道快递员每天都会在那个时间点去小区派件？"

"可能只是缺乏安全感吧？反正我看她那瘦瘦的小身板，干不出杀人越货的事情。"宁辛然摊手道，"至于其他，咱们还是别费劲了，等DNA检测结果吧。"

两人站在街边讨论一阵，随后上车，黄猛正要发动车子，突然看见陈瑶舅妈从楼道里追出来。她小跑着来到车前，黄猛放下车窗，她气喘吁吁说："你们……你们是不是想问瑶瑶把自己的手指弄到哪里去了？"

宁辛然目光闪动，问："对啊，您知道她怎么处理的吗？"

舅妈苦着脸，颤声道："她偷偷告诉过我一次，不知道真假，说是喂给小狗吃了。你们知道就行了，以后别再来了，她看到你们又会想到她妈妈，刚刚你们走了，她把房门锁了，在屋子里哭。"

黄猛诚恳地说："哦，好，知道了，我们不会再来打扰了。"

舅妈说声"谢谢"，扭头走了。黄猛和宁辛然也发动车子开走。宁辛然叹气说："陈瑶也算是幸运，听她舅妈说话的口气，这家人对她不错。"

黄猛摇头说："有啥用，没摊上好父母。"

"她妈咋不好了，是她爸出轨好吗！她爸是人渣，她妈只是倒霉而已。"宁辛然噘着嘴，愤愤说，"这啥世道，对女人太不公平了！你就说咱遇到的这几起案子，女的有问题被杀，没问题也被杀，男的有问题还是女

第十一章 地理画像

的被杀！凭啥?!"

黄猛正色说："因为那些犯事的人都是胆小鬼，都是被自卑和懦弱侵入骨髓的懦夫，只敢在女人甚至孩子身上撒野，寻找存在感而已。"

这边，在队里跟章勤学问完话，看着他留下的名片，冯欢突然想到"9·19"系列案件中，第三个被害人周琼的老公刘晓光，好像在争夺孩子探视权时曾经接触过律师。她赶忙给刘晓光打电话，但对方表示不认识章勤学，当时咨询的也不是他所在的那家律所。

到了傍晚，DNA比对结果出炉，竟然是都不匹配。也就是说，邮寄给队里的那根女性食指，与上述抢劫案和家庭纠纷引起的残杀案，乃至案件中牵涉的所有当事人，均无任何关联。那只能掉回头，继续追踪另一种可能性：手指确实是"9·19"大案凶手邮寄过来的，除了目前并案的三起案子之外，他手上一定还有别的人命案子。

对于上述观点，大队长马文涛表示完全赞同。在医院病房里，冯欢应召前来汇报最近的调查进展，然后沉吟一阵，她用征询的语气说道："师父，咱们现在看似很忙碌，把人手都撒出去走访，但感觉一直在做无用功，找不到任何有效的突破手段。我有个想法，既然这个案件牵涉心理变态犯罪，咱们能不能找专业的人士帮帮忙？前几天，郊区永城镇出了个案子，一个傻子把社会大哥捅死了。案件本身不复杂，但是其中牵涉了一个多年前的失踪事件，事件的主角就是傻子的亲妹妹。这案子挂在派出所好多年了，一直没啥进展，据说最近有个从北京回乡探亲的公安专家，私下里在暗暗调查，派出所方面其实都掌握了他的行踪，只不过睁一只眼闭一只眼。我琢磨着，既然有现成的，咱是不是把他请来，给'9·19'案做顾问。"

"呵呵，咱俩不愧是师徒，想到一块了，我找你来主要就是想商量这个事情。"马文涛爽朗笑道，"前天，永城镇派出所所长专程过来看我，无意中聊到他们所里先前办过的一起系列盗窃案。那案子他们办了很长时间都没啥进展，正好赶上一个公安大学的老师回乡探亲，那老师是他们所里一

消失在恶的尽头

个侦查员的好哥们儿，说是运用什么犯罪心理学方面的手段，几分钟就把案子给破了。我听了之后，这两天一直琢磨咱是不是把人借过来用用。"

冯欢兴奋道："那可太巧了，咱俩不但想到一块了，想的竟然还是同一个人。"

"先别高兴太早，咱俩说了不算，还得局领导点头才行。"马文涛想了下，说，"最好走正规程序，让局里跟人家单位接洽一下，把顾问身份正式落实下来，这样他也有一定的执法权。"

冯欢信心十足地说："应该问题不大，咱这案子引起全市关注，局里的资源会尽量向队里倾斜，说是有啥条件都可以提。"

事实上，也跟冯欢预计的差不多。接到冯欢的申请，局里第一时间与首都公安大学取得联系，并火速办理好相关手续，剩下的只差陆远就位了。

"1996年，10月20日，夜。今天是重阳节，秦老师既是我的老师，也是我的爱人，所以我特意下了火车来陪他，给他一个惊喜。秦老师嘴上不说，但我看得出他很开心……本来今天晚上，我想把自己全部交给秦老师，但秦老师还是觉得不到时候。没关系，我可以等，我知道终有一天，我一定会成为秦老师的女人……"

从西北甸水库打捞上来的日记本，果然是姜茵的。虽然被水泡过，但被吹风机烘干之后，里面的内容还是模糊可见的，也基本坐实陆远先前的推测：当日，姜茵在父亲的注视下坐上火车，行驶一站地之后又下了火车，换乘小巴车，偷偷溜回村里，去到秦老师家过夜。不过，姜茵虽然和秦老师处于热恋当中，但两人并未发生过肌肤之亲，这一点陆远错怪秦老师了。

随着日记本的出现，秦老师谋害姜茵的嫌疑大大减少，而把日记本抛弃到水库中的人，必定跟姜茵的失踪有直接关系。他要么是单独作案，要么是和徐德浩联手，毕竟在徐德浩手中还掌握着一枚属于姜茵的校徽。

姜茵在1996年10月20日当晚留宿在秦老师家，之后便杳无音讯，所以未知嫌疑人与姜茵接触的时间，有很大概率是在10月21日清晨，姜茵

第十一章 地理画像

离开秦老师家准备返回学校,在镇政府门前等捎道出租车的时候。那么,姜茵最终等来的是出租车,还是像那一次遇到张永年一样,等到了可以载她一程的熟人?

秦老师没有跟姜茵发生肉体关系,以此来看他更不可能跟陈艳丽扯上这种关系。也就是说,陈艳丽出走当晚,确实离开了永平村。那么,她是如何离开的?是幸运地打到了出租车,还是也遇到了愿意送她一程的熟人呢?

综合起来推理:姜茵和陈艳丽的失踪,要么跟出租车司机有关系,要么跟所谓"熟人"有关系。从时间节点上看,这两种可能性最高,但也不排除是出租车把人送到了目的地,尤其是陈艳丽出走的时间点,适逢三更半夜,她也有可能是下了出租车之后遇到另外的坏人的。

总之,接下来的调查范围:一方面,村里的和镇上的出租车司机要全部摸查一遍,但如果真是出租车司机干的,人家不会主动承认,只能从问话的表现上判断,有反常的可以先从其身边人入手寻找证据;第二个,就是所谓熟人。当然,姜茵和陈艳丽遇到的熟人是不是同一个人这没法说,但可以确定一定是永平村里的人。而在1996年和2011年,村里与姜茵或者陈艳丽关系不错的,又拥有私家车的人并不多。还有另外一个群体,就是在外面给别人开车的司机,这个范围也不是很大。反正不管怎么说,上述这些排查只能交由韩梁和派出所去做了,陆远已经正式接受刑警大队的邀请,成为"9·19"案的侦查顾问。

冯欢亲自到永城镇把陆远接到刑警队里来。虽然她嘴上没说,但陆远看得出她"压力山大",破案的心情非常急迫,便也不过多客气,直接进入角色。

冯欢知道陆远眼下最急迫的是需要了解案情,便特意把会议室腾出来,将涉案资料全部集中摆放到里面去,方便陆远随时查阅。此后,陆远把主要精力都放在查阅卷宗上,除了去卫生间,他几乎没离开过会议室。吃饭也在会议室里解决,实在太困了就在椅子上眯一小会儿,冯欢在刑警队旁边的一家宾馆给他开的房间，暂时都用不上。倒不是因为他有多么兢兢业业，实在是脑子里琢磨的东西太多了，他根本合不上眼。

突击看了两天的卷宗，案情信息基本都装进了脑子里，陆远决定要去犯罪现场实地复盘一下案发过程。冯欢带上黄猛亲自陪同，利用一个下午的时间，三个人把所有的案发现场都走了一遍。回到队里，陆远跟冯欢说，再给他一个晚上的时间，他把思路整理一下，第二天早上开会，他会把自己对案子和凶手的画像解释给大家听。冯欢表示没问题，并且她觉得这对全队干警来说是个难得的学习机会，所以希望陆远届时不仅仅只是介绍如何去抓捕凶手，而且还要把凶手的犯罪逻辑和心理蜕变过程，做一次详细的剖析及解读。

次日一早，冯欢把队里骨干都召集到会议室里。陆远今天特意整理一番自己的仪容和装束，整个人看起来神采奕奕且自信满满。他让黄猛帮忙将笔记本电脑接到投影仪上，结合着投影到大屏幕上的PPT文件，没有过多的开场白，直接进入讲解："涉及连环杀人的犯罪案件，通常都会有三个显著的特征：犯罪手法愈发精进，犯罪特征高度统一，被害人类型大致相同。尤其是第三点，针对被害人的研究，大量的此类案件表明，对被害人的选择对连环案件的犯罪嫌疑人来说是极其重要的，它就好似一面镜子，能够映照出来犯罪嫌疑人本来的模样。诸如'9·19'系列案件中的三名被害人，几乎拥有共同的特质——成熟女性，母亲，单亲家庭，带着儿子独立生活，脾气大，个性冲，控制欲和支配欲强烈。对应地，犯罪嫌疑人可能也生活在同样的环境中，他自己的母亲也有与三个被害人同样的特质，所以三个被害人都是替死鬼，是他母亲的替代品，他内心中真正想惩罚的是他的母亲。他选择入户杀人，是为了标榜他和被害人的亲密关系，他在犯罪现场对于尸体的操弄，以及种种匪夷所思的举动，是在还原他母亲日常生活的场景，同时也是为了让被害人直观地看起来，更像是他的母亲。"

虽然这案子办了很长时间，案件情节大会小会被反复提及，并且先前也有人怀疑过凶手的作案动机可能源于他对母亲的憎恨，但现在这种说法

第十一章 地理画像

得到专家的正式认证，在座的警员多多少少还是觉得有些不可思议，所以陆远的讲解只是刚刚开了个头，会场中的警员们便开始交头接耳，议论纷纷："摊上这样不可理喻的妈妈，是真的会把人逼疯的！""单亲家庭的孩子，思想就是容易走极端。""也得分人，单亲家庭多了，有几个孩子变成这种怪胎的？""他干啥不直接去报复自己的妈妈，而是一而再再而三伤害完全不相干的人？""搞不好他是先拿别人练练手，最后再去杀他妈妈。"……

陆远暂时停住话头，耐着性子倾听大家议论，片刻之后他挑了几个被议论得比较多的焦点问题，结合犯罪嫌疑人的心理画像，继续讲解道："我听咱们有的干警一直在问，犯罪嫌疑人为什么不直接报复他的母亲？原因其实很简单，就两个字——'懦弱'！这种懦弱，可能在大家的理解当中是属于性格上的，实质上它是一种'习惯'。一方面，他习惯于在母亲的强势掌控和支配下生活；另一方面，他也习惯于依附母亲去解决生活、学习、工作上遇到的任何问题。一旦这种习惯被打破，他害怕会影响他原有的生活品质，所以尽管内心无比憎恨母亲，也不敢轻易实施报复举动，只能把怒火发泄到母亲的替代品身上。这在我们研究的领域中，被称为代偿犯罪，或者移情犯罪。然而，人的欲望是永无止境的，当他经过磨炼自认为内心足够强大了，当那些替代品无法再带给他满足感，尤其是当他突然遭遇挫折导致他人生出现重大负面转折时，他又会习惯性地把责任全部推到母亲身上，他对母亲的怨恨由此达到顶点，以至于会把'母亲的尸体'作为他最后的杰作展现出来。

"当然，当下经过网络平台和各大媒体对'9·19'大案的系列报道和炒作，犯罪嫌疑人显然已经感受到被社会大众关注所带来的成就感，以及从未有过的强烈的自信心，所以他才会被模仿犯激怒，乃至迫不及待跳出来做切割。他把一根无名食指邮寄到咱们队里，既是挑衅，也是表明身份！

"再具体些说：犯罪嫌疑人应该很年轻，但思想相对成熟，年龄至少在 25 岁以上。他长着一张人畜无害的脸，可能还有一份体面的工作作为掩护，所以能够轻松取得三位被害人的信任，从而进入到被害人家中实施作案。他刻意选择缺乏安防监控摄像头的老旧住宅作案，作案时讲究仪式感，幻想层次丰富，作案后能够全身而退，不留一丝痕迹，说明他受过良好的教育，智商较高，学习能力较强。他很可能是一个'妈宝男'，表面上性格比较懦弱，但内心充满怨恨和暴力冲动，在外人看来他和母亲相处得非常和谐融洽，对母亲也极其尊重。"

陆远再次停顿，笑了笑，谦虚地说："不知道我上面这番话能不能解释清楚大家关心的议题，有不理解的地方可以随时提问，或者会后私下找我探讨。不过，我要强调一点，现如今社会本身竞争很激烈，何况一个单亲家庭中，母亲要挣钱养家，要做好本职工作，要解决生活中面临的各种琐事，照顾孩子生活的同时还要兼顾保持孩子学习的竞争力，不敢想象这得付出多大的心血和精力。当她能力有所不及的时候，心态自然会出现问题，但设身处地想想，换成一个男性，一个父亲，能比一个母亲做得更好吗？我觉得很难，以男性的忍耐力，以及在某些方面的抗压能力，恐怕远远不如母亲做得好，所以犯罪嫌疑人的养成，不是女性或者母亲的问题，是父母双方的问题，是家庭的问题，乃至社会的问题。"

熬了几天，睡眠严重不足，对陆远的嗓子影响很大，这才说到一半，声音已经相当沙哑了。黄猛一向很有眼力见，赶忙拧开一瓶矿泉水递给他。陆远接过水，道声谢谢，连着喝了几口，随后把水瓶放到笔记本电脑旁，他轻敲几下键盘，会议室中间的大屏幕上随之显现出一幅"地图"。

"大屏幕上这张案发现场的地形图，我相信大家已经看过很多遍了，我简单来做一下总结，特征有两点：一、案件总的发展方向，粗略看是自西向东；二、按照凶手作案的顺序，案发现场间隔的距离都差不多远，案件一的现场到案件二的现场为2.8公里，案件二的现场到案件三的现场为3公里。当然这只是直线距离，实际行车的距离，案件一的现场到案件二的现场为4.2公里，案件二的现场到案件三的现场为4.6公里，同样是大差不差。从'犯罪地理画像'的专业角度说，这是凶手心里的安全缓冲距离，我们也可以称之为'最小相邻'距离，而在以往有很多案件表明，凶手多次的作案中，邻近的两起案件，他的安全缓冲区几乎是一样

第十一章 地理画像

的距离。"

陆远稍做喘息，拿起水瓶又喝了几口水，润润嗓子的同时，也给大家消化的时间。理论说起来有些绕，但并不难懂，陆远见大家表情都很平静，并未表现出任何疑义，便放下水瓶继续往下说："刚刚说过了，我同意队里先前的判断，那根无名食指系'9·19'案凶手邮寄过来的。说明除了'9·19'大案外，他手上还有别的命案，至于别的命案案发的时间点，我认为是在已知的三起案件并案之前。通常连环杀人的犯罪嫌疑人，初始作案大多属于'机遇型'作案——作案没有预谋，被害人不是精心选取的，作案地点没有刻意选择，犯罪嫌疑人系在突发刺激性因素的诱使下，应激性地做出杀人举动，不可能如'9·19'大案所呈现出来的那样，从一开始就是完美作案。而我之所以要特别提到'初始作案'，是因为它不仅仅是一个时间点的概念，它还是反映凶手真实背景信息的一个重要考量因素，尤其是初始作案的地点，很可能就在凶手日常活动的范围内。'9·19大案'，至今并案三起，全部发生在咱们甘江区内，意味着凶手一定在甘江区有一个'归属点'，可能是他的家，或者是临时住的地方，也可能是他工作的地方，或者他经常娱乐的地方，等等。如果能够找到这一初始作案地点，意味着咱们距离凶手的归属点愈发临近，从而可以最小化地锁定寻找凶手的范围。

"刚刚我提到案发现场地形图的两个特征，接下来我们就沿用这两个特征，去反推凶手的初始作案地点。首先，初始作案地点，一定在咱们先前认定的'9·19'大案中，首个案发现场以西的方位；其次，凶手相邻两次作案现场相隔的距离在4.2到4.6公里之间，出于谨慎原则，我们把这个数据稍微放宽一下，将凶手心理安全缓冲距离认定为3到5公里之间，那套用'安全缓冲距离基本相等'的公式，可以把'初始作案地点'精确到'首个案发现场'以西5公里的范围内。当然，这个距离包括直线和斜线距离，也就是正西和西北以及西南方向均包括在内。"

陆远话音未落，会议室里又开始议论纷纷，陆远不用细听也能想到这些人在纠结什么，便赶紧就上面的分析，做进一步的讲解："我理解大家心里的疑问,是觉得我的说法过于理论化,针对凶手的初始作案,咱们至今未接到任何相关报案,说明凶手是在人不知鬼不觉的情形下完成的作案,咱们就算能够知道大概范围,也无从证实具体方位,对吧?其实不然,我所给各位解析的论点没问题,但我们真正要寻找的是'抛尸地点'。凶手杀人了,尸体至今未暴露,说明他一定很好地掩藏或者掩埋了尸体。那他当初会不会选择的是就近抛尸呢?在其初始作案的现场附近,会不会存在一个适合埋尸的地点呢?这才是我真正要指出的重点。接下来,咱们队里一定要花大气力,按照我说的方向细致排查。具体我再说一遍,需要地毯式排查的,是'首个案发现场'以西5公里范围内的,荒山、暗河、烂尾楼、废弃建筑物等等场所。"

陆远这一通讲解,时间很长,当然也是应冯欢的要求,让在座的所有人都能吃透整个连环案件的发展以及连环犯罪嫌疑人养成的逻辑。反正冯欢听得是很过瘾,也受益匪浅,她还特意做了录音,方便日后整理和学习。冯欢轻轻拍了拍手,既是对陆远的致谢,也借此吸引所有人的注意力,随后开始正式部署接下来的排查人员分组情况……

眼瞅着时间快要到8月底了,陆远估摸着自己开学前肯定赶不回学校,便给自己的导师也是犯罪学院的领导王教授打了电话,将他在滨海市这边的工作情况简要做了汇报。王教授表示难得有这样的实践机会,让陆远安下心来充分发挥专业能力,一定配合当地警方把案子办好,教学的事情学校自会协调安排。他还特意叮嘱陆远,必须要详细跟踪记录案子侦破的全貌,回到学校之后把它整理出来,供课题小组讨论研究。

冯欢把队里人员全部撒出去排查抛尸地点这几天,陆远也没闲着,仍旧待在会议室里反复研读卷宗,他在寻找案子与案子之间、被害人与被害人之间的关联性。虽然之前队里曾针对这方面下大气力排查过,可谓用足了警力,耗费了大把时间,但始终没有找到一种明确的指向,也正是出于这样的困惑,冯欢才有了找顾问专家另辟蹊径的想法。尽管如此,陆远依然觉得这一方向值得深入挖掘,不能轻易放弃,因为从以往的经验看,被

第十一章 地理画像

害人与被害人之间，或者凶手与被害人之间，一定是存在某种交集的，只不过事实并不像冯欢想的那样直观。它可能很抽象：比如，被害人与被害人或者与凶手，曾经坐过同一辆公交车，曾经去过同一个理发店，喜欢逛同一个菜市场，喜欢看同一本小说等等诸如此类的交集点。

作为海边城市，滨海市是出了名的四季分明，立秋之后气温持续走低，天气一天比一天凉爽。陆远站在会议室的大窗户前，眼神空洞地望向窗外，让双眼稍做喘息的同时，脑袋里依然在盘算如何打通案子之间的屏障。外面有些阴天，有风吹进来，陆远穿着短袖POLO衫，甚至觉得有点冷。他抬手搓搓胳膊，看到窗户下面的大院里开进一辆警车，不多时放在桌上的手机响了，他回身拿起手机，看到屏幕上显示出韩梁的号码，赶紧按下接听键。电话那端的韩梁，废话不多说，先是问陆远在不在队里，获得肯定答复后让他立马下楼来，说是在院子里等他，有事交代。

陆远估摸着可能是永平村那边排查出线索来了，挂断电话匆忙下楼。来到院子里，一辆警车冲他快闪两下大灯，陆远心领神会走到车前拉开车门坐进车里。才刚坐定，一旁的韩梁扔给他一个资料夹，然后提示他把安全带系好，紧接着启动车子，闷声闷气说："你先看着，我带你去个地方。"

果然是排查有了进展。陆远翻开资料夹，看到一份询问笔录，里面的内容是韩梁与一位出租车司机的对话。从时间线上看，对话内容涉及的人物，不是姜茵，而是陈艳丽。陈艳丽很"幸运"，那晚在往镇上步行的半路上，遇到一辆从市里到村里送客人再返回的出租车。出租车司机是隔壁村的，被陈艳丽拦下后，起初他表示不愿再往市里跑一趟，但陈艳丽直接甩出两张百元大钞，他便没有再拒绝的理由。这意味着陈艳丽出走当晚的确离开村子去到了市里，但从此她便没了音讯，显而易见已经……

陆远仔仔细细把笔录看完一遍，心情即刻变得沉重，他也读懂了明明调查有所突破，而韩梁却高兴不起来的原因。两个人默默坐着，一时无话，直到韩梁把警车开到一处住宅小区外的马路边停下。韩梁下车，陆远自然也跟着下车，韩梁随即指着自己停车的位置，说："艳丽出走那天晚上，出租车司机就是在这个位置把她放下的,我给他看了艳丽的照片,虽然时隔一年多,但他还是能认出她来。"

陆远指着马路对面的住宅小区说:"陈艳丽是要去这个小区里吗?"

"对,李红住在这里。小区才建成没几年,叫壹品书院,半封闭式的,出租车司机不熟悉路,错过了小区大门的路口,便把车停在这里。说是陈艳丽当时没介意,付完钱直接下车走了,时间是接近凌晨1点。"韩梁招呼陆远穿过马路走到街对面,然后走到西边的一个路口,路口往北有一大段上坡路,韩梁指着上方一个正对着坡路的出入口,说,"喏,那就是小区的大门。"

小区大门面朝西边方向,坡路的另一边是小学校,小学校后边是一所中学,显然小区是想蹭学校的热度,才在名字中带上"书院"两个字。陆远试着用眼睛丈量一番,估计从路口坡下到小区正门,能有个三四十米的距离,陆远皱着眉头说:"不出意外的话,陈艳丽就是在这段坡路上遭遇到了意外。"

韩梁附和道:"肯定是被劫持了,她运气不好,遇到又劫财又劫色又要命的狠角色。"

陆远疑惑道:"你说的这是惯犯作案的特征,不应该仅此一类,相同的案例还有吗?"

韩梁摇头道:"我查过报警记录,并没有,尤其是这附近,那个时期没有任何可疑的报警。"

陆远叹息道:"那就是说,无论是当场杀人,还是把人劫持走了再杀,犯罪嫌疑人都没留下一丝痕迹。"

"有痕迹,也会被冲刷干净,我记得那天早上四五点钟下了场大暴雨。"韩梁咂下嘴,惋惜道,"还是那句话,你要是早回来就好了,按照你的思路第一时间排查出租车,第一时间找到这里,估计查监控能查到些线索。"

事发时间都过去一年多了,道路监控数据早被覆盖了,再怎么纠结也没用,陆远没接话茬,伸长脖子冲坡路上方远处眺望。

第十一章　地理画像

韩梁知道他在想什么，主动介绍道："哦，这条坡路最上面有个便民公园，叫金山公园，占地面积有十几万平方米，里面主要是绿化、广场和健身器材，附近居民早晚锻炼的人非常多。再往北边，有个幼儿园，然后就是居民区，再就是有个消防队，要是抛尸的话，早被发现了。"

"她有没有可能遇到变态被禁锢了呢？"

"我刚刚去接你的时候，脑袋里突然间也冒出这么个想法，所以我寻思要不然我查查住在这周边的前科犯？尤其是有性侵前科的？"

"可以，这思路没问题。"

"唉，也只能先这样。说实话，以现有线索，很难申请到更多警力去搜索艳丽的尸体。再者说，就算所里和分局同意，刑警队这边也腾不出人手，对吧？"

陆远无奈点点头，韩梁说得没错，现实情况的确支持不了大规模的搜索行动。

"走吧，送你回去。"韩梁拉了下陆远。两人走回车前，坐进车里，韩梁启动车子。汽车行驶了一小会儿，韩梁愁闷地说："我把老三也得罪了。"

"为啥？"陆远问。

"我找他问话了。"韩梁咧嘴苦笑说，"按照你的说法，我寻思1996年那会儿，咱村里有车的，能让姜茵搭便车的也没几个。老三算一个吧？再说，我听表哥说，他们在西北甸水库打捞的时候，被老三撞见过，所以我试探着找老三聊了聊。结果话没说几句他就火了，给我好一顿数落，说我不信任他，冤枉他，还说我把老四在村里搞臭了，这回又想把他搞臭。"

陆远问："三哥当时有车和驾照吗？"

"驾照有，拿得比老四还早。车呢，专门的没有，有时候开他爸的，有时候开工程队的。那会儿他爸工程队有个金杯面包车，挺破的，专门拉民工用的。"

"面包车司机问了吗？姜茵失踪那天，三哥借过车开吗？"

"人早不知道去哪儿了，司机也是外地来打工的。"韩梁瞥了陆远一眼，说,"怎么,你还真怀疑老三啊?其实我仔细想了想,他这阵子的确窝火,反应大也情有可原。老三是咱哥几个里最讲究哥们儿情义的,老四变成那样,跟咱们关系越来越夹生,他一直觉得自己有责任,再有大勇也进去了,平时他最照顾大勇,心里肯定很难过。"

陆远安慰道:"你也别上火了,等事情平息,找时间咱们几个好好聊聊,不会有事的。"

韩梁深吸口气道:"喊,平息,都不知道啥时候是个头!"

说着话,韩梁把车开进刑警队的大院里。陆远邀请他进去坐坐,喝口茶,稍微喘口气。韩梁谢绝了他的好意,说所里还有一大摊子事等着他,得尽快回去。陆远说了句有事随时打电话联系,随即推门下车。韩梁麻利地掉转车头,一溜烟地开走了。

陆远走进办公楼,穿过走廊,正要上二楼去会议室,冯欢从楼梯旁的大办公间里蹿出来喊住他,说是黄猛传回消息,在本市老水泥厂区发现一具人体骸骨,邀请陆远一道过去看一下。陆远自然没有二话,欣然应允。

老水泥厂,是滨海市历史上第一座水泥厂,始建于20世纪50年代,占地面积约60万平方米,2008年出于环保考虑,厂区整体搬迁至郊外,原厂区本来要卖给地产开发商的,但因价格一直没谈拢,便荒废至今。整个厂区,坐北朝南,四周都被高高的围墙圈着,从外面很难看到厂区里的样貌,而挨着东面马路的一圈围墙里,从去年夏天开始经常会传出一阵阵难闻的恶臭,周边住的老百姓先前以为是有野猫野狗死在里面,便没太放在心上。但是今天,他们看到厂区里有大批警察进进出出,似乎在搜索什么,有心的群众联想起先前的恶臭味,便主动找警员反映情况。

"我们按照原计划来这里排查,在各个废弃的厂房和仓库里搜索半天均没有收获,准备收队走的时候,在周边群众的指点下找到这圈围墙,结果在墙根的草丛里,发现一副人体骨架……"

冯欢叉着腰一脸严肃地站在围墙下,黄猛在一旁汇报发现尸骸的经过,

第十一章　地理画像

陆远则蹲在尸骨前细致观察。周边的杂草已经被清理干净，一具白骨陷在泥土中，以仰躺的姿态呈现出来。白骨外面包裹的衣物都已碎烂不堪，头颅旁边的泥土里浅埋着一团黑色毛发，那应该是死者脱落的头发，陆远尤为想要关注的是，死者右手骨头是否有残缺。

法医和勘查组都在各自忙碌。拍照固定证据，初步观察尸骨的特征，搜索随身携带的物品，采集泥土样本，昆虫样本，植物样本，衣物样本，当然最难的工作要留在最后，那就是收集骨架。由于尸体白骨化之后，软组织完全消失，骨骼之间缺乏连接，想要把所有骨头一块不落地完整收集起来，是极其耗费功夫的。

"从衣物碎片和脱落的毛发粗略判断，死者应该是女性。"法医金秀梅深知陆远最在意的点是什么，抬手指向死者手部，说，"右手很明显缺了根食指，不出意外的话，这次你们真找对人了。"

陆远欣慰地笑笑，站起身问："能看出死因吗？"

"骨头上有一些类似被锐器刺中留下的创痕，暂时说不好是刀伤还是动物的咬痕，还得回去仔细观察才能确定。"

"死亡时间呢？"

"那就更不好说了，不过从地上堆起的像小山似的蛹壳看，估计死亡得有相当长一段时间了。"

冯欢也听到两人的对话，转头问黄猛："找到身份证明了吗？"

"暂时没发现任何随身物品。"黄猛回应说，"感觉这里不是第一作案现场，有可能只是抛尸现场。"

陆远认同道："对，凶手要是在这里杀人的话，是不会轻易让尸体裸露在外面的，这厂区大院里多的是藏尸的地方。"

黄猛进一步推理道："我估摸着，尸体是从墙外抛进来的，凶手可能怕耽误时间太长被人目击到，所以没有把随身物品也扔进来，而是带到别处慢慢处理。"

陆远打量眼围墙，高度至少在3米开外，犹疑道："逻辑没问题，但是这么高的墙，不太可能吧？"

黄猛稍微琢磨了一下,说:"如果踩在车顶上,应该可以做到。"

冯欢想了想,觉得黄猛说的有些道理,提议到墙外现场做一次模拟测试。三人很快出了水泥厂,开着冯欢的车绕到墙外。黄猛脱了鞋,光脚踩在车顶。冯欢开的是轿车,车身高 1 米 8 左右,黄猛身高也接近 1 米 8,实验结果是绰绰有余。如果凶手开的是 SUV,车身还要更高,那就更没问题了,所以从墙外抛尸至墙内的说法,三个人基本达成共识。

收队回来,冯欢最关心的自然是 DNA 检测结果,如果邮寄到队里的无名食指是属于水泥厂围墙下那具白骨的,说明眼下的调查方向完全对路。案子办了这么久,几乎是第一次在与凶手的较量中获取主动,冯欢心情从来没有这样急迫过,甚至放下手中的一堆事情跑到法医科蹲守结果去。

陆远回到队里,第一时间翻出甘江区地图。在这之前,他和冯欢专门去水泥厂周边的小区里进行走访,询问了一些里面的住户,目的当然是寻找潜在目击者,不过转悠一大圈之后,陆远脑子里最大的感受是四个字——老旧破败。水泥厂东面的围墙,紧挨着一条居住区级道路,道路周边基本都是水泥厂多年来建成的家属楼和员工宿舍楼。因年久失修,大多数楼体墙皮都斑驳脱落,道路也低洼不平,整个社区充斥着一种显而易见的破落感。在陆远的"画像"中,凶手绝对不是生活在这种环境下的人,他要么是路过此地偶遇被害人,要么是特意从别处跑去抛尸的。按照这一思路,陆远试着在地图中研究出第一作案现场的方位,那里当然也是"9·19"案凶手真正初次作案的现场。

陆远分析地图的策略,是围绕老水泥厂,由近及远,逐步扩大搜索范围的……没费多大工夫,突然间一个熟悉的地名,跃入陆远的视线中——壹品书院。

次日早会,法医金秀梅唱主角。她又是熬了一整夜,面色蜡黄,口唇苍白,一张口嗓子先是被粘住,使劲咳嗽了几下,才发出声音来。她结合会议室中大屏幕上显示的画面,介绍说:"DNA 检测结果表明,邮寄到队里的无名食指,正是从水泥厂围墙下那具尸骨手上砍下来的。被害人系女

第十一章 地理画像

性；耻骨联合面轻度下凹，背侧缘有增大外翻表现，且呈波浪形起伏状，综合判断死者被害时年龄在 35 至 39 岁之间；整副骨架长度为 1 米 62，加上 5 厘米的脂肪厚度，其身高约为 1 米 67；被害人左股骨闭合性骨折，尾椎骨有骨裂迹象，但并非致命伤，其胸骨、肋骨、锁骨上有多处锐创，创口边缘呈卷曲状，说明其生前被锐器刺中，所以我们倾向于被害人是被人用刀捅死的，但在之前她遭受过猛烈撞击，有可能是先被车撞了；我们在尸骨周围搜集到大量的蛹壳，通常春秋季节从蛆到蛹到蝇需要四周左右的时间，夏季则为两周左右，我们通过分析生物数据，发现蛆虫已繁衍数代，再加上土壤、温度、湿度、光照等分析数据，综合判断被害人的死亡时间至少在一年之上……"

"生过孩子吗？"金秀梅话未说完，陆远突然打断她发问道。

"哦，她的骨盆耻骨联合部背侧面背侧缘骨质平滑，显示她没有分娩过。"金秀梅回应说。

金秀梅话音刚落，陆远霍地从椅子上站起来，举起手机一边按着号码，一边匆匆步出会议室。电话接通，他把电话贴在耳边，轻声道："二哥，陈艳丽能有多高？"

韩梁在那边回应说："应该和老四差不多，一米六七、六八的样子。"

陆远语气郑重地说："你现在放下手里所有的活，立刻去陈艳丽家，提取她父母的唾液样本，以最快速度送到刑警大队来。"

韩梁不解地问："你是要检测 DNA？陈艳丽尸体找到了？"

陆远不容争辩说："先不说了，你抓紧办。"

韩梁急忙说："等等，我咋跟人家解释？"

陆远想了下，回说："你就找借口说要完善失踪人口数据库，为了方便寻找陈艳丽，需要录入他们俩的 DNA 数据信息。对了，不仅对他俩，暂时对任何人都要保密。"

挂掉电话，陆远一转身，差点与冯欢撞了个满怀，原来冯欢一直在他背后听他打电话。这会儿，冯欢满面疑惑，急不可待地问："你知道白骨的身份？"

消失在恶的尽头

陆远笃定地点头说:"年龄、身高、没生过孩子、遇害时间都能对得上,被害人有很大概率是我一个发小的老婆……"

1个多小时后,韩梁带着陈艳丽父母的唾液样本匆忙赶到。

4个多小时后,DNA检测结果出炉,证实白骨的真身,确为陈艳丽。

第十二章
真相

随着白骨身份的解锁,正式确认"9·19"系列案件共涉及四起案件,陈艳丽被认定为案件中的首个被害人,同时也将凶手初次作案的地点,锁定在陈艳丽失踪前最后出现的方位——壹品书院小区正门前那段坡路上。

按照陆远先前的分析,凶手初次作案的地点,最能体现他日常生活中真实的活动范围。而经过实地测量,壹品书院位于抛尸的老水泥厂东南方向3.6公里处,先前认定的首个案发现场李家桥小区位于壹品书院东北方向4.1公里处,抛尸的老水泥厂则在李家桥小区西北方向3.9公里处,三个距离形成一个不规则的三角形,每一条边的距离相差出入不大,说明凶手寻找抛尸地点和寻找作案目标的心理安全缓冲距离,是在同一个范围内的,意味着凶手连续作案的"归属点"距离壹品书院相当之近。

壹品书院位于甘江区中部,临近有周兴小学、汇德中学,往西南方向不远是区政府办公楼所在地,再往南是繁华的商业中心,其中包含大型商超、餐饮门店、农贸市场、酒店住宿、商业写字楼,以及办公大厦等等场所。往北则有金山公园、幼儿园、消防队、住宅小区等等。往东则同样是住宅小区居多。

经法医检验,陈艳丽是先被车撞了,随后才被凶手用刀捅死的,这印证了陆远先前的分析,凶手首次作案属于机遇型的应激行为。案发在凌晨1点左右,凶手此时仍在外面活动,除了出租车司机(至于为什么排除出租车司机,是因为做这个行当的人,每天涉足的范围较广,不可能仅仅把作案地点局限在甘江区内），有很大概率是开车正往家中返回的人，半路上不小心撞倒陈艳丽，随后痛下杀手。经过讨论，刑警大队决定排查的第一阶段，先将壹品书院小区本身，以及小区门前坡路以北、以东方向的住宅小区，作为重点排查区域。

　　进入 9 月，大雨突然多了起来，市气象台已于近日发布暴雨蓝色预警，市区乡镇各级政府在市防汛指挥部的指导下，相继启动防汛 IV 级应急方案，要求各部门、各单位充分协调人手，认真做好重点部位的巡查值守工作。公安部门自然也不例外，因此刑警大队这边排查工作的人手便没有先前那么充足，排查工作的推进稍微有些放缓。至于陈艳丽的死，暂时仍处于保密中，陆远的意思是等案子彻底了结之后，再向外界及其亲属公布，以免多生事端，耽误眼下的排查。

　　受温带海洋气团影响，滨海市多雨季节有个显著特征——夜雨比日雨多。按理说，夜里下雨，白天雨停，工作和出行都不耽误，对普通老百姓的生活影响不大。但对犯罪分子来说，黑夜加雨天是最好的保护色，有助于降低他们被目击的概率，同时某种程度上也会帮助他们消灭掉犯罪痕迹，因此会让他们更加有恃无恐。在陆远看来，"9·19"大案的凶手必定会继续作案，而时间则取决于刺激性因素的出现，以及作案冷却期的长短。前面的四起案件，案件之间相隔的冷却期最长的是 7 个月，其余的都是在 3 个月左右，而眼下距离他上一次作案已经快两个月了，理论上他再次作案的时间点愈加临近。问题在于经过先前的磨炼，以及社会各层面对案件和他本人的关注，尤其还经历了模仿犯的挑衅，他作案的自信心以及对欲望满足感的渴求，必然会提升多个层次，加之天气因素的推波助澜，陆远很担心他的冷却期会急速缩短，所以这几天一到夜里下雨，陆远心里就特别不踏实，一颗心总是悬在半空中，生怕有突发案件出现。

　　又是一夜疾风骤雨，下半夜被一阵雷声震醒之后，陆远就难以再入睡，躺在宾馆床上翻来覆去，直到早晨才渐渐睡去，但很快又被一阵莫名的心慌惊醒，随即他接到冯欢打来的电话说凶手果真再次作案了。

第十二章 真相

案子发生在一处高档别墅小区的联排别墅中。别墅在边户位置,粗略看大致有三层楼的样子,还带着个小院子,周边有红色砖墙围着,此时小院门前已经拉起警戒线,有民警在看守。陆远亮明身份,掀起警戒线,通过院子里一条青石路,走进别墅里。一进门是个错层的客厅,装修得富丽堂皇,一打眼看不出任何反常迹象,如果不是有勘查组在四处搜索,根本觉察不到这是一个犯罪现场。有民警提示陆远中心现场在别墅二楼的一间卧室里,并给他指明楼梯的位置,在客厅台阶的南侧。陆远踏上木阶梯来到二楼,看到楼梯口左右两边都有民警晃动的身影。尤其,左手边的一个房间里,法医和勘查组正在紧张地工作中,冯欢抱着膀子站在门边,听到脚步声转头看到陆远,脸上的表情很沉重,似乎还带些伤感。

陆远一眼看出冯欢情绪复杂,试探着问:"是你认识的人?"

冯欢下意识点点头,随即又摇摇头,冲卧室里指了下,闷声说:"算是认识她儿子。"

冯欢说的"她",自然指的是被害人。她穿着宝蓝色的长睡裙,脸上罩着一张面膜,双手安详地叠放在腹部——右手叠在上面,明显地缺了一根食指,一副胖胖的身躯仰躺在宽大的睡床上,脖子上有一道很深的切口,血流了很多,浸湿了她半个身子,地板上也有一大摊血。

陆远把脑袋探进卧室里,稍微观察一番,缩回身子问:"你的朋友在哪儿?"

"只是认识的人,算不上朋友。"冯欢怅然道,随即迈开步子,在前头带路。陆远跟在身后,两人快步走到楼梯右侧的一个房间里。

房间明显比被害人住的房间大好多,从装饰和家具风格不难看出这是男人住的房间,而且还是一个年轻人。几位民警在里面翻翻找找,黄猛也在其中,撅着屁股正在检查床下的情况。顺着黄猛的屁股往上看,睡床是一张欧式复古工艺的大铁床,床背上方挂着一张看似母子的合照,床的左侧靠近窗户的位置,放着一张宽大的写字桌,而桌面上摆着的物件,则令陆远触目惊心。在写字桌的中间位置,横向依次排列整齐地摆放有四根手指,其中一根手指看着异常"新鲜",切断处白里透红带着凝血,显然是最近才被割下来的。手指旁边，放着一个电击棒，再旁边放着一把折刀，刀刃呈展开状，上面沾满血。

冯欢解释道："是我让勘查组先别收走这些东西的，留着原始现场让你过过目。"

陆远疑惑道："电击棒、折刀，以及三加一个手指，很可能就是陈莉、李明珠、周琼三人的手指，加上床上胖女人的手指，还有陈艳丽的手指先前已经邮寄给队里，所以凶手这是要跟咱们全面摊牌吗？"

冯欢沉声说："应该是这个意思。"

陆远拿起摆在桌边的一个相框，打量一眼里面的照片，冲冯欢问："这是他，被害人的儿子？"

"对，他叫闻采，新闻的闻，风采的采。"冯欢迟疑着说，"恐怕和你先前分析的一样，他已经完成了最后的杰作，这些东西对他来说没有价值了。"

"你认为是他杀了自己的妈妈？"陆远微微皱眉，道，"他就是'9·19'案的凶手？"

"这还不明显吗，司机说他有严重的抑郁症，经常拿着刀在家里瞎比画。"

"司机？"

"对，他妈妈的司机，也是报案人。"

"人呢？"

"在旁边的客用房间里，辛然正在给他做笔录。"

陆远闻言，迅速步出房间，来到隔壁房间，打断宁辛然和一名中年男子的问话，让男子再说一遍发现尸体的经过。司机便说道："我早上开车来接老板，按门铃没有回应，打电话她也不接，我怕出事，于是从外墙翻进院子里。然后，别墅的房门没有上锁，我轻轻一拉就开了。进来之后，没看到老板，我试着上二楼去找，结果发现老板被杀了，就立马打电话报警了。"

陆远问："她儿子有抑郁症？"

第十二章 真相

"对，吃药，还看心理医生。"司机瞄到跟在陆远身后的冯欢，赶忙冲她点点头，"对了，咱们在医院电梯里碰见过，那次小闻不知道是无心的还是故意的，反正吃了大半瓶抗抑郁的药，差点晕死过去，幸亏老板发现及时，送他到医院洗了胃，才救过来。"

陆远又问："你亲眼见过他拿刀自残？"

"不是自残，他是冲老板比画。"司机咧下嘴，颤声说，"老板经常看着电视就在客厅沙发上睡着了，有一天三更半夜，家里保姆无意之中撞见小闻拿着把刀，在他妈妈脸上比画来比画去，似乎在幻想杀掉妈妈，差点把保姆吓死。保姆事后越想越害怕，前段时间找了个借口，辞职不干了。"

"这事情你怎么知道？"

"保姆不敢跟老板说，偷偷跟我说了，让我给老板提个醒，我当然也不好跟老板讲，不知道该怎么开口，干脆装作没这回事。"

"你老板和儿子关系特别紧张吗？"

"也不算是，老板对小闻宠得不得了，但小闻这孩子不着调……"

大半夜的，刑警大队会议室里，关于别墅区案子的讨论仍然如火如荼，气氛一度十分紧张，火药味十足。

案发现场在位于城市西南角位置的西山别墅小区中，被害人叫郑慧玉，52岁，本市人，自己拥有一家投资公司，她是创始人，也是董事长，大家都熟知的港福珠宝北方地区的总代理权，就是被郑慧玉的公司所把持着。

尸检结果，跟前面的案子差不多，郑慧玉也是先被电击，随后遭割喉致死，死后右手食指被切割掉，死亡时间为今日（9月8日）凌晨1点到2点之间。凶手随后将她的食指，连同"9·19"案中其余三名被害人陈莉、李明珠、周琼被切割掉的食指，还有电击棒，以及杀人凶器，一起摆放在被害人儿子的写字桌上。手指的归属已经通过DNA检测证实。被害人郑慧玉脸上罩着的面膜，与先前出现在另外三名被害人脸上的面膜为同款，并且在其家中梳妆台的抽屉里，还搜索到两盒同款面膜，一盒拆封过的，另一盒尚未拆封，显示这款面膜为被害人常用品。凶器是一把单刃瑞士军刀，刀柄长度为 12 厘米，刀刃长度为 9.8 厘米，在刀柄上和电击棒上，分别采集到多枚属于被害人儿子闻采的指纹。

闻采，26 岁，系被害人独子，患有严重的抑郁症。据悉他患病的主要原因，是姥爷的过世，外加母亲一直逼迫他进入其公司上班，但他一心想经营好姥爷生前开的私房菜馆，因此与母亲长期处于冷战之中，乃至于逐渐抑郁成疾。自案发后，闻采便不知去向，手机也始终处于关机状态。

案发的别墅区交付不到一年，安保措施比较到位，小区里遍布摄像头，对小区路面监控的覆盖范围可以达到百分之百。当然，这只是小区物业方的说法，真实情况还是存在诸多的监控死角。至于昨晚，小区里的摄像头的确拍到一个可疑的身影，时间是凌晨 1 点 05 分，有一名男子从小区正门进到小区里来，从他进门的动作看，他使用的是小区物业配发给业主的门禁卡。此后，小区里的摄像头拍到他出现在案发现场附近的马路上，但很快这个人就不见了，估计那个时候，他已经进入案发现场的别墅中。一直到凌晨 2 点 20 分，该名男子再次出现在监控画面中，地点仍然是案发现场附近的马路上，随后在 2 点 26 分的时候，该男子从小区正门出了小区。案发现场的别墅，院门和屋门均没有被撬过的痕迹，而监控摄像头拍到的那个可疑男子，当时身穿长雨衣，头上罩着雨衣帽子，加上下雨影响监控视线，所以根本看不清他的脸，但从其高高瘦瘦的身形看，与被害人的儿子闻采有几分相像。

另外，在查看西山别墅区周边的道路监控时，在一处交通信号灯的路口处，从午夜 0 点 40 分到凌晨 2 点 30 分左右的时间段里，监控曾两次拍到同一辆黑色别克轿车的影子，一次是从市里去往别墅区的方向，一次是从别墅区返回市里的方向。不过，因为夜黑雨急，看不清具体的车牌号码，只能大概看到号码中有个数字 4 和数字 8。而办案民警在调查闻采的社会关系时，发现他舅舅有一辆黑色别克轿车，车牌号码是"宁 B52488"。同时，闻采的舅舅承认闻采偶尔会瞒着妈妈开他的车出去，尤其近段时间天总是下雨，出行不太方便，那辆车便一直是由闻采开着。

综合以上信息，被害人的独子闻采有重大作案嫌疑，同时他也是

第十二章 真相

"9·19"大案的重大犯罪嫌疑人……

汇总案情信息，冯欢最后做了总结并定调。不料，陆远却在第一时间站出来提出反对意见："我觉得现在下这种结论为时尚早。"

"陆老师，你在搞什么？"黄猛语气比较冲，一脸费解地问，"案子发展到现在这种地步，跟你先前的判断是几乎完全一致的，可你怎么又变说辞了？"

陆远回应道："我们假设，监控拍到的是闻采，下着大雨，他穿着雨衣，进去家里，一定会带进去很多泥水，可我们今天去现场，没看到任何这样的痕迹，家里很干净，显然事后被打扫过，如果作案的是闻采，他需要这样吗？他已经把带着自己指纹的凶器，大大方方展示在卧室里，他还需要多此一举吗？"

有警员提问道："作案车辆的问题，怎么解释？"

陆远应道："相同的汽车，相同的号码，不意味着是同一辆车。作案车辆有被刻意模仿的迹象，说明真凶针对闻采这个替身做过大量跟踪观察，又或者根本就是闻采连人带车一起被劫了。"

宁辛然搭腔道："陆老师，我觉得您的观点太想当然了，根本欠缺说服力。"

"别急，我还没说完。"陆远进一步分析说，"好，我们假设凶手是闻采，他在深更半夜溜到母亲的卧室杀死母亲。去过现场的同事应该都注意到了，被害人躺在床上，她的一双拖鞋放在床下，说明当时她已经躺到床上睡着了，那为什么还要使用电击棒电她一下呢？目的就是要完美复刻先前案子的每一个细节，让我们完全相信闻采就是'9·19'案的凶手。"

陆远话音刚落，会场中便开始众说纷纭，接二连三有人提出反驳意见："也许他怕母亲察觉到而起身反抗呢？""或者他母亲当时确实反抗了？""也许跟先前一样，他得先控制住母亲，之后才能往母亲脸上贴面膜呢？"

"好，你们说的可能性都存在，暂时把这一话题放到一边。"陆远早有预料，从容说道，"刚刚有人提到贴面膜的动作，这其实是我最想讲的。大家记不记得，我先前在解读犯罪嫌疑人心理画像时提到一个解释——凶手在犯罪现场对于尸体的操弄，像什么摆造型、贴面膜，都是在尽可能地还原他母亲日常生活的场景，同时也是为了让被害人直观地看起来更像是他的母亲。如果我们认定凶手是闻采，那逻辑就不对了，因为他当时面对的已经是他的母亲，不需要再通过伪装和幻想，所以完全没有必要再复刻贴面膜的举动。"

"也许郑慧玉……郑慧玉有贴面膜睡觉的习惯呢？"又有人不服气地提出反驳。

"好，我承认你说的这种可能性是存在的，包括刚才有人说到电击棒是为了应对反抗的说法我也认可，那么你们认不认可我的观点，也存在一定的可能性呢？"陆远视线在会议室里扫视一圈，语气郑重道，"也就是说，我和诸位的观点是50%对50%，那闻采身上存在的犯罪嫌疑便是一半对一半，所以我不同意把他作为唯一的嫌疑人，我们仍然需要按照先前的部署，继续推进对重点区域的排查，这就是我现在的观点！"

陆远终于全部说完，会场中不可避免又是一阵哗然："什么专家，说变就变，还有没有个准信？""什么犯罪心理学，什么地理学，都是扯淡，办案还得跟着证据走。""嗐，专家动动嘴，我们这些人跑断腿。""难道我们请专家，就是为了把简单的案子复杂化吗？"

眼瞅着下面的人说话越来越难听，一直冷眼旁观这场争论的冯欢终于有所反应，她冷着脸，语气生硬地说："好了，以后有事说事，别说那么多没用的废话！行了，今天就到这儿，都回去休息吧，明天早会我再具体布置任务！"

冯欢下命令，众人很快散去，只剩下陆远没有挪动地方。冯欢抬头打量他一眼，转了转眼球，道："陆老师，我带你去个地方吧？"

陆远苦笑问："去哪儿啊？"

冯欢笑着起身道："你跟我走就是了。"

冯欢如此说，陆远只能勉强跟着。两人很快出了办公楼，坐上冯欢的车，尽速离开刑警队大院。陆远此时已经抱定悉听尊便的姿态，不再多问

第十二章　真相

车子到底要开去哪里，反正他也不熟悉路。陆远把车窗微微敞开一条缝，身子斜靠在座椅上，望着窗外浓浓的夜色，怔怔地出神。冯欢瞥了他一眼，善解人意地表示，如果他烟瘾犯了，可以抽支烟。陆远摆摆手，表示不需要。

一路再无话，大约半小时后，冯欢在一座大桥下方的路边停下车。陆远把车窗全部放下，伸出脖子冲桥上张望着说："这就是跨海大桥吧？都说很壮美，但一直没时间过来看看。"

"我平时喜欢在这里夜跑，但今天你没穿运动装，咱们就上桥随意走走吧？"

"好，散散步，换换脑子也好。"

冯欢提议，陆远自然不会拒绝，而且他明白，冯欢带他到这里来，绝不仅仅只为散步而已，所以没走多久便先忍不住打破沉默道："你就是在这里夜跑时认识的闻采吧？"

"真服了你们这些搞心理学的，什么都骗不过你们的眼睛。"冯欢语气夸张地说，但随即正色道，"也不是你想的那样，他当时溺水了，我从海里把他救上来。"

"自杀？"

"他不承认，说自己喝醉了，不知道为什么稀里糊涂地走进深海里。不过现在想想，他当时恐怕真是有意寻死。"

"那之后你们还有联系？"

"他来队里找我，抽风似的说喜欢我，要追我。然后连着好多天坚持不懈地给我送晚饭……后来我才知道，那些饭菜都是他亲手做的……大概一周之前，他给我打过一个电话，没说别的，只说了句'饭店拆了'就挂掉了电话，那也是我和他最后一次联系。"冯欢顿了顿，吸了口凉气，欲说还休，想了想，还是忍不住说道，"我跟闻采其实连朋友都算不上，更不是那种恋人关系，但还是为他感到很惋惜。说实话，我也不太敢相信他会是那种丧心病狂的杀手，先前在我眼里，他是一个很简单、很幼稚的人，就是一个大男孩的模样。"

"对，他只是一个被过度保护了的孩子。他住在别墅中面积最大、采光最好、装修最豪华的房间里，床头上挂着他和母亲的合照，我想这都是他母亲的意愿。在他母亲的潜意识里，他们母子俩的关系是最亲密的、最牢不可破的，决不允许第三者插入进来，她具有绝对的权威性，只有她可以左右闻采的决定，其余任何人都不可以。于是，她不断通过这样那样的手段来强化这种意识，无形中带给闻采极大的心理压力，这可能才是导致他抑郁的根本。"陆远说着话，突然停住步子，转身望向冯欢，郑重地说，"你信任我吗？"

"当然。"冯欢未加思索道，"是我把你请来的，直到现在，我都觉得自己的选择无比正确。"

"那好，咱们说回案子。"陆远转回身，继续散步，"闻采真的不可能是凶手，他家离壹品书院太远了，至少有15公里，不可能作为归属点的。再者说，以他的年纪，他的阅历，他的社交圈子，他怎么可能和那些中年妇女产生交集？"

"对了，你说到归属点，我突然想起个事情，还忘跟你说了。"冯欢拍拍脑袋说，"给闻采治疗的心理医生叫罗平，我们找他问话的时候，发现他的心理咨询工作室开在区政府南边商业区的金辉大厦里，距离壹品书院仅两三公里的距离，那按照你的理论来说，那里是不是可以作为闻采作案的归属点？"

"心理医生工作室？"陆远犹疑着说，"距离上没问题，如果闻采对心理治疗不抗拒，能获取到安全感，或许可以作为一个归属点。那个心理医生怎么说的？"

冯欢解释说："哦，我们还没见到人，说是昨天傍晚临时回省城了。他父母住在省城，家里有点事情需要他回去处理，说是明天上午回来。我跟他的助理约好了，他回来后立马给我打电话，然后我过去找他问话。"

陆远主动表示道："行，明天我跟你一道去。"

次日早会，冯欢突然宣布暂时中止先前的排查任务，转而将现有警力

第十二章 真相

全部集中到追查闻采的行动中去。因为她意识到一个迫在眉睫的问题，如果闻采不是凶手，那他为什么会失联？他会不会被真凶挟持了呢？如果尽可能早一些追踪到他的消息，是不是能够及时保住他一条命？当然，如若他真的是凶手的话，那么这样的行动显然更具针对性。

上午10时许，冯欢和陆远一起来到心理咨询工作室，来之前冯欢已经确认过工作室的心理医生罗平已经从省城回来了。工作室位于金辉大厦B座的9层，租的是一个大套间，外间是等候室，专门有一个女孩负责接待，诊疗室在里间，心理医生罗平此时正在给一名患者做诊疗，负责接待的女孩礼貌地表示让陆远和冯欢在等候室坐着稍等一会儿。

等候室布置得清新雅致，整体是浅色系，但又稍微带些层次感，比如浅蓝色的墙壁，米色的沙发，木头本色的小茶几，粉色的盆栽花，等等，当然这都是有讲究的，但求第一时间消除来访者的心理负担。墙上还挂着好多规格大小不一的玻璃相框，里面有营业执照，有资格证书，有心理医生罗平的个人简介——诸如国家二级心理咨询师，什么什么心理协会的会员，曾经获得什么什么殊荣之类的，反正是一长串看着很厉害的头衔。其余的相框里，装的都是罗平出席各种业务交流活动时的照片，从照片中看得出罗平是一个儒雅帅气的中年男人。

冯欢心里装着案子根本坐不住，她走到相框前，一张张端详起里面的照片……突然间，她定住身子，随即扭头冲陆远使了个眼色，后者赶紧起身凑向前来，冯欢冲墙上的一个相框努努嘴，示意陆远仔细看里面的相片。相片里记录的是罗平在一个学校礼堂中做讲座的场景，在罗平身后有一个大屏幕，上面写着学校的名字——滨海市第二十三中学。

第二十三中学，正是"9·19"案被害人陈莉儿子所在的学校。接近闻采的人，又与被害人儿子的学校有交集，这到底意味着什么？陆远和冯欢默默对视，虽然一时之间很难理清思路，但两人眼神中都忍不住流露出一丝兴奋。而就在这时，诊疗室的门终于打开了，罗平结束诊疗，将患者送出门，转回头立马跟陆远和冯欢打招呼，紧接着邀请两人到里间说话。

"很抱歉，打扰您工作了。"冯欢上来先客气客气。

"没事,没事,我也很担心闻采,希望能帮上点忙。"罗平嘴上一边应着,一边从办公桌里面把椅子搬出来,坐到两人对面说话,以免给两人造成居高临下的感觉,看得出他是一个做事极有分寸的人。随即,罗平特意冲冯欢打量几眼,微笑说:"你的名字我听过有一段时间了,今天终于见到真人,比想象中的还出色。"

冯欢很敏锐,明白他话中所指,直白地问:"您觉得闻采对我的情感是怎样的?"

罗平斟酌一下,才说道:"闻采是我的患者,虽然他目前处于失联状态中,但我仍然希望能够保留他的隐私,这对我们这个行业来说极为重要,也请二位谅解。不过,我可以说说他的一些成长经历,你们可以自行理解。"

冯欢点下头,道:"您说说看。"

罗平冲冯欢笑笑,继续说:"闻采的父亲是一名铁路警察,十多年前驾车执行任务时出车祸去世了,他母亲因此对警察的身份、对驾驶汽车这种事情,尤为忌讳,即便闻采偷偷学到了驾照,但他母亲始终在这方面看管得很严,明令禁止他碰任何的车辆。感情方面,据我了解闻采只和一个女孩子谈过恋爱,那女孩是他的健身教练,那会儿闻采刚20岁出头,女孩已经二十七八了。后来,他母亲知道两人的事情,尤其得知女孩的年龄竟然比闻采大那么多,非常不满意,明确表示让闻采和女孩分手,闻采执拗不从,他母亲便动用关系让健身俱乐部把女孩开除了,女孩一气之下离开滨海回老家去了。"

罗平没有明说,但暗示得很明显了,闻采接近冯欢,是出于逆反心理想要和他母亲对着干。"警察身份""年龄比闻采大",是他母亲的逆鳞,闻采就偏要和这样的女孩交往,冯欢显然是一个很好的人选。闻采追求冯欢,只是利用她和母亲赌气,想明白这一点,当着两个大男人的面,冯欢还是有一些难堪,面色便有些不自然。

陆远打破沉默,把注意力吸引到自己身上,冲罗平问道:"你和闻采的这种医患关系是如何形成的?"

第十二章 真相

"我和闻采的妈妈在一些生意场合下见过几次面,她知道我是做心理咨询的,有段时间她注意到闻采情绪不大对头,便主动把闻采带过来让我给疏导一下。"罗平沉吟一下,主动展开话题说道,"闻采父亲过世之后,他妈妈又忙于创业,一直是他外公在照顾他,爷孙俩感情很深,所以他外公的去世,确实对他打击很大。但这只是导致他精神抑郁的因素之一,更深层次的是他和妈妈在相处方式上的冲突、观念的不同,以及对未来人生规划的分歧,等等,再具体我不方便说了。至于目前一些传言,说是他杀了他妈妈,我个人情感上是不太相信的,而且他现在每周都会主动来接受诊疗,不需要他妈妈再派司机盯着他,我认为这是积极的信号……"

冯欢插话道:"闻采经常会有杀死妈妈的幻想,我想他应该跟你倾诉过,对吧?"

"哦,我刚刚的话还没说完。"罗平抬下手,示意冯欢不要再打断他的话,然后说道,"从我的专业上说,严重的抑郁症确实会导致自残、暴力幻想,甚至暴力伤害事件,以往这样的案件也不鲜见,例如丢了工作把自己全家老少杀了的,婚姻失败把老婆孩子杀了的,等等。那对闻采来说,他也有触发条件,他外公生前经营的私房菜馆,因为财团对周边区域的整体规划,在一周之前被拆了。实质上这个事情跟他妈妈毫无干系,但闻采执拗地认为一定是他妈妈在中间捣的鬼,所以抛开情感因素,从专业上说,不排除他把暴力幻想转换成实际行动的可能。"

陆远问:"你最后一次见到闻采是什么时候?"

罗平不假思索地说:"前天,7号下午1点到2点之间,他来做诊疗,是事先约好的,他每周五这个时间点都会来。"

陆远追问:"那之后他去哪儿了,你知道吗?"

"说是要去网吧,组团打游戏。"罗平叹口气,说,"闻采说白了也是富二代,很多富二代身上的毛病他也有——花钱大手大脚,爱玩网络游戏,爱去酒吧喝酒,等等。尤其是他外公的菜馆没了之后,据说他整天要么待在网吧,要么待在酒吧。"

冯欢接下话问:"他经常去哪个网吧?"

消失在恶的尽头

罗平含糊地回应："好像说就在这附近，具体我不太清楚。"

陆远试探着将问题的范围扩大，问道："像闻采这样的年轻人，或者再年轻一些，比如青少年，面临学习压力过大等等因素，是不是也造就不少抑郁症的案例？"

"确实。"罗平语重心长道，"好在现如今各方面都很重视这个问题，时常会有学校主动联系我去给学生们做一些针对性的讲座，例如在紧张学习的同时如何保持健康的心理状态，还有如何避免一些不良情绪的产生，像什么过度痴迷游戏、自卑、注意力不集中等等之类的问题。还有，区里教委不时也会组织一些深入学校普及心理知识的公益活动，通常我能参加的我都会到场。"

冯欢问："你都深入过哪些学校？"

罗平干脆地说："咱们甘江区的中小学基本都去过一遍了。"

陆远追问："有没有具体学生求助的案例？"

罗平摊摊手，歉意道："很抱歉，这牵涉对未成年隐私的保护，我不方便透露。"

罗平用保护隐私作为挡箭牌，拒绝透露找他咨询心理问题的学生名单，从他的角度而言无可厚非，但如果"9·19"案被害人陈莉上高中的儿子王庆宇，以及被害人周琼上初中的儿子刘磊磊，都曾经向他求助过，加之闻采的情况他更是了如指掌，那罗平可以说是截至目前警方掌握的信息中，与"9·19"案交集最多的人。这意味着，如果闻采只是个被抛出来背锅的，那追查幕后的真凶，罗平身上的嫌疑最大。再有，郑慧玉是在8日凌晨被杀的，而闻采在7日下午去过心理诊所，之后据说还去过网吧，所以闻采到底是从什么时间、从什么地点真正从大众视野消失的？按照罗平提供的线索，似乎是有迹可循的。

辞别罗平，出了金辉大厦，冯欢第一时间给队里打电话，指示宁辛然立即去交警指挥中心查看9月7日下午，金辉大厦周边道路的监控录像。同时，命令黄猛带队火速赶来金辉大厦区域，深入周边的网吧细致走访，

第十二章　真相

全面寻找闻采的踪影。而在冯欢给队里打电话布置任务的同时，她的车已经行驶在去往滨海市第二十三中学的路上，不用问，她和陆远这是要去找陈莉的儿子王庆宇求证罗平的嫌疑。

实质上去找王庆宇问话，不仅仅只为落实罗平的嫌疑，是因为陆远意识到，先前在寻找案件之间的交集时，调查的重点反复集中在三名被害人本身以及她们的社会接触层面上，而她们三人的儿子，并未引起足够的重视。除了一度曾经怀疑三个儿子有结盟作案的可能，其他层面都没有过多投入警力，而如果像眼下怀疑罗平的逻辑一样，凶手有没有可能分别与三个儿子都有过接触呢？这是一个非常值得深入追查的方向。

冯欢在第二十三中学校门口街边停好车，刚要下车，陆远突然叫住她说："等等，我有个问题。我看过卷宗，先前咱们对被害人儿子的问话都不是单独的，两个未成年人有父亲陪着，那个'妈宝男'有老婆陪着，这是一个失误。我想有些话，孩子当着父亲的面可能难以启齿，尤其他可能犯了错，或者觉得背叛了妈妈时，就更加不好意思说了。"

"你想说，待会儿咱们要单独和王庆宇问话，不让老师陪着？"冯欢有些含糊地说，"这不符合规定吧？"

"规定是死的，人是活的，对吧？"陆远解释说，"咱们又没拿他当嫌疑人，只是随便聊聊而已，他的监护人应该能同意。"

"我试试，反正不管怎样，就算是老师陪着，也得经过监护人同意。"冯欢说着话，掏出手机，拨通王庆宇父亲的手机。不多时，他挂掉电话，兴奋地说："他同意了。"

两人随后下车，按规矩先去学校保卫科说明情况，再由保卫科通知王庆宇班主任把人领到保卫科里来。班主任表示已经接到王庆宇爸爸的电话，同意两人和王庆宇单独问话。就这样，保卫科科长配合把保卫科清空，里面只剩下他们三人，问话便先由冯欢开始："你别紧张，咱们只是随便聊聊天，你认识罗平吗？"

王庆宇瞪大眼睛搜索着记忆，说："罗平？好像在哪儿听过。有点想不起来，他是干啥的？"

冯欢提示说:"心理医生,到你们学校做过讲座。"

"哦,对,对,想起来了。"王庆宇连连点头说,"那怎么了呢?他跟我有啥关系?"

冯欢试探问:"你没和他单独见过面?"

王庆宇一头雾水说:"没有啊!我干啥要跟他见面?"

问话才几个来回,罗平的嫌疑迅速被排除在外,不过陆远此时已经有了新的展望,便调整下思路,问道:"我们知道你妈妈生前对你管教比较严格,尤其在学习方面额外给你增加非常多的负担,你心里感觉到困扰的时候,会向谁倾诉?"

王庆宇脸红一下,不好意思道:"跟我爸爸,还有同学都吐槽过,然后听同学说大家的情况都差不多,心里会平衡些。"

陆远继续问:"除了他们,还有没有其他人?可能不是太熟识的人。"

王庆宇轻轻摇头,道:"没有了。"

冯欢顺着陆远的思路问:"对了,我们还了解到你曾经离家出走过,因为你妈妈在你房间里安装摄像头监视你的一举一动,那在离家出走期间,你有没有遇到什么特别的人,有没有和别人提起过你家里的事情?"

王庆宇颔首道:"对啊,那次我对妈妈太失望了,也感到很绝望,连律师都说没办法帮我,我只好离家出走了,然后我一直待在网吧里玩游戏,没和什么人交流过。"

"律师?"陆远敏锐抓住王庆宇话语中的细节点,稍微提高些声音问,"你咨询过律师?"

"对啊。"王庆宇继续解释说,"那天学校举行普法活动,请了几个律师在礼堂做演讲,我听到一半时肚子有些不舒服,请假去了趟厕所。完事的时候,看到一个和台上律师穿着差不多白衬衫的人到厕所里抽烟,我问他是不是律师,他说是律师助理,也算是律师。我那时因为摄像头的事情正跟妈妈斗气,就随口问人家律师,我妈妈的行为算不算侵犯我的个人隐私,可不可以通过法律让我妈妈把摄像头拆掉。那律师人很好,耐心给我解释了一大堆条款,可我着急要回礼堂,只好跟他道别。然后他问我是哪个班

第十二章 真相

级的,几点放学,放学是有妈妈接,还是自己回家,我说我自己坐公交车。后来,我放学在公交车站等车,他正好开车路过,招呼我上车顺便把我送回了家。在路上他问了些我和妈妈的事情,不过送到我们家小区楼下后,他劝我打消和妈妈打官司的念头,说走法律途径很麻烦,对妈妈和我影响都很大,让我还是好好听妈妈的话。"

冯欢挑眉问:"他问过你家具体住在哪层楼了吗?"

王庆宇满不在乎地说:"他随口问了句,我也随口答了句。"

冯欢有些着急地问:"他叫什么名字?"

王庆宇转动眼球,用力想着说:"他提了嘴,我有点忘了,好像是跟什么学习或者勤劳有关系的名字。"

"学习?勤劳?是叫章勤学吗?"冯欢稍微一顿,随即脱口而出说。

"好像是吧。"王庆宇对那人名字确实记忆不深,不敢咬准。

"你等下。"冯欢摆摆手,然后掏出手机挂通队里的电话,吩咐内勤民警立即找出章勤学的资料,用手机翻拍一下他的照片,然后再去她的办公室,看看办公桌抽屉里有没有一张律师的名片,如果有,也翻拍一下,和照片一同发到她手机上。她记得上次章勤学来队里接受问话时,曾经给过她一张名片,后来让她随手扔进了办公桌抽屉里。

不多时,冯欢手机响起一阵消息提示音,是内勤民警通过 QQ 把翻拍照片发了过来,冯欢把手机屏幕举到王庆宇眼前。王庆宇只扫了一眼照片,立马像小鸡啄米似的点头说:"对,对,就是这个人。怎么,他跟我妈妈的死有关?不可能,我们根本不熟,而且就见过那一次面,他怎么可能为了帮我,去杀我妈妈,他有神经病吗?"

陆远连忙安慰道:"当然不是,我们随口问问而已……"

陆远嘴上说不是,是担心给王庆宇造成不必要的心理负担,更不想让他情绪波动过于激烈,以免回去之后乱说话,打乱接下来的行动部署,为此后面他和冯欢还特意问了几个无关紧要的问题,才结束这次谈话。而实质上,当章勤学这个名字跃入他耳中时,瞬间便引起他的警觉。涉及

_227

消失在恶的尽头

"9·19"案的所有卷宗资料，他反反复复翻阅过很多遍，有关章勤学的那部分信息，自然也装在他的脑袋里。章勤学生活在单亲家庭中，目睹了母亲被杀害的血腥场面，也看到了母亲食指残缺的惨状，这与"9·19"案三名被害人儿子的经历，几乎是重叠的。还有他交给冯欢的那张名片，显示出他工作的单位叫太丰律师事务所，而该律所的办公地点位于金辉大厦B座12层，与闻采常去的心理咨询工作室在同一栋楼里，这意味着章勤学与闻采的生活轨迹也存在重叠因素。以此来看，暂时除了陈艳丽，章勤学与"9·19"案所有被害人的儿子都具有重叠因素，这绝对不可能仅仅只是巧合。最为关键的是，他与被害人之一陈莉的儿子王庆宇打过交道，并从王庆宇口中了解到他妈妈的脾气秉性和日常活动习惯，以及他们母子之间的矛盾冲突点，他甚至还主动询问过王庆宇家的具体住址。这样的操作，会不会就是"9·19"案的凶手，了解被害人的渠道和过程呢？

章勤学有重大作案嫌疑！对于这一点，陆远和冯欢很快达成共识，于是离开第二十三中学后，两人又火速赶到第七十中学，找到另一名被害人周琼的儿子刘磊磊进一步确认。结果刘磊磊同样辨认出章勤学的照片，表示确实与章勤学有过一面之缘。据刘磊磊说，他妈妈性格比较急，和他爸爸离婚后，在这方面变本加厉，总是无缘无故发火，整天在他耳边吼来吼去，让他不胜其烦，只有周末去爸爸那里才能清静下来。可没承想，不知道爸爸怎么招惹到妈妈，妈妈竟然单方面蛮横中止了爸爸的探视权，并死活都不让刘磊磊再去爸爸家过夜。这个事情令刘磊磊很心烦，一度给他造成了很大的困扰，以至于他动了找律师更换自己抚养权的念头。也是凑巧，在6月份的一个周六下午，他上完补习课坐车回家，路过公交车站旁边的小广场，看到社区联合一家律所在搞普法活动，他便心血来潮想试着找个律师咨询一下，看能不能把自己的抚养权更换成爸爸，而当时接待他的律师就是章勤学。同样地，章勤学通过刘磊磊的讲述，了解到他和妈妈之间出现的问题，以及他妈妈一贯强势霸道的作风，当然还有他的家庭住址。而随后不久，经过亲戚在中间调和，他妈妈终于恢复了爸爸的探视权，刘磊磊便把这个事情抛到脑后，忘得一干二净，但是任他如何想也想象不到，

第十二章 真相

他的妈妈会因此遭殃。

接着，陆远和冯欢又马不停蹄地找到被害人李明珠的儿子胡凯和儿媳程爽分别问话。经过冯欢耐心引导，程爽羞涩地承认她认识章勤学。因为婆婆太过霸道，而她丈夫又对婆婆向来言听计从、逆来顺受，导致程爽在家中的地位非常难堪，所以一度有过想和丈夫离婚的打算。但这其中牵涉到一系列财产分割问题，她需要找专业人士先咨询一下，正好她有一个好朋友和章勤学是高中同学，主动表示可以找章勤学帮忙给她解答一下。于是，同样是在周末，程爽趁丈夫去补习班兼职教学时，偷偷在咖啡馆约见了章勤学。也同样地，她当着章勤学的面将婆婆一通控诉，痛斥婆婆对儿子有强烈的控制欲望。而会面结束之后，章勤学则"顺路"把她送回她和婆婆居住的小区中。

至此，"9·19"大案的整个脉络完全显现出来：章勤学利用职业之便，窥探到他人的家庭隐私，并从中选取出三个符合他心理变态需求的"母亲"作为惩罚对象，从而犯下一系列恶性杀人案件。当然，他实际遇到的案件，以及符合他心理需求的惩罚对象，一定远远不止这三起，而他最终锁定的犯罪地点和犯罪对象，一定是经过他精心的观察和谋划后，认定是犯罪安全边际最高的。

至于黄猛那边的排查，大体情形是这样的：在金辉大厦斜对面一家叫作动力源的网吧里，网吧老板指认出闻采的照片。查看网吧监控录像，发现9月7日下午，闻采的确来过网吧，一直逗留到傍晚7点多才独自离开。黄猛随后赶到交警指挥中心与宁辛然会合，查看网吧周边的道路监控，发现闻采离开网吧时驾驶着一辆黑色别克轿车，但这辆车随后不知去向。以闻采的生活习惯来说，他通常在网吧玩过之后，都会去酒吧坐一下，而他经常光顾的那家酒吧在中山街酒吧一条街中，黄猛和宁辛然去问过，里面的人表示9月7日整晚都没见到闻采的人影。如果说，闻采是被章勤学劫持了，可能就是在他从网吧到酒吧这一段路程上，但由于这段路不算近，中间又有太多的监控盲区，再加之天黑，还下着雨，目前很难判断出具体的劫持地点。

刑警大队会议室里，历时一年多的时间，终于锁定凶手，但会场中的气氛并没有想象中的那般兴奋热烈，反而在座每一个人的脸上都写满严肃。

"从目前掌握的线索看，章勤学肯定是将闻采和车一起劫持了，随后他再驾驶闻采的车去别墅区作案，查出车和人如何落入章勤学手中的这点很重要，但更重要的是这辆车作案后的行踪轨迹。黄猛和辛然从现在开始，你们俩什么都不要干，专门负责追踪这辆车，道路监控没拍到的，在哪里断的线，就去哪里实地调研，观察周边有没有民间使用的监控，有没有适合藏匿车辆和闻采，乃至埋尸的场所。"冯欢瞄着记录本上记的一些要点，针对作案车辆做出相应指示，随后放下手中的笔，目光向众人扫视一圈，语气郑重地说，"我不说大家心里都有数，咱们眼下面临最主要的难题是抓人的时机。手上没有过硬的证据，现在立马抓人，容易陷入被动，但抓晚了，闻采的命可能就没了。"

冯欢话音一落，众人开始议论纷纷。几分钟后，有警员发声说："咱们现在无非是两个选择：要么把章勤学全方位监视起来，寻找到可靠的证据再抓；要么现在把人抓了，彻底地搜证，同时通过审讯，调用各种手段，引导他交代罪行和闻采的下落。"

现实就是这个情况，冯欢心里也很清楚，但她觉得还是不够稳妥。她抬眼望向坐在对面的陆远，征询道："陆老师，你觉得呢？采取哪种手段对案子更有利？"

"现在抓人，肯定不是个好选择。"陆远干脆利落地说，"咱们现在面对的是一个心理畸形的犯罪嫌疑人，说白了就是心理变态，这种人都具有强烈的'自我伟大'人格，对操纵、控制、支配他人的权利极度痴迷，即便咱们手上掌握确凿证据，他也不一定会认罪，或者即使认罪，也不一定会说出闻采的下落，这是他认为的对咱们警方的控制和摆布，是一种成就感，以至于宁愿把真相带入监狱甚至坟墓中……"

陆远解释一番，仍没说到重点，黄猛忍不住插话问："那您的意思是？"

陆远斟酌道："我的意思是要提醒诸位，面对章勤学这种心理变态的高

第十二章 真相

智商罪犯，咱们惯常运用的审讯手段很难真正触动到他，咱们得了解清楚他的痛点在哪里，还有这个痛点是怎么养成的，以及他蜕变成为今天这副模样，到底经历了怎样的心路历程。把这几点充分搞清楚，咱们坐到审讯室中，才能相对主动一些，所以要抓紧时间尽可能全面地了解章勤学这个人，例如他的成长经历、生活的环境、他工作的境遇、他母亲的为人等等之类的信息。"

陆远的意思总结一句话，就是需要时间，而闻采的生命安危，同样跟时间息息相关。冯欢沉吟着，权衡再三，最终决定取个平衡点：将跟踪监视章勤学的时间限定在48小时内，包括人、车、家里、单位、手机和座机全方位监控，过了这个时间点，无论有无证据在手，都立马抓人。

章勤学目前仍住在位于星海区的早前和母亲同住的房子里，据说他小姨有一套闲置的房子本来说要给他住，但被他谢绝了。这一点令冯欢很意外，先前的那次问话她没有提及这一问题，是想当然地认为他不会继续住在凶宅中，所以从心理地图的层面解释，在甘江区金辉大厦中的律所，便是章勤学系列作案的"归属点"。冯欢私下通过太丰律师事务所内部人士了解到，章勤学入职律师事务所已3年有余，至今仍是律师助理身份，主要服务于律所负责民事诉讼业务的团队。而这个团队中有一位资深律师，也是章勤学的直接领导，据他回忆，他曾经有过几次在半夜时，突然想起要看一份重要文件，于是打电话给章勤学，让他去公司取文件，然后送到他位于壹品书院小区的家中去。至于具体时间，他已经记不清了。

律所的人还介绍说：章勤学在律所里存在感很低，专业水平和工作能力都很一般，转为正式律师身份遥遥无期。像他这种小角色，基本是哪里有用哪里搬，别的部门忙不过来的时候他也得前去支援。可能就是在这样的机遇下，他接触到闻采的个人信息资料，因为闻采的妈妈和她经营的公司的法律顾问业务，全部都交由太丰律师事务所代理着。

针对章勤学的犯罪嫌疑，局里批准对其进行秘密搜证，搜证范围主要涉及他的私家车、单位和住所。但私家车和单位，想要在不惊动他本人的情形下进行彻底搜索，难度非常大，为免打草惊蛇，暂时只能先搜他的家。

次日一早，章勤学开车出门上班，一队人马悄悄跟踪在后方，对其进行暗中监视，冯欢这边，则带着勘查组，通过技术开锁，偷偷潜入章勤学的家中。房子是两居室双南向户型，进门是饭厅加客厅，两间卧室一大一小，从房间陈设和装饰风格来看，小卧室归章勤学住，大卧室则是他母亲生前住着的。陆远走进他母亲的房间里，一眼望去，最直观的感觉，是异常整洁。家具没有搬动过的迹象，表面上擦拭得很干净，连一点点浮灰都摸不到，似乎仍然保持着房间原本的模样。章勤学母亲是医生，对家庭卫生要求严格，这一点不难想象，但是她人不在了，依然保持成这样，让人觉得有些不可思议，可以预见章勤学自己的卧室，必然是更加一尘不染。

实则有过之而无不及。陆远走进章勤学的房间，似乎四处都能照得出人影，窗户玻璃、地板、书桌、书架、电脑屏幕、大衣柜、床头靠背、墙上的相框，都擦拭得亮亮堂堂、纤尘不染，犹如打过蜡一般，搞得陆远都不好意思上手摸，生怕把人家东西弄脏了。陆远走到衣柜前，拉开柜门，果不其然，和他想象的一样，外衣、衬衫、裤子、内衣、袜子，分门别类、错落有致，叠放得异常齐整，甚至袜子和内裤都是按颜色区分叠放的。书桌上除了电脑显示器，还有一台笔记本电脑，书写本和笔都规整地放在书桌抽屉里，里面还有几台手持游戏机。旁侧书架上的书，竟然都是按照书的高度和书脊颜色归类摆放，同样地，很难在任何一本书上看到灰尘和污渍……大体看完整个房间，卫生清洁程度，已经很难用正常的言语来形容，它带给陆远更多的是一种震慑感，他想象不出章勤学每天得花费多少时间来做这些事情。

客厅、卫生间、厨房也一样，明窗净几，同样没搜索到任何可疑物证，更别说有关闻采的线索，连根毛都没搜到……

一无所获，败兴收队，冯欢稍微有些沮丧，但陆远倒不觉得有多意外，章勤学甩出闻采给他背锅，收手意图明显，显然已经警觉到危机正步步迫近，所以他清理掉一切能关联他犯罪的证据是可以预见的。当然，对于藏匿闻采的地方，仍要继续抓紧时间查找，不可能坐以待毙。然而，秘密询

第十二章 真相

问过章勤学身边的人,警方发现他日常的活动轨迹非常简单,除了上班到公司,再就是待在家里看书,偶尔会去健身房锻炼身体,然后就没有了。他母亲在世的时候,他大多时间都是跟在母亲屁股后面转,闲暇时间母亲去哪里基本都带着他。鉴于此,陆远去了他母亲生前工作过的医院,找到他母亲的同事,对他母亲进行更全面的了解。因为陆远觉得,章勤学选择藏匿闻采的"心理地图",有可能跟他母亲经常活动的轨迹是重叠的。

转眼又到天黑,天又下起雨来,暂时雨不算大,淅淅沥沥。章勤学这天回到家中的时间相对较早,全仰仗天气预报说夜里全市范围内会有特大降雨,出于对员工人身安全的考量,律所取消了加班。监视小队按照计划,一队埋伏在章勤学家楼下的街边,二队埋伏在街角位置。

雨势逐渐变大,时间悄无声息地流淌……

"动了,动了。"晚上9点多,报话机里突然传出跟踪小队的报告声。冯欢一把抓起放在会议室桌上的报话机:"怎么了,什么情况?"

报话机中说:"不知道,这家伙穿了一身黑色衣服,突然下楼开车走了,现在正往疏港桥方向走。"

冯欢兴奋地说:"他搞不好是要去藏匿闻采的地方,都给我盯紧了,随时汇报。"

"冯队,冯队……"20多分钟后,报话机又传出跟踪小队的声音,"章勤学回律所了,现在正在地下停车场停车。"

"这么晚回律所?还冒着大雨?"冯欢手里拿着报话机,望向坐在对面的陆远,疑惑道,"他家里座机和手机都没监控到通话记录,肯定不是工作上的事情。那是?"

陆远猜测道:"咱们白天搜了他的家,这家伙是不是有所察觉,起了戒心?"

"一队,一队,派人跟上楼去看看。"冯欢对着报话机发出指令,随即若有所思道,"搞不好这家伙先前把犯罪证据转移到了律所里,这会儿可能觉得不妥,又担心夜长梦多,所以急着去处理。"

"有这种可能。"陆远又想了下,提示道,"告诉前方的小队,别轻举妄动,这家伙或许只是疑心病犯了,未必知道咱们正在监视他。"

"一队,一队,注意观察,不要轻举妄动。"冯欢对着报话机重复陆远的叮嘱。

报话机里没有回声,会议室里暂时安静下来,五六分钟之后,报话机再度响起,这次里面的声音有些沮丧:"冯队,我们把目标惊了。"

冯欢急促问:"什么情况?"

报话机中的声音解释说:"我们跟踪章勤学到律所办公间,看到他从工位的桌子下面摸出一样东西来,然后握在手里奔着卫生间的方向去了。我们估摸着他是要销毁犯罪证据,只能现身追过去,但还是晚了,他把手里拿的东西扔进马桶冲走了。"

"行了,惊了,就把人抓了吧。"冯欢语气平和道,随即把报话机重重放在桌上。她心里清楚没法责怪前方小队,但这个意外确实打乱了整体部署。她垂眸稍做思索,片刻之后抬眼看向陆远,没头没尾地说:"再给你几个小时准备,够不够?"

陆远听懂她的意思,道:"我来审?"

冯欢颔首道:"对付这种人你是专业的,你当然是最合适的人选。"

陆远淡然道:"那好吧,我先做做准备。"

"不必太仓促,按照你的节奏来。"冯欢经验老到地说,"我们把人抓了,先审着,拖到下半夜,他意志最薄弱的时候你再上,效果估计会更好。"

"就这么办。"陆远应和说。

黑漆的夜,闪电交错,天空忽明忽暗,狂风肆虐伴随着雷声轰鸣,发出震天嘶吼,疾速倾泻的雨丝,犹如一把把利箭,无情地射向大地,黑暗中仿佛有一头巨型怪兽,正在疯狂撕咬着这座城市。

外面风狂雨疾,审讯室里暗流涌动。冯欢坐在审讯台前已经3个多小时了,来回说着车轱辘话,得到的回复大多是"没有""没做过""不知

第十二章 真相

道""不认识"……章勤学坐在对面的审讯椅上,双手被铐在小桌板上,他穿了身黑色运动装,面色更显苍白,黑框眼镜背后流露出无辜的眼神。一墙之隔的观察室里,坐着局领导和队里骨干侦查员,他们在默默关注着这场审讯。

审讯僵持这么长时间,除了给陆远更多的准备时间之外,冯欢其实还想等一等勘查组搜索章勤学私家车的结果。章勤学一年多之前刺死陈艳丽,之后用其私家车转移尸体,再加上不久前他劫持了闻采,想必多多少少也会在车里留下些痕迹,如果这一点被证实了的话,那可能就用不到陆远出场了。

冯欢瞄了眼审讯室墙上的时钟,已经接近凌晨2点,一名警员这时敲门走进来,在她耳边轻声低语几句。冯欢随即收拾起台面上的水杯、记事本、卷宗,接着冲一旁的记录员交代一句,然后起身跟随警员出了审讯室。事实上,检查章勤学私家车的后备厢,勘查组发现了大量消毒液和肥皂液清洗过的痕迹,也因此并没有获取到有价值的痕迹检材。想想章勤学在家里做的那些事,恐怕便可以理解,在清洁这方面,他比专家还要细致。还有黄猛和宁辛然那边有了些新发现,两人无限扩大范围细致查看道路监控录像,终于在东郊出市区的路口,发现黑色别克车的身影,但这辆车随后便彻底消失了。

两分钟后,审讯室的门再次打开,陆远脸上挂着一丝微笑走进来。他怀里抱着一摞资料夹,红的、灰的、蓝的、绿的,外表颜色不一,里面都夹着厚厚的纸张,看上去他准备的资料很充分。这其实是一种无声的威慑手段,他想借此给章勤学传递出一种讯息——我研究你很长时间了,你在我面前是透明的。

陆远坐定,把一摞资料夹放在右手边。他冲章勤学友好地点点头,章勤学瞪着眼睛审视他,双手握紧拳头,似乎意识到来者不善。陆远打过招呼之后,开始整理手边的资料夹,总计有6份,灰的在最下面,倒数第二、第三层是两个蓝色的,倒数第四、第五层是两个绿色的,最上面是红色的。摆弄一阵后,陆远抽出一份蓝色的放在身前,展开。

陆远姿态不急不缓，令章勤学很愤怒，他有些沉不住气，不耐烦地说："你们有没有完，到底在搞什么？我都说了多少遍了，那些杀人案通通与我无关，你们再怎么问，我的答案始终都是一样的！你们有这个精力，去把杀死我妈妈的凶手抓起来，不好吗？！"

陆远把目光从资料中收起来，看向章勤学，淡然笑笑，说道："哦，你放心，我不是来提问的，反而我是来给你答案的。"陆远抬手指了指旁侧墙上的大玻璃窗，说道，"刚刚我站在那块玻璃后面关注你和我同事的对话，我听到你一直在问，'我为什么会出现在这间审讯室里'，我现在可以帮你解答一下。你愿意听吗？"

章勤学黑框眼镜背后流露出戒备的眼神，默默点下头。

"好，在解答你为什么会出现在这间审讯室里之前，我得先说说你是怎么'来'的。"陆远娓娓说道，"你当然是你父母生的，不过你父亲在你10岁时和你母亲离了婚，现在已经移民海外，所以我们今天不谈他，重点来说说你的母亲章黎。我见过你母亲的亲友，也去了她工作的儿童医院，询问过她的同事，他们对你母亲的评价非常高——漂亮、温婉、坚强、会教育孩子、有上进心、医术精湛、对人和气，尤其对待病人，从来都是真诚蔼然，尽职尽责。而且，她非常乐意把你挂在嘴边，每次在亲友和同事面前提到你，满脸都是藏不住的自豪与骄傲。

"当然，你的确配得上你母亲为你骄傲。少年时期，在你父亲离开家之后，你受尽左邻右舍的指指点点和同学的嘲笑，他们嘲笑你有个'搞破鞋'的父亲，是个没爹的孩子。而你从来不反驳，选择默默接受，因为你知道你越抗拒，那些人越变本加厉，你不搭理他们，反而会让他们自惭形秽。这样的处理方式，是在你和母亲日常的相处中学会的，乃至磨炼出来的。很多时候，你都搞不明白，为什么母亲回到家中，面对你会是另外一副面孔，她极度情绪化，时而和蔼至极，时而伤感自怜，时而颐指气使，时而暴躁狰狞。她打着为你好、为你着想的旗号，掌控着你所有的人生，你的吃喝拉撒，你的穿着打扮，你的兴趣爱好，你的一言一行，都得按照她的意愿。稍有逆反，她便会暴跳如雷，嘶吼、斥责、哭诉、谩骂，一套组合

第十二章　真相

拳下来，搞得你烦躁至极。然而，你越对抗，她越亢奋，没完没了，于是你开始委曲求全，哪怕心里一万个不愿意，也会按照母亲的旨意行事，因为你发现每次对峙，都是以你的认错告终，莫不如从一开始便假意逢迎，求得一份安宁，也能省去许多烦恼。你这样做了，效果很好，并逐渐成为一种习惯，这成为你的生存法则，你的人生轨迹便按照你母亲的意愿不断地推进，同时你也因此获得各种物质上的奖励，品牌运动鞋、电脑、游戏机、汽车，这些在你同龄人眼中的奢侈品，只要你听话，你就会得到。于是，你更加逆来顺受，直到你在她的规划下，完成本硕连读的法学专业，最终成为一名律师。但这些都不是你想要的，你其实很想成为一名生物学家，你的亲戚说你小时候养过很多小动物，你的书架上也大多都是此类书籍，你假期的时候最喜欢母亲带你去动物园、海洋馆，你最喜欢企鹅，我甚至在你的书架中发现好多研究企鹅如何交配繁殖的书。然而，你母亲为了和你出轨的父亲斗气，不仅让你改为随她的姓，还硬逼着你学了法律专业，她要让你在她的教育下超过你父亲，成为一名出色的律师，因为你父亲曾经是一名律师。意识到这一点，你无比沮丧，无比困惑，倍感压力，而当你在律所的工作中遇到困境、遭遇挫折时，你就会把这所有的问题转嫁到母亲身上，认为是她对你的过度控制，才让你在面对社会交往和人际关系上，时常感到茫然无措。是她让你选择了不喜欢且不擅长的工作，导致你入职律所三年多仍然在原地踏步，转正之路渺茫无期，所以很多时候，你也分不清你对于母亲的情感，到底是爱多一点，还是恨多一点。

"很快，你找到了答案。你母亲在家中遭到抢劫杀害，你几乎第一时间闯进现场，你看到母亲倒在血泊中，看到母亲手指的残缺，没有感到恐惧和悲伤，反而心里有一点点畅快，你突然意识到这就是你经常幻想的场景。然而，你已经在母亲的庇护下生活太久了，早已习惯由母亲为你决定一切，恍然间为你遮风防雨的大树倒了，无私为你提供经济和物质的后盾没了，你又陷入从没有过的彷徨和无助，并极度缺乏安全感，因此你买了把瑞士军刀放在车上防身。此后的一段时间里，你都是在浑浑噩噩中度过的，直到那天深夜——2011年6月17日凌晨，住在壹品书院的领导突然让你送一份文件给他，在你满心怨气将车开到小区门前的那一段坡路上时，不小心撞倒了一位行人。那一刻，你习惯性的思维从大脑里冒出来：我该怎么办？我是不是应该问问妈妈？妈妈会不会生气？妈妈会不会对我感到失望？而猛然间，你意识到母亲已经不在了，瞬间你又陷入深深的危机感中。你慌忙下车，看到是一个女人，她躺在地上，痛苦地呻吟着。你一边向女人走去，一边担心她会不会讹上你，会不会向你索要巨额经济赔偿，更担心因此会影响到你的前程，你该怎么办？可是已经没人帮你做抉择了，你恨母亲，她为什么要死？为什么要逼你做律师这份工作？不做律师，你就不会深夜给领导送文件，就不会撞到人。女人担心你要逃逸，指着你不停叫嚷，好似先前母亲用手指戳着你的脑门不断数落你的模样，母亲倒在血泊中的场景，便不可抑制地浮现在你脑海里，你开始分不清躺在地上的是你的母亲还是别人，在那一刻，你只想让她闭嘴。你快速返回车里，拿出事先准备好防身的瑞士军刀，冲向女人，疯狂地捅了下去……当你冷静过来时，女人已经断气了，好在月黑风高，没人发现你的行径，你迅速抱起女人，放到你汽车的后备厢中，随后开车将尸体抛到老水泥厂的厂区里。"

一大段独白后，陆远终于停止讲述，他抬眼看向章勤学。章勤学面色一阵青一阵白，先前故作无辜的表情，已经荡然无存。陆远从资料夹中取出一沓照片，依次向章勤学展示："这是你的第一个被害人，叫陈艳丽，这是第二个，这是第三个，这是第四个。后面三个，我不多介绍了，因为你比我熟悉她们。你利用她们孩子的无知，打探到她们的家庭隐私，你观察她们很久，你觉得她们和你母亲很相像，所以每当你生活中遇到坎坷，工作上遇到不顺，当你内心怨气难抑，又想把责任推到母亲身上的时候，你就会选择一个目标杀掉。

"而突然有一天，你发觉大街小巷都在传扬你的'事迹'，众人纷纷谈虎色变，把你的事迹越传越神乎其神，令所有人闻风丧胆。可你就坐在他们中间，这种愚弄众生、唯我自知的成就感，令你无比享受，也令你膨胀到极点。以至于当有人模仿你作案时，你迫不及待跳出来表明身份，邮寄无名食指到警队挑衅，想借此展示给世人看，你杀的人比任何人想象中的

第十二章 真相

都还要多。不过这一次，你玩大了，你没想到警方会因为断指案查到你头上，虽然警方暂时没有怀疑到你，但你已然嗅到危机的气味，逼不得已，你有了收手的打算。

"不久之后，警方找到陈艳丽的尸骨，确认了她遇害的地点，并与前案并案调查，你感觉到危机真正到来，担心早晚会再排查到你身上，所以你必须要抛出个替死鬼，来让警方终止排查。你工作的律所是闻采母亲公司以及他母亲本人的常年法律顾问，你很容易便能查到他家里的信息，而且闻采和他母亲之间的闲话你肯定也听过一些，再加上你偶然发现闻采在你工作的大厦里看心理医生，便觉得他是再合适不过的人选，于是你锁定他、观察他、跟踪他，并选定合适的时机，实施你的计划。"

陆远再次停顿讲述，朝着旁侧大玻璃窗带有意味地望了眼，转回头，语气沉重地说："我刚刚进来之前，突然想明白一个问题，我还没来得及跟我的同事说，我知道他们听了一定会很难过。我常年研究你们这种人，我知道你们其实是很难收手的，尤其正在兴头上时。以往倒是也有这样的案件，是因为他们凭着手中的'纪念品'，凭着大脑中的记忆，可以回味无穷，受用终身，但你却把'纪念品'——那些手指，全部抛了出来。是你出于谨慎，想让闻采替死鬼的身份更形象吗？对，但同时还有一个更重要的原因，是他母亲和你母亲实在太相像了，以至于你和闻采拥有几乎相同的成长经历，所以他是你最后的'纪念品'。他已经死了，对吗？"

陆远合上资料夹，插入它原本的位置，似乎他的讲述已彻底结束。他用双眼死死盯着章勤学，后者此时已经汗流浃背，嘴角不自觉地抽搐着，他不断吸着鼻子，脸上挂着的不知道是泪水还是汗水，因为双手被铐住，只能把脸撇向两边的手臂上狼狈地抹擦。他抽泣着说："谢谢你的解答，你真的……真的比我自己，还了解我自己，呜呜……"他低下头，泣不成声，可猛然间又抬起头，嘴角泛着一丝狞笑，他把身子靠在椅背上，深深吸了口气，迎着陆远的目光，一字一顿道："所以，你还是没有证据，对吧？哈哈哈哈哈哈！"

章勤学一阵狂笑，声音不大，但对陆远来说却震耳欲聋。他恼羞成怒，

消失在恶的尽头

猛地一挥手臂,将桌上的资料夹尽数扫落在地……但转瞬,他好似突然意识到自己的冲动,垂头丧气地蹲下身子,一份一份捡起资料夹,重新叠放到审讯台上。

"错了,红色的在最上面!"章勤学冲资料夹努努嘴,冷不丁提示道。

"哦,什么?"陆远装作没听懂。

"红色夹子在最上层,不是最下层。"章勤学强作镇定道。

"是这样吗?"陆远转而把灰色资料夹放到了最上面。

"不对,不对,灰的在最下面!"章勤学语气颇为不耐烦。

"是这样吗?"陆远"笨手笨脚"的,把灰色资料夹插到最下面,但把红色的插入到两个蓝色的中间。

"不对,不对,两个蓝色的是在一起的。"章勤学开始吼叫。

"这样对吧?"陆远把红的又插进两个绿色的中间。

"错了,错了,两个绿的也是在一起的,你怎么这么笨啊!"章勤学身子使劲往前拱,大声嚷嚷道。

"哦,是这样吧……"陆远故意装作手忙脚乱的,一番乱插、乱放。

章勤学又纠正了几个来回,陆远始终无法完全跟随他的旨意,章勤学情绪愈发难控,奋力摇着双手,企图挣脱审讯椅……

这是陆远给章勤学这个将死的骆驼,准备的最后一根稻草。看过章勤学的家,陆远意识到章勤学有严重的强迫症,尤其对于色彩的划分,所以他特意准备了几份五颜六色的资料夹,一开始他慢条斯理地整理,实质上就是在强化章勤学对资料夹颜色叠放顺序的记忆。当他心理防线濒临崩溃,却还幻想着负隅顽抗之时,利用他对于色彩划分的执念,给予他最后一击。

章勤学失心疯似的强力挣扎着,看守民警则死死按着他的椅子,章勤学带着哭腔嘶吼道:"让我来,放开我,让我来摆,我都交代还不行吗?人都是我杀的,闻采也是我杀的,我把尸体存在郊区冷库了……呜呜……让我来摆……"

大雨不知道什么时候停了,东方露出鱼肚白,陆远站在刑警队大楼的台阶上，使劲伸了下腰。审讯成功了，他整个人像被掏空了似的，内心没有多少喜悦，反而有些淡淡的伤感。章勤学走到今天的悲剧，就如陆远先前所说的那样，绝不只是母亲的原因，是整个家庭的原因，健全和谐的家庭，不仅仅对孩子，对每个家庭成员都很重要。出于对丈夫背叛的过度补偿心理，把关注度偏执地放在孩子身上，在不经意间对孩子实施了软暴力的章黎，从某种程度上说也是一名受害者。作为妻子的陈艳丽，与多个男人做出荒唐事，难道不是因为丈夫吴伟在家庭中长期使用冷暴力吗？还有陆远自己，长期遭受着父亲的家庭暴力，他太清楚自己是如何艰难地走到今天的。那场火灾，对他来说很难说是不幸，如果他继续待在那个家里，或许他也会成为章勤学的同类人，所以无论是软暴力、冷暴力，还是何种的家庭暴力，它都有可能成为悲剧发生的种子，对每个家庭来说都要引以为戒。

　　脑袋里陡生一阵感慨，尤其想到四哥吴伟，陆远情绪更加低落。案子破了，陈艳丽的死讯必须要公开了，吴伟能不能承受得住，他心里实在没谱。想想他之前的鬼样子，陆远心里一阵发毛，隐隐有种不祥的预感。而当这个念头刚刚闪过心头时，兜里的手机突然响了，他掏出手机放到耳边，里面传出韩梁哽咽的声音："老五，村里昨晚淹水了，尤其是河套沿岸，村民家大多被淹了。水从河套里漫出来能有半米高，风还特别大，老大……老大……他的车抛锚了，扔在河套边，但人没了。估计是想蹚水过桥，不小心被风刮到河套下冲走了……"

　　赵康家住在桥西，吴伟和那两家老年人钉子户住在桥东，夜里风雨很大，赵康肯定是不放心，半夜想去探望两家老年人，结果出了意外。陆远不敢多想，快步跑回楼里，取了车钥匙，又赶紧跑回院子，上了车，打着火，一脚油门，汽车瞬间飞驰出去。

　　出了刑警队大院，陆远陡然发现，这场暴风雨的肆虐把整座城市折腾得够呛，到处都是积水，树木倒伏状况严重，有的路段已经完全被阻断，垃圾、树叶大量堆积在路面上，周遭一片狼藉。好在时间尚早，路上没有太多行驶的车辆，加之有交警和环卫工人在紧急清除路障，车子总算还是可以通行，但走走停停，原本40分钟的路程，陆远生生开了一个半小时才赶到永平村。

进村之后，陆远直奔吴伟家，他估计韩梁也在吴伟家等待搜寻赵康的消息。果然，到了吴伟家门前，他看到派出所的警车，还有张海林的车子。陆远从车上下来，看到周边的景象，不由得吸了口凉气。紧挨着河套边住的那两个钉子户家的红砖院墙竟然都被暴风雨冲垮了，屋子里肯定也被水淹了，不知道里面住的老年人有没有受伤。吴伟家是水泥墙，状况能稍微好点，但墙面和门垛也都裂开好多缝子。

陆远驻足在吴伟家门前稍微打量一阵，正想进院便听见屋里传出张海林的叫嚣声，他加快步子走进正房，看见张海林和吴伟在土炕上打作一团，旁边一个穿制服的民警在拼命拉架。韩梁站在门边，一动不动地注视着，眼睛里噙满泪水。陆远心里顿时涌起不祥的预感，他一把抓住韩梁的胳膊，摇晃着问："大哥……大哥找到了吗？"

韩梁轻轻点头，用手抹着眼眶，喃喃地说："刚刚得到消息，尸体在下游找到了，人早没气了！"

赵康竟然就这么死了？陆远感觉难以置信，泪水忍不住夺眶涌出。

那边，张海林一记重拳抡在吴伟脸上，揪住吴伟的衣领，狠狠拉扯着说："你妈的，为了个陈艳丽，你啥都不顾，你要是早搬，老大会死吗？"

吴伟梗着脑袋，满眼不服，抬手擦掉挂在嘴角边的血丝，愤恨地回嘴道："他活该，他活该，要不是他勾搭艳丽，艳丽能离家出走吗？我就不搬，我就在这儿，我就死等艳丽，怎么的！"

"你不用等了，她死了，陈艳丽死了。"陆远从裤兜里掏出一张报告纸，"啪"的一声拍在土炕上，瞪向吴伟冷冷地说，"法医尸检证明，你满意了！"

吴伟一把推开张海林，慌忙捡起尸检证明，双手哆嗦着说："艳丽死了，她死了，她怎么会死？"

陆远没好气地说："先被车撞了，随后被刀捅死的。"

"撞车？又是撞车？我撞，她也撞，哈哈哈哈哈……"吴伟捧着尸检

第十二章　真相

证明突然神经质地狂笑起来,他止不住地笑,笑声到最后变成了呜咽,"报应啊,都是报应!姜茵,你好狠,真的一个都不放过!"

"姜茵!"屋子里的人几乎同时怔住,陆远反应过来,迫不及待抓住吴伟的肩膀,死死盯着他说,"你刚刚说的是姜茵?你知道她发生了什么?她在哪里?"

"在哪里?在哪里?来,我告诉你她在哪里!"吴伟低吼一声,奋力推开陆远,纵身从土炕上一跃而下,光着脚跌跌撞撞奔出家门。几个人不明就里,懵懵懂懂跟在后面,只见吴伟摇晃着身子窜进柴火房中,随即从里面拎出个大铁锤,奔向院门口。他嘴里嘟囔着,不知道在说些什么,双手奋力抡起铁锤,冲着东边的门垛,狠狠地砸了下去,一下,两下……

灰色的水泥门垛,本已被暴风雨摧残得满面裂痕,随着铁锤不断的重击,大片大片的水泥面接连脱落下来……在众人的注视下,一具白骨逐渐地显现出来。

1996年10月21日,清晨,还不到5点,天刚蒙蒙亮,稀稀拉拉下着小雨。

酒店有一位贵宾,早上7点左右乘火车抵达滨海,礼宾部头一天通知吴伟,让他开车去接站,所以这天他出门比以往要早一些。毕竟,从村里到市中心火车站,最少得一个小时的车程,路上再遇到点意外堵车,时间不多做点提前量,搞不好就不赶趟了。

吴伟像往常一样,顺道接上陈艳丽,陈艳丽一上车就嚷着和他换位置。陈艳丽没有驾驶证,不过她跟着吴伟学了一段时间,车开得还不错。这阵子她迷上开车,每天都是她从村里把车开到镇上,然后再换吴伟开去市里。但是这个早晨,阴天下雨,地面湿滑,能见度也不高,吴伟本来不想让她开,但拗不过她一再央求,只好答应。

从陈艳丽家出来到镇上,大约2公里的距离,过了村中心地带的永平桥再往镇上开几乎是一条大直道,道路两边主要住着村民7组和8组的住户。陈艳丽驾车平稳行驶到8组路段,再有个两三百米就能到村口了,突

消失在恶的尽头

然间从一个巷道窜出一条野狗来，陈艳丽赶紧一脚刹车，不料慌乱中错踩在油门上，汽车随即失控，高速撞向路边的行道树，好在中间被什么东西挡了一下，汽车几乎贴着行道树刹停住。两人赶紧下车查看，发现汽车刚刚压过的竟然是一个女孩，那女孩背着牛仔布的双肩包侧躺在车尾，一动不动。陈艳丽属于无证驾驶，再说就算吴伟愿意帮她顶罪，撞死人也是很麻烦的事情。吴伟见四下无人，抓住陈艳丽的胳膊让她赶紧回车上，准备一逃了之。被撞的女孩背对着两人，双肩包挡住两人的视线，看不到女孩的脸，但陈艳丽隐约看出双肩包跟她好闺密姜茵背着的非常像。不会是姜茵吧？陈艳丽甩开吴伟的手，跑到女孩身边一看，果然是她。姜茵看似意识还算清醒，除了额头擦破了点皮，流了些血之外，全身上下胳膊腿什么的看着都好好的，陈艳丽赶紧招呼吴伟过来一起把姜茵扶到车上。

到了车上，陈艳丽说要送姜茵去医院，姜茵摇摇手示意不用。吴伟求之不得，立马表示到他家去，让他爸给姜茵包扎下。于是，他掉转车头，只用了三四分钟的样子，便把车开回到家门前。等他跑进家里，把他爸吴立民悄悄喊到车上时，吴立民遽然发现，姜茵已经死了。吴立民问清事情经过，意识到事情如果败露了，两个孩子的前途就彻底毁了，好在大清早的没有被任何人看见，便决定把事情隐瞒下来。他招呼吴伟把姜茵的尸体从车上转移到院子里的偏房中，然后让吴伟和陈艳丽装作没发生任何事情，继续上班去，反正汽车前脸只是稍微有些磕碰，随便找个理由便可以搪塞过去。至于尸体，则在当天夜里，被爷俩合力用水泥封在先前正在翻修的门垛里。

吴伟家门垛里的尸骨，经过 DNA 检验，证实身份确是姜茵。法医通过吴伟的描述，以及对尸骨损伤形态的检验，判断姜茵是死于腹部顿性创伤。具体些说，在车祸当时，姜茵的腹部遭遇车轮碾轧，致使脏器破裂，比如肝脏、脾脏、肾脏破裂等等，引起大出血，最终导致死亡。这种死亡方式，存在一定的延迟性，所以姜茵有段时间意识上是清醒的。

吴伟和陈艳丽把姜茵的随身物品烧了，但鬼使神差地留下了姜茵的日

第十二章 真相

记本。通过姜茵的日记，两人发现了姜茵和秦老师之间的恋情。而日记本后来出现在西北甸水库里，自然是吴伟故作聪明的把戏。陆远三番两次找吴伟问话，问话中有意无意将姜茵的失踪和陈艳丽联系在一起，吴伟做贼心虚，以为陆远可能发现了一些当年撞车的苗头，便把日记本套上迎春超市的购物袋丢弃在西北甸水库里，企图把陆远的视线最大限度地聚焦到徐德浩身上。

世间上的事，凡走过，必留痕迹，人们所经历的，必然会留下烙印，或许在现实世界里，或许在身体上，或许在内心中。罪恶可以从表面消除，但无法从心底彻底抹去，吴伟和陈艳丽选择了错误的人生方式，便只能背负一生的罪恶感，也因此他们的人生不得不扭结在一起，即使相互憎恨，也不敢轻易分开，因为他们随时都可以毁了对方。而吴伟一直硬挺着，死活不同意搬迁，是因为一旦房子被拆迁，姜茵尸体不可避免地会暴露出来。

尾声

闻采的尸体，最终在东郊外的一处冷库中找到了，那晚章勤学冲进马桶里的就是冷库的钥匙。冷库是章勤学为保存闻采尸体特意租的，闻采被转移到里面时还有呼吸，他是被活活冻死的。跟随他一起被劫持的那辆黑色别克汽车停在冷库外边，被套上了车罩，章勤学想着等风头过去之后，再开出去烧掉。

章勤学整个作案过程，跟陆远描述的大差不差，稍微有些出入的是，有关闻采的大部分信息，都是章勤学从心理咨询工作室那个女接待员口中打探到的。他们在一个楼里上班，偶尔会在楼下的咖啡厅遇到，而女接待员跟章勤学的一个同事关系特别好，说话彼此不防备，口无遮拦。

章勤学如何从一个乖巧懂事的大男孩，一个高级知识分子，变成今天的罪犯，陆远先前已经讲得很明白了，他对自己的犯罪事实供认不讳，等待他的将是法律的严惩。

几天之后，参加完赵康的葬礼，离开墓园，陆远便要踏上返回北京的路途，韩梁和张海林分别与他相拥道别，随后识趣地回到车上，把剩余的一点时间交给他和秦素素。

秦素素陪着陆远走向车边，秦素素真诚地说："小远，谢谢你，帮我完成了心愿。"

"别客气，为了秦老师，为了你，我义不容辞。"陆远抿抿嘴，陡然又伤感地说，"回来这两个多月经历了太多事情，大哥死了，小铁蛋死了，四哥和大勇进了监狱，姜茵和陈艳丽终于有了自己的葬礼，

尾声

兄弟分道扬镳，四哥家的房子被夷为平地，大哥心心念念的修路终于可以顺利实施了，但是他却不在了。"

秦素素拍拍他的肩膀安慰一下他，随即为活跃气氛，开玩笑地说："这都怪你。"

陆远站在车门前，愣愣地说："怪我？"

"怪你回来得太迟了，你要是早些回来，有些事情的结局可能就不一样了。"说完这句话，也到了最后的分别时刻，秦素素主动抱了下陆远，在他耳边轻声说，"答应姐姐，别再消失那么久了，有些事情要学会放下。"

陆远笑笑，一切尽在不言中。他拉开车门，挥挥手："再给我些时间，也许我很快会再回来。"

天气放晴，阳光普照，汽车行驶在高低起伏的山路上，郁郁葱葱的山野风景，缓缓从车窗两边滑过，收音机里响起一阵富有节奏的旋律，一个女播音员柔声播报道："下面的歌曲，由著名歌手许巍为各位带来，歌曲的名字叫《完美生活》。"

> *青春的岁月*
> *我们身不由己*
> *只因这胸中*
> *燃烧的梦想*
> *…………*
> *就任这时光*
> *奔腾如流水*
> *…………*

后记

半年之后，永平村北山坟场。

陆远跪在母亲的墓碑前，用手抚摸着母亲的名字，泪如雨下。他从未怪过母亲，他只是心疼。他太心疼母亲了，以至于不敢轻易踏入故乡这片土地，他不知道该怎样面对母亲，他不敢想象发生火灾的那一刻，母亲是如何眼睁睁地让自己被大火吞噬。

1992年正月十五，元宵节。母子俩坐在桌旁一起吃元宵，元宵是母亲亲自动手滚的，很甜，很糯，陆远吃得很开心。一天未着家的父亲，手里拎着酒瓶子，眼里布满血丝，带着一身的酒气回了家。或许是母子俩的愉悦，激怒了父亲，他没来由地抡起酒瓶，冲着陆远的脑袋砸了下去。陆远脑袋破了，酒瓶还没碎。父亲继续，母亲插入中间，护住陆远，酒瓶雨点般落在母亲身上，直至粉碎。

正月十六，陆远去吴伟家帮忙接生小猪崽，没在家过夜，一场大火把陆远的家烧没了。

正月十七，陆远决定把院子里的偏房收拾出来，作为暂时的住处。在角落里，一个木桌下面，陆远看到自己的书包，母亲已经帮他洗干净了。他打开书包，看到一些新课本，封皮都被母亲用挂历纸包好。在课本中间夹着一个红布包，陆远打开来看，发现里面包着2000块钱。

全文完

定稿于2024年4月